료마가 간다
2

시바 료타로/박재희 옮김

동서문화사

료마가 간다 2
차례

검술시합 … 11
젊은이들 … 53
고검유랑 … 85
교토 일기 … 141
풍운전야 … 173
열나흘 달 … 250
완고중신(頑固重臣) … 270
하기(萩)로 가다 … 282
희망 … 314
도사(土佐)의 풍운 … 339

검술시합

　료마에 대한 전기나 자료에 의하면 아버지의 부고를 받은 스물 두 살의 료마가 '뜨거운 눈물을 흘리며 에도에서 아득한 고향땅을 바라보며 절하고—료마는 반드시 아버지의 은혜에 보답하겠습니다, 하고 천지신명께 맹세했다'고 한다.

　료마로서는 어지간히 뼈아픈 일이었던 모양이다.

　훗날 막부 말기의 각 번 영웅호걸을 아연실색케 하고 천하의 풍운을 한 손에 쥔 료마의 모습으로 미루어 본다면 너무나, 걸맞지 않는 평범한 효자라고 하겠으나 이것이 료마의 참모습이었을 것 같다.

　왜냐하면 그날부터 다음 해인 안세이 4년에 걸쳐 료마에겐 거의 일화가 없다. 지바 도장에 틀어박혀 필사의 검술 수업만 했다.

　이윽고 호쿠신(北辰) 일도류의 최고 급수인 대목록(大目錄) 면허를 얻고 오케 거리 지바(千葉) 도장의 사범이 되었다. 나이 스물세 살이었다.

지바 도장의 사범이라면 수많은 에도의 검객 중에서도 꽃이라고 할 만한 존재였다.

이 당시 조슈(長州)의 가쓰라 고고로(桂小五郞)는 고지 거리(麴町)의 사이토 야쿠로(齋藤彌九郞) 도장의 사범이었고, 도사(土州)의 다케치 한페이타(武市半平太)는 교바시(京橋) 아사리 강변의 모모이(桃井) 도장의 사범에 올라가 있었다.

지체는 모모이.

기(技)는 지바.

힘(力)은 사이토.

한 마디로 그렇게들 일컬어지고 있었다. 저마다 당시의 검단(劍壇)을 삼분(三分)하는 세력이었는데, 이 각 명문의 사범을 훗날 유신(維新)의 실력자들이 차지한 것은 기묘한 우연이라고 해도 좋으리라.

이해 가을.

여러 유파에서 선발된 두 번에 걸친 큰 시합이 에도에서 거행되었다.

여름이 지날 무렵, 주타로가 료마를 방으로 초청했다.

"료마 형, 의논할 일이 있는데."

"뭔데?"

료마는 벌렁 드러누워 팔베개를 했다. 이 무렵 료마는 더욱더 버릇이 나빠져서 평소에 반듯하게 정좌하는 일이 거의 없었다.

"실은 이런 이야기다."

주타로는 두 손을 무릎 위에 놓고 꿇어앉은 채 다다미에 뒹굴고 있는 료마의 얼굴을 들여다보며 말했다.

"강에이(寬永) 어전 시합 이래 이백 년 동안 에도에서는 여러 유파의 검술 시합이 끊어졌는데, 올가을 도사 번 야마노우치 님의 후원으로 그것이 열리게 된다."

"야마노우치 님이라면 우리 영주 아닌가?"

영주님이라는 말을 입에 올릴 때, 보통 번사들 같으면 정좌할 것이지만 료마는 팔베개를 한 채 말했다.

"영주가 검객의 후원을 하고 나서다니 세상도 변했구나. 하긴 소문으로는 간덩어리가 어지간히 비꼬인 사람인 모양이지만."

"그런데 말이다. 오케 지바 대표는 한 사람인데 이 시합은 도장을 위해서 절대로 질 수가 없어. 그래서 자네가 나가느냐, 내가 나가느냐가 문제야."

"그것도 그렇군."

료마는 말끝을 흐리고 대체 어떤 사람들이 나오는가 하고 물었다.

"백 명이 선출된다."

주타로가 말했다.

"신도 무넨류에서는 대선생 사이토 야쿠로 노인이 몸소 출장한다네."

"사이토 선생은 심판이겠지?"

"아니, 심판도 서겠지만 시합에도 참여하셔. 그런데 우리 호쿠신 일도류에서는……."

주타로는 얼굴이 흐려졌다.

불세출의 검객이라고 일컬어진 지바 슈사쿠가 재작년 62세로 죽고, 그보다 일찍 장남인 기소타로가 죽었으니, 간다 오다마가이케의 지바 집안의 대표는 아직 10대의 삼남 도사부로(道三郎)다.

하긴 도사부로 바로 위에는 차남 에이지로(榮次郎)가 있다. 지바의 작은 귀재라는 말을 들을 정도의 명인으로 에이지로의 외팔 상단이라는 묘기는 에도의 검객들도 두려워하고 있는 터였다.

그러나 상속권을 일찍부터 아우 도사부로에게 양도하고 자기는 미도 도쿠가와 가문을 섬기며 이백 석의 녹을 얻고 있었다. 그는 주군댁 형편상 나올 수 없었다.

"그래서 사범인 가이호 한페이님이 나가서 사이토 야쿠로 선생과 싸우게 됐어."

아마도 가이호 선생이 질 것이다, 라는 듯한 주타로의 얼굴이었다.

가이호는 고(故) 슈사쿠의 첫째 제자로 검술 경력도 오래 되었고 인품도 훌륭하다. 수천 명의 제자를 가진 오다마가이케 도장이 사고 없이 운영되어 가는 것은 이 사람의 사무적 재능의 덕이라는 말도 있었다.

물론 사무적 재능만이 아니다.

검술에 있어서는 에도에서 손꼽혔고 노숙하기도 했으나, 그렇다고 해서 지바 슈사쿠가 없는 현재 국내 무사의 검명(劍名)이 있는 사이토 야쿠로와 맞겨룰 수 있으리라고는 여겨지지 않는다.

"분하지만 오다마가이케 지바 도장은 그런 일로 해서 기대할 수는 없다."

주타로는 이렇게 말한 다음 다시 말을 이었다.

"그런데 우리가 분발하지 않으면 호쿠신 일도류의 명예가 땅에 떨어져."

"딴은."

료마는 크게 끄덕여 보였으나 아직 주타로가 무엇을 말하려는 것인지 알 수가 없다.

"료마 형, 한번 해 보자."

"아아, 해 보지."
무책임하게 맞장구를 쳤다.
"그래서 말인데."
주타로는 뒹굴고 있는 료마의 얼굴을 들여다보며 말했다.
"우리 오케 거리 지바 도장의 대표로 료마 형이 나가 줘."
"뭐라고?"
료마는 일어나 앉으며 말했다.
"자네는 못 나가겠단 말인가?"
"안 나가."
"그럼 안 돼."
료마는 눈을 부릅떴다.
"오다마가이케의 지바는 그렇다고 하고 자네가 안 나가면 지바 성을 가진 검객은 아무도 나가지 않는 셈 아닌가. 그야말로 지바의 검명이 떨어진다."
"나가서 지기보다 나가지 않는 게 낫다. 아무튼 오케 거리의 호쿠신 일도류에서는 료마 형이 나가 줘."
이미 이 무렵 료마의 검술은 주타로를 두서너 걸음 앞지르고 있었다.

료마는 오케 거리 지바의 대표가 되어 오다마가이케 도장의 사범 가이호와 더불어 호쿠신 일도류의 명예를 방위할 입장이 되었지만, 과연 누구와 겨루게 될지 그것은 그날까지 알 수 없었다.
'누구든지 오너라.'
그런 심경이었다.
다음 날 해가 저물 무렵 뜻밖의 사람이 찾아왔다.
조슈의 가신 가쓰라 고고로다. 이 무렵 그는 사이토 야쿠로 도장의 사범으로 오케 거리 지바 도장의 형편을 살펴보러 온 것이었다.

료마와는 소슈 미우라 반도의 산중에서 만난 뒤로 벌써 사년이 되었을까.

고고로는 두 살 위인 스물다섯 살. 실로 의젓한 모습의 사나이다.

몸집은 자그마한 편이나 어깨에서 발끝까지의 근육이 강철처럼 단단한 것이 옷 위로도 느껴졌다.

얼굴도 눈썹이 맑고 눈동자가 가라앉아 그 무렵과 비교하면 다른 사람같이 닦아져 있었다.

"이거 정말 오래간만이군."

료마는 주타로의 방을 빌려 고고로를 안내하고 말했다.

"서로 별일이 없어서 다행이지."

격식대로 인사를 하자 고고로는 료마의 얼굴을 물끄러미 보았다.

"자네 얼굴이 변했어. 참 좋아졌군."

웃지도 않고 말했다. 료마의 얼굴도 그때와는 많이 달라져 있는 모양이었다. 역시 자기로서는 알지 못하나 월등하게 성장했던 모양이다.

"그런가?"

료마는 멍청히 대꾸했다.

"별로 갈아붙인 것도 없는데."

"그거야 당연하지."

가쓰라는 따끔하게 한 마디 했다.

"얼굴을 갈아붙일 수야 없잖아."

고고로에게는 농담이 통하질 않는다. 이만한 재주가 있으면서도 머리의 구조가 사물의 가치관을 따지려고 들 뿐 이치 밖의 세상의 재미는 몰랐다.

그 점에서 료마와는 전혀 반대였다. 료마는 어디가 꼬리이고 어디가 머리인지 알 수 없는 표정이다. 하기야 이것은 타고난 얼굴이지만 후에 이런 표정으로 있는 것이 만사에 이익이라는 사실을 알게 되면서부터 크게 이용했다.

"그런데 오늘 찾아 온 용건은."

고고로는 단도직입적으로 말을 꺼냈다. 실없는 이야기는 별로 하지 않는다.

"당신 도장에 관한 일인데."

고고로가 말했다.

"뭔데?"

료마는 시치미를 뗐으나 고고로는 료마의 눈을 응시한 채 말했다.

"이번 야마노우지 공의 후원으로 열리는 백인 시합(百人試合)에 당신 도장에서는 누가 나오는 건가?"

"글쎄."

"데이키치 대선생께서 나오실 건가?"

이 점을 고고로가 알고 싶은 모양이다. 그러나 료마는 속을 내보이지 않고

"모르겠는걸."

"데이키치 대선생은 편찮으시다고 들었는데."

"그렇지. 의사의 말씀에 따르면 병환인 모양이더군."

"의사 말씀이 아니더라도 병환은 병환이시겠지."

고고로는 애매한 말을 용서하지 않는다.

"그러면……."

고고로가 말한다.

"젊은 선생 주타로님이 나오시겠군."

공교롭게도 거기 당사자인 주타로가 들어왔다.

주타로는 그림을 그린 듯한 에도 무사였기 때문에 엉큼하게 둘러대는 말은 처음부터 바랄 수도 없다.

"가쓰라님, 말씀 도중입니다만."

싱글벙글하면서 말했다.

"이번에 우리는 료마 형입니다."

그런 다음 좌석에 술이 없는 것을 알고 미안하다는 듯이 말했다.

"이거 실례로군. 야스, 야스!"

주타로는 손뼉을 쳐서 성급히 술자리를 마련했다. 이런 일에는 퍽 재치가 있는 청년이었다.

고고로는 주량은 세지 않았으나 좋아하는 편이어서 술이 들어가면 좀 말이 많아진다. 대여섯 잔 거듭한 다음 말을 꺼냈다.

"사카모토 형, 당신은 비겁해."

가쓰라는 입술을 내밀었다. 료마도 주타로의 실책에 난처하던 참이어서 솔직하게 목덜미를 찰싹찰싹 두들기며 말했다.

"내가졌어. 사과하네. 아무튼 장중의 비책은 적에게 알리지 않는 것이 전략의 첫대목이니까. 한데 새어 버린 이상 당신 쪽의 인선도 들어 봤으면 좋겠는걸."

"우리 쪽은 말이지."

고고로는 잠시 생각하더니 짧게 대답했다.

"말하지 않겠어."

말하지 않기로 작정하면 입이 찢겨도 안 할 얼굴이다. 가쓰라의 돌 상판이라고 하면 뒷날 지사들 사이에도 유명해진 표정으로 말을 붙일 여유가 없다.

료마는 히죽히죽 웃으며 말했다.

"하나 당신은 나가겠지. 당신 정도의 상수가 나오지 않는다면 사이토 도장은 솔직히 말해 완전 패전이지. 나머지는 송사리뿐 아닌가."

수작을 걸어 보았다.

"송사리?"

아니다다를까, 고고로는 발끈했다.

"나만한 자는 사이토 도장에 백 명이나 있어."

"예를 들면?"

"사이토 세이스케(齋藤誠助), 사이토 이쿠노스케(幾之助), 사이토 시로스케(四郎助)."

"흠, 야구로 대선생의 자제분들이시군요."

"그렇지, 그 밖에 시마다 잇사쿠(島田逸作)."

"아하."

시마다라고 하면 사이토 문하에서도 현대의 무사시(武藏)라는 말을 듣는 사나이다.

대략 이걸로 사이토의 진영은 알았다고 할 수 있다.

그날.

안세이 4년(1857년) 10월 3일, 에도 가지바시의 도사 번저에 여러 유파에서 뽑혀 나온 검객 백 네 명이 모였다.

료마도 그 중에 있었다.

그토록 넓은 도장 마루도, 뽑힌 검객과 참관인, 관계관 등으로 반은 꽉 차고 말았다.

다케치 한페이타는 이날 출전하지 않고 번의 검술 사범 이시야마 마고로쿠(石山孫六) 노인 밑에서 진행을 맡아 여기저기 날렵하게 일을 보면서 뛰어다니고 있다.

가쓰라 고고로의 얼굴도 보였다.

신도무넨류 검사단(劍士團) 자리에 앉아 여전히 심각한 얼굴이었

다. 심판은 이시야마 마고로쿠 노인 외에

　가이호 한페이

　사이토 야쿠로

　두 사람이 맡게 되었다. 이 두 사람은 시합 끝판에 각각 유파의 명예를 걸고 모범 시합을 하게 되어 있어, 그것이 이날의 구경거리라고 해도 과언이 아니다.

　이윽고 영주 야마노우치 도요시게(山內豊信)가 정면에 자리 잡았다.

　모두 부복.

　그 아래로 중신이 늘어앉았다.

　료마는 맨 끝 아래 자리인 호쿠신 일도류 선사석(選士席)에서 살며시 얼굴을 들고 살펴보았다.

　'아하, 저게 우리 영주로군.'

　감탄하고 있었다. 향사는 직접 배알할 수 없기 때문에 영주의 얼굴을 보는 것은 지금이 처음인 것이다.

　나이는 서른 한 둘.

　눈이 크고 얼굴이 갸름한데 입은 한일자로 굳게 다물고 있다.

　'세상에서 간덩어리가 뒤틀린 사람이라고들 하더니 과연 그런 얼굴이구나.'

　원래는 도사에서 남쪽 저택이라고 불리는 야마노우치 집안의 분가한 아들로서 더구나 첩의 소생이었고, 보통이라면 이천오백 석의 녹봉으로 평생 그늘에서 살아야 할 숙명이었다.

　그런데 본가의 도요히로(豊熙), 도요아쓰(豊惇) 형제가 연이어 죽었기 때문에 야마노우치 집안은 24만 석의 대영주 자리를 이어받은 것이다. 행운이라고 할 수밖에.

　강직한 성격이고 영주로서는 지나칠 만큼 머리가 날카로웠다. 게

다가 시문(詩文)에 능하고 역사를 읽는 데 있어서도 독특한 사안(史眼)을 가지고 있어 당대 일류 지식인이었다.

이윽고 도사 번 에도 번저 근무 검술 사범인 이시야마 노인이 도장 한가운데로 나아가 추첨으로 짜여진 시합 명부를 텁텁한 목소리로 읽기 시작했다.

소리가 낮았다.

알아들을 수가 없는 것이다.

료마는 처음 귀를 열심히 기울였다.

신도무넨류 가쓰라 고고로
교신아케치류 후쿠토미 겐지

여기까지는 분명히 귀에 들어왔으나 나머지는 귀찮아서 콧구멍만 후비고 있었다. 첫째, 가쓰라가 상대가 아니라면 나머지는 별것 없으리라고 깔보고 있었던 것이다.

드디어 시합이 시작되었다.

처음의 두 차례가 무승부로 끝나고 다음에 출장한 자가 모모이 도장에서 지금 소문을 떨치고 있는 우에다 우마노스케(上田馬之助)였다.

상대는 사이토 도장의 호시노 기쿠노스케(星野菊之助).

'저게 세상에서 떠들어 대는 우에다 우마노스케로군.'

료마는 큰 눈알을 굴리며 바라보고 있다.

키가 큰데다 화려한 쌍수 상단으로 겨누고 있는 모습이 죽도가 바람을 일으킬 듯이 호기롭다. 이미 상대인 호시노를 삼키고 있는 모양이다.

이 우에다의 소문은 당시 검객만이 아니고 장사꾼들 사이에서도 모르는 자가 없었다.

지난 해 가을, 사건의 장소는 긴자(銀座)이다.

당시 긴자의 거리는 세 사람이 손을 잡고 걸어가면 양쪽 두 사람은 추녀 밑을 걸어야 할 정도로 좁았는데, 거기 '마쓰다(松田)'라는 작은 요리집이 있었다.

기와지붕이 초라한 이층집인데 한 서너 푼쯤 품속에 넣고 가면 이층에 올라가서 요리도 먹을 수 있었다.

가게 차림은 초라하였으나 역시 긴자였으므로 아래층도 이층도 언제나 술꾼으로 붐볐다.

방이라고는 칸막이 하나다. 다다미 두어 장 넓이로 막은 것이었는데, 거기서 오다 사콘노쇼겐(織田左近將監)의 검술 사범 나카가와 슌조(中川俊造)라는 자가 자기 밑의 번신 두 사람을 데리고 술을 마시고 있었다.

모두가 취해 있었다.

이날 오후 네 시쯤이었다고 한다.

우에다는 도장에서 돌아오는 길에 친척집에 들러 그 집 사내아이 하나를 데리고 배를 채우려고 이 요리집에 들렀다.

"이거 만원이로구나."

아래층은 단념하고 하녀의 안내를 받아 이층으로 올라갔다.

그 자리가 불행하게도 나카가와 일행의 옆자리였다.

그때 나카가와 등은 완전히 취해서 우에다의 칼을 이렇게 저렇게 옆에서 보면서 놀려 댔다.

"아가, 안으로 옮기자."

귀찮다는 생각으로 우에다가 이렇게 말하고 일어섰을 때, 아이의 발이 나카가와의 칼에 닿았다.

나카가와는 기세가 등등해서 말했다.

"무례하지 않나. 인사도 없이 가다니……."

"아이가 한 일이니 용서해 주시오."

우에다는 시비가 생길 것을 짐작하고 안으로 들어가는 것도 단념하고서 아이를 앞세워 계단을 내려가게 한 다음 자기도 뒤따라 내려갔다.

"이놈, 도망가나?"

반쯤 내려갔을 때 나카가와가 층계 위에서 칼을 뽑아 우에다의 어깨를 내리치려고 했다.

계단이 비좁았다.

나카가와가 단연 유리했다. 하나 우에다는 순간 계단에 털썩 엉덩방아를 찧으면서 어떻게 뽑았는지 칼을 뽑자마자, 몸을 홱 돌려 머리 위의 나카가와를 한쪽 어깨에서 비스듬히 베어 버렸다.

피가 사방에 흩어졌다.

나카가와와 같이 온 무사가 스승의 적이라고 소리치며 층계를 뛰어내려 우에다에게 덤벼들었으나, 이 역시 허리를 맞고 뒹굴었다.

우에다는 그 길로 치안청에 신고하고 훗날 행정청에 불려나갔으나 전후의 사정을 참작하여 무죄 석방되었다.

그 우에다가 지금 시합에 나서고 있다.

우에다의 상대인 신도무넨류 호시노 기쿠노스케는 료마가 잘 모르는 사람이다.

호시노는 중단이다.

"야아……."

상단 높이 칼을 쳐든 우에다는 유인하는 기합을 걸었으나 호시노의 칼은 끄덕도 하지 않았다.

키가 작았다.
그 점 우에다와 좋은 대조였다.
"좀 묻겠습니다."
료마는 옆에 앉은 낯선 사나이에게 얼굴을 돌렸다.
"저 호시노라는 분은 어떤 분입니까?"
"모릅니다."
그 사나이는 데와(出羽) 사투리로 정중히 대답했다.
"허어, 모르신다고 말씀하시면."
"……"
상대는 입을 다물어 버렸다. 귀찮은 놈이라고 생각한 모양인가.
아무튼 무명 검사인 것 같다.
그 무명의 호시노가 산더미처럼 차분하게 높은 자세로 누르고 있다. 어느 편인가 하면 우에다의 칼이 들떠 보였다.
우에다는 견디다 못했음인지 확 하고 하얀 하카마 자락을 날리면서 오른쪽 발부터 밟아 들어갔다.
그 순간 번개 같이 호시노의 칼이 번쩍 움직여 우에다의 오른편 팔목을 쳤다.
"손목이오."
심판 가이호 한페이의 손이 올랐다.
나머지 두 차례도 우에다가 맞아 세 차례 모두 호시노에게 빼앗겨 버렸다.
'저 유명한 우에다가?'
료마는 놀랄 수밖에 없었다. 긴자의 마쓰다집 층계에서 뒤돌아보자마자 나카가와를 한칼에 벤 우에다가 어이없게도 무명의 검객에게 패했다. 검술이란 바닥을 알 수 없는 것이다.
그런 뒤 대여섯 차례의 사이를 두고 다시 나선 우에다가 모모이 도장의 하야다 센스케(早田千助)와 대결했으나, 이 역시 하야다에게 면상을 두 번이나 빼앗기고 말았다.

　호시노도, 하야다도, 그다지 이름이 있는 검객이 아니었던 만큼, 료마는 후유하고 숨을 내쉬며 감탄했다.

　'세상에는 위에 또 위가 있구나.'

　'이거 마음 놓을 수 없군.'

　그런 생각을 하고 있는데 아까 그 데와 사투리 무사가 다시 말을 걸었다.

　"귀하가 지바 데이키치 선생 문하인 사카모토 료마님이시죠?"

　"그렇소."

　료마는 고개를 끄덕이고 이 사나이가 무슨 말을 할 셈인가 싶어 얼굴을 쳐다보고 있는데, 사나이는 껄껄 웃고 얼굴을 조금 숙이더니 말한다.

　"실은 제가 당신하고 상대하게 되었습니다."

　"아, 당신이……."

　시합 개시 전 이시야마 노인이 대결표를 읽었을 때, 소리가 작아서 알아듣지 못했던 것이다.

　"그렇습니까? 미숙하니 저야말로 잘 부탁합니다."

　료마는 싱글벙글 웃었으나, 과연 이 사나이가 누군지 알 도리가 없었다. 새삼스럽게 누구냐고 물어볼 수도 없어, 변소에 가는 척하고 도장 입구에서 일을 보고 있는 다케치를 붙잡고 저자가 누구냐고 물었더니 다케치 쪽에서 놀랐다.

　"모르나? 저자가 사이토 문하에서 오늘날의 무사라고 하는 시마다 잇사쿠야."

　"저게 시마다……."

료마가 감탄한 것은 시마다의 짓궂은 응대였다.
아까 료마가 우에다를 상대한 호시노에 대해서
—저분은 어떤 분입니까?
시마다에게 물었을 때, 시마다는 예, 하고 대답하며 정중히 머리를 숙이면서—모릅니다, 하고 말했다. 그런데 지금 다케치에게 들으니 호시노와 시마다는 동문이라고 한다. 동문인 사나이를 "모른다"고 하다니 그건 말이 아니다.
"그러나."
다케치는 멀리 앉아 있는 시마다를 보면서 주의를 준다.
"료마, 조심하라구. 저자는 심술궂은 칼을 써."
어쨌든 묘한 사나이인 모양이다.
들으니 시마다는 대소 두 자루의 죽도를 쓴다는 것이었다.
"이도류(二刀流)인가?"
그렇다면 좀 우습군.
사이토 야쿠로의 도장은 신도무넨류인데 자기 문하로 하여금 두 칼을 쓰게 할 리가 없다.
"그렇지 않은가?"
료마가 의문을 표시하자 다케치는 고개를 끄덕이며 말했다.
"사이토 선생도 싫어하시는 모양이야."
원래 이도류는 미야모토 무사시(宮本武藏)가 창시한 것이지만 당자인 무사시조차도 이것을 실전용으로는 생각하지 않았던 모양으로, 그 생애에 육십여 회의 시합을 하면서도 끝내 두 칼을 쓰지 않고 늘 칼 하나로 상대를 쓰러뜨렸다.
'스승인 사이토 야쿠로는 그 말을 하면서'
—무사시는 일천만 명에 한 사람이라는 완력을 가진 사람이었기 때문에 두 칼 사용이 가능했다. 시마다 잇사쿠 같은 인물로서는 두

칼이 건방지다.

 몇 번이고 타일렀지만, 시마다는 완고하게도 굴하지 않고 중요한 시합이 되면 자기식으로 연구한 두 칼을 쓰고 있다.

 그것이 이상하게도 이겼다.

 '스승인 사이토 선생조차도 시마다의 두 칼에는 당하지 못한다며?'

 그런 소문도 있었다.

 ─이기기만 하면 되지 않나!

 시마다는 그런 배짱인 모양이다.

 그러나 한 유파를 배우고 있는 이상 면허를 얻을 때까지는 함부로 다른 방법을 연구하지 못하게 되어 있다.

 "그래서 저 사나이는 경력과 실력이 충분하면서도 면허는 얻지 못했어."

 다케치는 그렇게 말하고 다시 덧붙였다.

 "그런데 이번 이 시합에서 시마다가 이기면, 사이토 선생 쪽에서 고집을 꺾고 이를 기회로 면허를 줄 셈인 모양이야. 물론 소문이지만."

 "그럼 내가 이기면 시마다의 원한을 사겠구면."

 "글쎄, 그러나."

 료마가 이길 수가 있을까, 하는 눈치를 다케치는 보였다. 료마는 이맛살을 찌푸리고 말했다.

 "다케치 형, 뭘 웃소? 실례요, 그건."

 "아니."

 다케치는 입을 오므리며

 "이도류를 격파하는 수가 있다더군. 모른다면 이 시합이 구할은 시마다의 승리네. 자네 그 수를 아나?"

"몰라."
료마는 별로 걱정하지도 않는다.

"호쿠신 일도류, 사카모토 료마." 이윽고 이시야마 노인의 호출 소리가 들려오자 료마는 도장 중앙으로 나갔다.

감색 누비 윗도리에 감색 하카마.

해묵은 검은 동구(胴具)에는 가문인 도라지꽃을 금박으로 찍어 넣었다.

"……."

도장 안은 소리가 없었다.

그 만장의 긴장을 밟고 도장 동쪽에서 나온 것은 시마다 잇사쿠였다.

검은 동구에 새하얀 하카마.

얼굴의 보호구 뒷면에 빨간 옻칠을 하고 오른손에 석 자 여섯 치의 죽도, 왼손에 두 자 여섯 치의 작은 죽도를 늘어뜨리고 료마 쪽으로 다가섰다.

"저자가 오늘날의 무사시라고 불리는 시마다 잇사쿠입니다."

영주 도요시게의 자리에선 중신 고토 가즈에(五藤主計)가 도요시게에게 속삭였다. 도요시게는 버릇처럼 입술을 빼물고는 고개를 끄덕이며 물었다.

"상대인 감색 복장은 누군가?"

"사카모토 료마라고 하며 호쿠신 일도류의 면허자입니다."

"흠?"

그는 영주치고는 지나치게 날카로운 눈을 번뜩이며 다시 말했다.

"어느 번 사나이인가?"

"옛, 도사 번사입니다."

"우리 문중이라고? 보지도 듣지도 못했는 걸."
"예, 직접 볼 수 없는 하급 무사입니다. 저자는 혼초 일가에 사는 향사 사카모토 곤페이의 아우올시다."
"거인이로군."
이때 도요시게는 이때는 단지 그 체격에 감탄했다. 이 사나이가 뒷날 천하를 뒤흔들 줄은 예언자가 아닌 이상 상상도 못했던 것이다.
오히려 료마의 상대인 시마다의 이상스런 차림에 눈길을 보내고 있었다. 도요시게 뿐만 아니라 좌중의 누구나가 그랬다.
"승부 세 판."
심판이 선언하자 두 사람은 홱 뒤로 물러나 간격을 잡았다.
시마다는 작은 칼을 중단, 큰 칼을 상단으로 잡고 있었다.
방어로서는 검술의 온갖 자세로 볼 때 이만큼 완전한 것은 없다.
료마는 시마다가 쌓아 놓은 성곽을 뚫고 들어갈 수가 없었다. 상대의 작은 칼을 치면 큰 칼이 얼굴, 또는 허리로 들어온다. 큰 칼을 의식하고 움직이면 작은 칼이 팔목, 아니면 찌르기로 들어온다.
곤란했다.
방어뿐만이 아니다.
두 칼은 공격에도 강하다. 시마다는
"자앗!"
이상한 기합 소리를 지르며 흰 괴조(怪鳥)가 두 날개를 펴듯이 료마를 향해 날아왔다.
료마의 검은 뒤로 밀렸다.
그것도 땀을 뻘뻘 흘리면서 밀려가는 것이 아니라 발을 탕탕탕, 구르며 춘풍에 휘날리듯이 태연히 밀려간다.
마침내 도장을 한 바퀴 돌았다.

한 바퀴 돌고 등을 영주에게 돌려 댈 위치까지 왔을 때, 발을 딱 멈추었다.

멈추었을 때, 세 개의 죽도가 허공에서 동시에 감기며 올렸다. 료마가 시마다의 허리를 치고 시마다의 대도가 료마의 면을 쳤다.

"무승부—"

심판 사이토 야쿠로가 나지막한 소리로 말했다.

이제 두 판이 남았다.

시마다는 훌쩍 물러나 두 칼을 십자로 겨냥했다.

새가 날개를 접은 모양과 같다.

시마다가 대도를 상단, 소도를 중단이라는 두 칼잡이의 상투적 자세를 버린 것은 무승부라고는 하지만, 첫 번 자세를 료마에게 쉽사리 격파 당했기 때문일 것이다.

이 십자 겨냥은 옛날 미야모토 무사시가 연구한 것인데 공격용은 아니었다.

그런데 이변이 일어났다.

시마다가 훌쩍 물러난 순간, 료마가 십자 겨냥을 두려워하고 대치할 줄로만 알았는데 겁 없이도 따라 들어갔던 것이다.

다시 물러났다.

동시에 따라 들어온다.

시마다는 초조하여 십자를 풀고 소도로 료마의 칼을 때리는 동시에 대도를 허공에서 휘둘러 료마의 옆면을 쳤다.

료마도 순간 왼편 팔목을 쳤으나 심판 사이토의 손은 올라가지 않았다.

"모두 얕다."

그런 뜻일 것이다.

그러나 이 쌍방의 얕은 공격이 계기가 되어 쌍방 칼받이가 엇갈리는 맹렬한 공방전이 벌어졌다.
 그러나 한결같이 얕다.
 죽도 너머의 찌르기.
 내려치기.
 등등 좀처럼 승부가 나지 않고 또다시 몇 차례의 공격을 거듭하면서 료마는 시마다의 얼굴 공격을 한손으로 받고 동시에 시마다의 소도를 든 손목을 잡더니 오른편 허리를 살짝 밀어 넣었다.
 "허리!"
 소리치며 몸을 퉁겨 올려 도장 마룻바닥에 던져 버렸다. 시마다가 황망히 일어냈다.
 "면상!"
 소리를 지르며 힘껏 내리쳤다. 두 칼잡이에는 이 수밖에 없다고 생각한 모양이다.
 ―면상, 한 판.
 다음에는 세 판째.
 료마는 여전히 중단으로 칼끝을 내리고 있었다.
 시마다는 성큼 미끄러지듯이 물러나 아홉 칸의 거리를 잡았다.
 탁!
 공중에서 자기가 가진 두 칼을 엇바꿔 잡았다.
 기묘한 수라고 할 수 있다.
 왼손 상단으로 높이 든 것이 큰 칼인 것이다. 오른손 중단으로 내민 것이 소도였다. 이것을 역이도(逆二刀)라 한다.
 무사시조차 미처 생각지 못했던 것으로 일찍이 온꼬지신류(溫故知新流)라는 소유파에 이런 자세에 대한 좌검 대결 공격법이란 비전(秘傳)이 있었다고 한다. 어쨌든 대항하는 자로서는 이만큼 어려운 검이 없었다.

자세를 갖추자마자 시마다는 독특한 기합을 걸면서 밀어 왔다.

료마도 법을 무시하고 돌진했다.

아홉 칸의 거리는 순식간에 줄어들고 세 칸까지 되었을 때, 료마는 슬쩍 죽도를 수직으로 세웠다.

시마다는 움찔 놀랐다.

시마다로서는 전혀 뜻밖이었다.

료마가 수직으로 칼을 세웠기 때문에 시마다는 거리를 재지 못하고 한순간 호흡이 흔들렸다.

그 한순간.

료마의 맹렬한 총알 같은 찌르기가 들어갔다. 흰 옷차림의 시마다는 거대한 부나비가 날아 떨어지듯이 도장 마룻바닥에 나동그라졌다.

움직이지 않는다. 기절한 모양이다.

료마의 이때의 찌르기는 '문장(紋章) 찌르기'였다고 한다.

보통 면구 아래를 찌르는 것인데 이때 문장을 박은 오른편 가슴을 찔렀다. 그 근처는 방호구가 얇기 때문에 문장 찌르기 연습 시합에서는 금하는 파가 많다.

"그만!"

사이토 야쿠로가 쌍방 사이로 걸어 나와 료마의 승리를 선언하고 진행계들이 시마다를 부축하여 물러가게 했다.

한동안 침묵이 흘렀다.

오늘날의 무사시라고 하는 시마다 잇사쿠가 이도류를 연구한 이래 시합에는 무적이란 말을 들었는데, 이제 처음으로 패한 셈이 된다.

"딴은 역이도를 깨는 데는 문장 찌르기가 제격이렷다."

상좌에 앉은 도요노부는 무릎을 쳤다. 이 인물은 장난삼아 배운 검술이 아니라 무가이류(無外流)를 수업하여 면허를 얻고 있다.

"저 사나이, 꽤 하는걸."

"예, 그렇습니다."

중신 고토 가즈에가 머리를 숙였다.

"향사의 자식으로는 아까운 솜씨입니다."

"상급 무사라면 당장에 내 옆에서 말 상대로나 삼으련만."

그러나 그것은 불가능했다.

향사의 아들은 평생 향사였던 것이다. 아무리 학문, 무예에 뛰어나더라도 상급 무사가 될 수 없었다. 상급 무사가 아니면 영주에게 가까이 갈 수가 없는 것이다.

이 도사 영주 도요노부는 사쓰마의 시마쓰 나리아키라(島津齊彬), 에치젠의 마쓰다이라 슌가쿠(春嶽)와 나란히 막부 말기의 풍운 속에서 활약한 뛰어난 영주였으나, 이런 사람도 료마의 이름을 그때만으로 잊어버렸다.

뒤에 료마가 탈번하여 서해(西海)의 사설 함대를 거느리고 천하에 임했을 때,

"사카모토 료마가 바로 그였었구나. 에도의 검술 시합에서 활약한 그 사나이였군."

그러면서 간신히 생각해 냈다고 한다.

그건 그렇고, 이 에도 가지바시 도사 번저에서 벌어졌던 각 유파의 시합 결과를 말하면, 가쓰라 고고로가 도사 번의 후쿠도메 겐지를 세 차례나 물리쳐 이겼고, 또 마지막 시합에서 호쿠신 일도류 대표인 가이호 한페이가 신도무넨류의 사이토 야쿠로에게 패했다는 것 등이, 그 후 얼마 동안 에도 검객 사이에서 화제가 되었다.

가쓰라는 확실히 강했다.

에도 검객 사이에 더욱더 정평이 나게 되었다.

영주 모리 공도 자기 번에서 이런 뛰어난 무사를 내게 된 것이 자랑스러워 일부러 가쓰라의 스승 사이토 야쿠로를 에도 저택에 불러 공식적으로 치하했을 정도였다.

그밖에 오무라 영주인 오무라 단고노카미 스미히로(大村丹後守純熙), 미부(壬生) 영주인 도리이 단파노카미 다다히로(鳥居丹波守忠擧) 등도 가쓰라의 검술을 보기 위해 그를 에도 번저에 불러 대접을 했다.

이해 가을, 그 가쓰라와 료마는 아사리 강변의 모모이 도장에서 공식 시합을 하게 되었다.

그 시합은 전번과 같이 영주가 주최하는 것이 아니라 도장 주최였다.

주최자는 다케치 한페이타를 사범으로 하는 교신아케치류의 모모이 도장이었다.

어느 날 오케 거리 도장에 다케치가 나타나 지바 주타로와 면담한 다음 료마를 불렀다.

"료마 나가게. 큰 시합이야."

"또 시합이야?"

원래 저런 사나이지……다케치는 그러한 표정을 지었다. 이 료마는 언제 보아도 게을러 보이고 팔팔한 데가 없었다.

물론 게으름은 료마의 겉모양뿐인데, 그것이 이 사나이의 수줍음을 감추는 방법인지도 모른다고 다케치는 보고 있다.

"이 시합은."

다케치의 말은 여전히 장중하다.

"자네 검명을 에도에 높이느냐, 못하느냐, 하는 막다른 골목이다."
"아하하."
"뭐냐, 그건."
"웃고 있는 거야."
료마가 말했다.
다케치는 발끈해지며 물었다.
"어째서 자네가 웃어야 하나?"
"검명이니 막다른 골목이니 하는 허풍은 원래가 다케치 한페이타 같은 고지식한 인물에게는 어울리지 않는 말이야. 소문에 들으니 당신은 요즘 유명해진 모양이더군."
"무엇이 유명하단 말인가?"
"아니 소문이야. 다케치 형은 상당히 여러 번의 비분 강개파들과 어울린다더군."
"교제야 하고 있지."
"그따위 연조비가(燕趙悲歌)의 선비들이 쓰는 말투가 옮아서 굉장히 격한 말을 쓰게 되었군, 하고 감탄하고 있지."
"료마!"
다케치는 새빨개졌다.
"자네는 근왕 양이를 비웃나?"
"웃진 않아. 나도 근왕 양이야. 하긴 학문이 없어서 당신처럼 거만하게 굴진 못하지만."
"거만이 뭐냐, 거만이?"
"말을 고치겠네. 이론이야. 이론은 변변히 지껄이지 못하지만……."
"좋아, 알았어."

다케치는 시합 이야기는 젖혀 놓았다.
"그럼 지금은 왜 웃었지?"
"그건 버릇이야, 용서해 주게. 자네 진지한 얼굴을 보고 있자니 그만 놀려 주고 싶었어."
"좋아, 용서한다."
다케치는 더 이상 추궁하지 않았다.
다케치는 사나이로서는 보기 드물게 맑고 아름다운 눈을 가지고 있었다.
"그런데 시합 문제 말이야."
"응."
"이건 차례로 꺾어내기다."
그 점이 지난 번 시합과는 다르다. 도사 번에서 한 시합은 유파마다 대표를 내놓고 한 패씩 다른 시합을 시킨 셈인데, 이번에는 유파를 고려하지 않고 차례로 물리쳐 승자를 결정한다는 것이었다.
"그러니 자연 이번에는 유파의 명예보다 번의 명예가 걸리게 된다."
"조슈의 가쓰라도 나오나?"
"물론 가쓰라도 나오지."
"그럼 하지 않아도 뻔해. 가쓰라가 이길 거야."

"아니, 이런 친구 보게나!"
다케치는 그만 큰 소리를 지르고 말았다. 다케치는 원래 침착하고 냉정하기로 알려진 사람이고 교양의 깊이로도 젊은 번사 중에서 단연 뛰어난 사나이였으나, 어쩐지 료마와 이야기를 하고 있으면 그 침착성을 잃고 말투까지 묘한 가락이 되어 버린다.
"다케치 형, 굉장한 목소리로군."

료마는 감탄하고 있다.

"소리가 커질 수밖에! 료마, 생각해 보라고. 무사된 자가 싸워 보기도 전에 적이 이길 것이 뻔하다고 하는 것은 실언이야."

"왜 그런가? 가쓰라 고고로의 검명은 이미 에도 천지에 알려져 있어, 지난번 시합에선 영주님조차 가쓰라의 묘기에 감탄하고, 고고로란 사나이는 메뚜기 같군, 하고 말했다잖아. 가쓰라의 귀신같은 솜씨에 걸려들면, 불초 사카모토 료마 같은 건 어림도 없어. 다케치 형, 나 도사 번을 대표해서 나가지는 않겠어."

"자네."

다케치는 말이 거칠어졌다.

"무사가 적을 보고 기가 죽었는가?"

"죽었지."

"그럼 자넨 무사가 아닌가?"

"무사, 무사, 하지 말게. 귀가 아파."

"그럼 자넨 뭔가?"

"사카모토 료마다."

태연하다.

이것이 료마의 평생을 통한 사상이었다. 무사다, 평민이다, 하는 것은 이 세상에서 잠시 빌려 입은 옷일 뿐, 진짜는 알몸뚱이 인간인 사카모토 료마뿐이라고 그는 생각하고 있다.

"난 허세를 싫어해. 멸치 새끼 이빨 갈 듯이 아무 힘도 없으면서 어깨를 으스대고 무사, 무사, 하고 설치는 것은 성미에 맞지 않아."

료마가 말했다.

"무사가 멸치 새끼라고?"

"무사도는 좋은 점도 있어. 하지만 잘아. 눈만 부라리는 품이 멸치 새끼 이빨 가는 것과 비슷해. 그런데 같은 무사라도 전국시대의 대장들은 훌륭해. 신겐이나 노부나가나 히데요시나 이에야스나, 모두 자기가 진다는 것을 알고 싸움을 한 건 젊었을 무렵 운명을 시험하는 대도박을 할 때 한 번이나 두 번쯤이었어. 그 뒤에는 반드시 이긴다는 것을 확인하고 나서 싸움을 했지. 영웅이라는 것은 그런 사나이를 두고 하는 말이 아닐까?"
"아무튼 료마, 나가라."
"그러나 다케치 형."
료마는 혀를 날름 내밀어 코 밑을 핥았다. 사실을 말하면, 바로 이 점이 료마가 묻고 싶었던 것이다.
"자넨 왜 나가지 않나?"
"그건 묻지 마라."
"흐음?"
"료마, 사나이라면 그건 묻지 마라. 내가 이 만큼 자네에게 부탁하는 거야. 아무것도 묻지 말고 내 부탁만으로 나가 주게."
"……."
료마는 생각했다.
마음을 돌이켰다. 나가리라, 생각한 것이다.
다케치는 도사 번의 젊은 하급무사들이 신처럼 떠받들고 있다. 사실 검술이나 인물이나 학문에 있어서 다케치만한 인물은 찾아보기 힘들지도 모른다. 만일 일단 유사시에 다케치가 호령을 한다면 도사의 초목도 떨쳐 일어날 것이고, 금방 그 영향 아래 있는 젊은 무사들은 떼를 지어 모여들 것이다.
그런 사나이라고 료마는 보고 있었다. 여기서 그 다케치가 진다면 젊은 사람들이 실망할 것이 아닌가.
"좋아, 가쓰라와 겨루겠다."

료마는 한 마디로 끊었다.

겨울도 깊어졌다.
서리가 내린 날 아침 료마는 검술 도구를 둘러메고 오케 거리 지바 댁의 현관 마루를 내려섰다.
뒤에서 사나코가 부싯돌을 쳐 주며 한마디 했다.
"꼭 이기시도록."
이 처녀로서는 보기 드물게 상냥한 말을 걸어 주었다.
"료마 형, 가쓰라의 손목치기를 조심하라고. 녀석은 날렵하니까 일어서면서 한 대 칠 거야."
주타로의 당부였다.
"암, 조심하고말고."
어슬렁어슬렁 도장을 나섰다.
문을 나서자 도베가 때마침 나타났으므로, 그에게 도구를 지웠다. 도베는 껑충껑충 따라오면서 말했다.
"이거야 기분인데."
무척 좋은 모양이다. 전에 부하로 삼아 달라고 부탁은 했지만 이렇게 주종(主從)이 같이 걸어가기는 오래간만이다.
"어디까지 가실 건가요?"
"교바시."
"뭘 하시려고요?"
일일이 귀찮게 묻는다.
"아사리 강변이야."
"아하, 모모이님 도장이군요. 그럼, 큰 시합이라도 있나요?"
"그렇다."
"이건 좋은 때 왔구나. 옛날로 말하면 출진하는 데 수행한다는 격이로군. 그런데, 서방님."

"입 좀 다물어."

료마는 걸어가면서 가쓰라에 대한 작전을 생각하고 있었다.

도장에 도착하자 벌써 출전자가 넓은 도장에 가득 모여 있었다.

다케치가 나와 맞이하면서 말한다.

"료마의 자리는 저쪽이다. 번마다 대충 자리를 잡아 두었어."

그러면서 료마를 안내했다. 다케치는 이 도장의 사범인 것이다.

번마다 대기소를 만든 것은 이 시합이 유파 대항 시합이 아니기 때문이었다. 주최자가 교신아케치류의 일개 도장에 지나지 않기 때문에 각 유파 대항이라고 해서는 곤란하다. 그렇다고 여러 번 대항하는 격식도 아니다. 번의 명예를 대표하는 개인의 시합인 것이다.

료마는 도장에 들어가 도사 번 자리에 앉았다.

옆자리는 게이슈(藝州)의 아사노(淺野) 집안.

그 옆은 가가(加賀)의 마에다(前田) 집안.

작은 번의 무사나 낭인은 그들끼리 모여 한쪽 모퉁이를 점령하고 있었다.

저편 끝이 조슈 번이었다.

그 속에 가쓰라의 얼굴이 보였다.

동료 번사들에게 둘러싸인 가운데 몸집은 작으면서도 다부지게 앉은 모습은 대군을 거느리고 싸움터를 노려보는 대장의 품격, 그것이었다.

'이건 대단하군. 저 사나이도 제법 틀이 잡혔는걸.'

심판단은 정면 좌우에 앉아 있었다.

　　모모이 슌조
　　사이토 야쿠로

지바 에이지로
　　가이호 한페이

　이러한 면면이며 그밖에 오늘은 와 있지 않지만 막부 신하인 오다니 세이이치로(男谷誠一郎), 마쓰다이라 치카라노스케(松平主稅介) 등을 만약 보탠다면 당대의 검단 명예가 모두 갖추어지는 셈이었다.
　이윽고 시합이 시작되었다.
　규정에 의해 세 명을 이긴 자는 일단 휴식을 취하고 차례로 이긴 자끼리 대항해 간다.

　도장은 동서 둘로 나누어져 동시에 두 패가 시합을 하게 되어 있었다.
　제일회 예선으로 세 명을 이긴 승자가 약 삼십 명쯤 남았다.
　제이, 제삼회의 선발로 패자, 부상자, 기권자가 탈락하여 승자는 여섯 명.
　거기서 점심때가 되었다.
　가쓰라 고고로도, 료마도, 물론 이 중에 끼었으나 오후 시합은 글자 그대로 비바람을 안고 있었다. 남은 면면을 보니 젊은 패들은 거의 탈락하고 모두가 검술 경력이 널리 알려진 강호뿐으로, 젊은 사람은 고고로와 료마 정도였다.
　여섯 명 중에 호쿠신 일도류는 료마와 아이즈 가신인 모리 요조(森要藏) 두 명이었다.
　모리는 벌서 마흔이 지났고 오타마가이케 지바 도장의 사범격인데 번으로 돌아가면 아이즈 마쓰다이라 집안의 지번(支藩)인 이이노(飯野)번의 검술 사범의 지위가 약속돼 있다.
　점심은 모모이 도장에서 도시락이 나왔다.

료마가 안뜰 마루로 나와 정신없이 도시락을 먹고 있으려니까 등 뒤에서 헛기침 소리가 났다. 뒤돌아보니 모리였다.
"아니, 어서."
모리는 겸연쩍어하고 있었다.
"그냥 드시지요. 번과 도장은 다를망정 귀하와는 같은 지바 선생의 검법을 배운 사람이어서 이야기를 하고 싶었습니다. 그냥 그대로."
"아니, 이거."
료마는 젓가락을 놓고 바로 앉지 않을 수 없었다. 상대는 유파의 대선배인 것이다.
모리는 강직한 사나이나 외모는 어디까지나 온유하고 예의가 바르다. 도사의 거친 무사 풍속과는 전혀 다르다. 그야말로 번사다운 품격의 인물이었다.
삼백여 번 가운데서 가풍에 옛 무사도의 규율이 있고 무협 충렬(武俠忠烈)에 있어서는 아이즈와 사쓰마가 제일이라고 한다.
"그런데."
모리는 마음씨 좋은 아저씨 같은 미소를 가득 보이면서 말한다.
"나는 사카모토님과 맞서게 되었습니다."
"아, 이것 참."
료마는 도사 태생 껄렁이였으므로 목덜미를 툭툭 치며 말했다.
"제가 졌군요."
"천만에요. 같은 유파이지만 힘껏 해 보고 싶습니다. 잘 부탁합니다."
"제가 오히려."
료마는 겸연쩍어서 어쩔 줄 몰랐다.
그런 다음 모리는 자기 도시락을 료마 옆으로 가지고 와 앉았다.

따지자면 모리 요조라고 하면 지바 슈사쿠 생존시의 직제자(直弟子)로서 료마와 같은 애송이는 말을 걸어 주는 것만 해도 여간 영광이 아니다.

꽤나 무던한 인품인 모양이었다. 료마는 훗날 이 인물과 교토에서 적이 될 줄은 몰랐으므로 몹시 기뻤다.

모리 요조는 이때 너덧 살 가량의 사내아이를 데리고 왔었다.

눈매가 곱고 영리하게 보이는 아이로 모리 뒤에 얌전히 앉아 어머니가 만들어 준 듯싶은 주먹밥을 먹고 있었다.

"이 아기는 모리 선생님의 아드님입니까?"

료마가 묻자 모리는 기쁜 듯이 끄덕이며 대답했다.

"그렇습니다. 에도의 검객이 모두 모이는 이 큰 시합을 꼭 보여 주고 싶어서 데리고 왔지요."

그리고 아들에게 인사를 시켰다.

"이분이 사카모토 선생이시다. 인사 드려라."

아이는 자기 도시락을 급히 싸서 그것을 뒤편으로 치워 놓고 자못 무사의 아들답게 깍듯이 두 손을 짚었다.

"도라오(寅雄)라고 합니다."

료마는 고개를 끄덕이고 다정한 미소를 보였다.

"아기는 꼭 훌륭한 검사가 될 거요."

오후부터 시합이 시작되었다.

료마가 도장 정면에서 걸어 나왔다.

상대는 모리.

두 사람은 일어서자마자 서로 날 듯이 떨어져 아홉 자 간격을 두었다.

모두 중단이다.

곧 서로 거리를 좁혀 사이가 여섯 자라고 본 것은 순간이었다.

료마의 칼이 움직이고 모리의 칼이 움직였다. 타닥, 죽도가 공중에서 울리고 두 사람은 또다시 떨어졌다.

기량은 모리가 노숙했다. 료마에게는 발놀림에 젊음이 있다고 할 수 있었다.

모리의 검술은 정묘하고 또한 기술 연구가 구석구석까지 골고루 미쳐 있다.

그에 비하면 료마의 검은 성난 파도 같은 호쾌함이 있었으나, 양자를 비교하면 역시 미숙함은 감출 길이 없었다.

진행석에서 바라보고 있던 다케치는 안절부절못했다.

'이거 료마가 지겠는걸.'

'료마, 기력으로 이겨라. 젊음과 기력으로 밀면 어떻게 될 거야.'

다케치는 빌고 싶은 심정이었다.

우정도 있지만 도사 번의 명예를 위해서였다. 도사 번사는 이미 몇 차례 선발에서 하나하나 탈락하고, 료마 밖에 없었다. 게다가 다케치 자신의 형편으로 말한다면 료마가 여기에서 쓰러지면 진행계인 자기가 도사 번을 위해서 싸워야 한다.

모리는 그렇다 하더라도, 조슈의 가쓰라 고고로가 남아 있다.

다케치는 가쓰라가 질색이었다.

전에도 시합에 진 경험이 있었다. 가쓰라의 장기, 얼굴에 오는가 하면 허리로 오고, 또 물러나면서 손목을 치는 등 날랜 기법은, 다케치로 서는 당해 내기 어려웠다.

지난 번 도사 번저에서 가졌던 시합에서도 주군인 도요시게가

—가쓰라란 사나이는 메뚜기처럼 날랜 솜씨로구나.

세 번이나 감탄했을 만큼 민첩한 칼 솜씨였다. '아무래도 그 검

이 내겐 맞지 않아.'

다케치는 빌고 있다. 료마라면 어떻게 해 낼 수 있지 않을까, 하고. 료마의 검은 상대에 따라 적수(敵手), 부적수가 있을 것 같지 않은 엉뚱한 검이기 때문이다.

'그러자면 우선 모리를 쓰러뜨려라.'

한데 료마는 평소의 기백이 보이지 않는다.

수세에 몰리는데다가 물러서면서 찌르는 수를 많이 쓴다. 물러서며 찌르기는 아무래도 수가 얕아 심판은 점수로 치지 않는다.

'안 되겠다.'

그렇게 생각한 것은 당사자인 료마였다.

아까 점심 때 네 살 난 아이를 본 일이 머리에 들어붙어 떨어지지 않는다. 아이도 이 시합을 보고 있다.

아버지 요조가 새파란 검객에게 맞는 것을 보면 소년의 눈에 어떻게 비칠까 하는 생각을 하니 그만 료마의 검은 둔해진다.

'그 아이를 본 것이 실책이었다.'

료마가 그렇게 생각했을 때, 모리의 여덟 자 세 치 죽도가 머리 위로 날아와 탁, 하고 얻어맞았다.

"면(面)!"

심판의 손이 올라갔다.

료마도 이에는 당황하였다.

'잡념이 있기 때문이다. 다만 전신 전령(全身全靈) 검 그 자체가 되어야 한다.'

그런 생각을 하는 순간, 료마의 칼끝이 미끄러지듯이 올라가 높은 좌상단으로 뻗쳤다.

쿠당! 하고 하카마를 차고 한 걸음.

모리의 면상이 무참하게 얻어맞았다.

승부는 나머지 한 판.

다음에는 모리가 느닷없이 옆으로 들어오는 것을 료마는 뿌리치지도 않고 몸을 뒤로 젖혀 피하며 그 순간 모리에게 허점이 생긴 틈을 노려 번개처럼 갈겼다.

료마는 어디를 쳤는지 의식하지 못했다. 심판이 손을 들고 나서야 겨우 알았다.

"면상 한 판. 그만!"

'이겼는가?'

인사하고 대기 좌석으로 돌아오자 몹시 숨이 차오는 것을 느꼈다. 이런 일은 료마에게는 드문 일이었다. 모리와의 싸움에 어지간히 정신을 써 버린 모양이다.

문득 보니 아이즈 좌석으로 모리가 돌아가는 모습이 눈에 들어왔다. 몸집이 작으면서도 모리의 발걸음은 당당했고 아직도 정신력이 넘쳐 있는 느낌이었다.

과연 기술의 우열에서는 료마에게 뒤진다고 하나 그것은 검을 들고 나서의 경력의 차이일 것이다.

'검술은 시합만이 아니로군. 앞뒤의 행동으로 역량을 알 수 있는 것 같다.'

료마의 숨결은 아직도 거칠었다. 가능하면 여느 때처럼 드러눕고 싶었으나 이 경우 그럴 수도 없었다.

그러고 있는데 다케치가 옆에 와서 얼굴을 들이댔다.

"료마."

"다음이야."

"무엇이?"

"이 녀석 능청은. 가쓰라와의 시합 말이야."

과연 도장은 조용했다.
가쓰라가 출전하고 있던 시합도 모두 끝난 모양이었다.
"누가 이겼나?"
"뻔하지, 가쓰라야."
"어디 있나?"
"아까까지 조슈 대기석에서 쉬고 있었는데 물을 마시러 간 모양이야. 늠름하더군. 이 시합에 마지막까지 남을 작정인 것 같다."
"난 말야, 다케치 형. 미안하지만 모리 선생과의 시합에서 너무 서둘러 댔어. 그건 아무리 봐도 우연한 승리였어. 이제 가쓰라와는 못할 것 같아."
다케치는 잠자코 있다.
'평계는 용서 않는다'는 얼굴로 지그시 료마의 얼굴을 쏘아 보았다.
료마는 두 손으로 머리를 싸안았다.
"한다."
다케치의 이 진지한 듯한 얼굴이 어쩐 일인지 질색인 것이다.
"해 주겠나?"
"자네 그 얼굴을 보고 있는 것보다 하는 게 낫겠어."
"까불지 마라."
다케치는 가 버렸다.
드디어 시합이 시작되었다.
일어서자마자 쌍방이 법대로 여섯 자의 간격을 두고 대치.
가쓰라는 중단이었다.
료마는 이를 대기석에서 다케치가 보고 남몰래 놀란 것이지만 한 손으로 상단을 겨눴다. 료마가 처음으로 취한 겨냥이다.

다케치는 료마의 외손(한쪽손) 상단을 보고 생각했다.

검술시합 47

'허어, 의표를 찌르겠다는 걸까.'

료마답다고 감탄했으나 어쩌면 처음부터 질 셈으로 그런 괴상한 기법을 취했는지도 모른다고 생각했다.

불안했다.

등이 그대로 열려 있다. 료마는 오른손을 높이 들고 왼손은 허리에 대고 있었다.

하나 료마에게는 이유가 있다.

가쓰라의 검은 그 인품을 닮아 구석구석까지 이치가 깃들어 있다. 그의 장점은 그 크고 작은 이치를 신속하게 변화시킬 뿐만 아니라, 어디까지나 이치에서 벗어나지 않는다는 데에 있다.

료마는 반대로 몸통을 터무니없이 비워 주었다. 아니나 다를까, 가쓰라는 어리둥절했다.

—어쩔 셈이지?

가쓰라의 죽도에 의심이 있었다.

가늠하기 어려워 움직이려고도 하지 않는 것이다.

원래 상단이라는 것은 당시 에도(江戶) 삼노검(三老劍)의 한 사람이라 일컫는 모모이 슌조의 장기(長技)로, 배를 마음먹고 드러내 놓는 어엿한 자세였다. 한데 그것도 두 손을 잡는 것이지 외손은 아니다.

외손 상단의 장기를 가진 사람은 에도에서 단 하나뿐이다. 지바의 작은 귀재라고 일컬어진 에이지로(슈사쿠의 차남)로 그는 그 대신 보통 크기보다 긴 넉 자 죽도를 썼다.

—료마의 외손 상단이란 들은 적도 본 적도 없다, 라는 것이 바로 가쓰라의 본심이었으리라. 하나 료마는 맞을 작정으로 있었다.

한 걸음 나갔다.

다시 두 걸음. 세 걸음.

가쓰라는 주춤주춤 물러난다.

료마가 쫓는다. 그의 몸통은 어처구니없이 더욱더 허술하여 가쓰라의 눈으로 보면 헤벌어진 입처럼 보였다.

'칠까?'

그러나 가쓰라는 망설였다.

그 틈에 도장 구석까지 가쓰라를 몰아붙인 료마가 아무렇게나 뛰어들어 철썩, 하고 면상을 갈겼다. 놓아 둔 물건을 때리듯이. 어처구니 없이 가쓰라가 졌다.

"면상 한 판!"

가쓰라로서는 있을 수 없는 일이었다. 한동안 멍하니 있었으나 아뿔싸, 하고 알아차렸다.

'그것은 아무것도 아닌 것이었구나.'

뜻과 이치를 너무 골똘히 생각했기 때문에 오히려 자승자박이 되어 스스로 목을 료마의 칼 아래 내어 준 셈이 되었던 것이다.

'안 되겠어. 이 사나이는 딱 질색이야.'

가쓰라는 죽도를 고쳐 잡고 당장에 쳐들어갔다. 료마는 받는다.

다음부터는 가쓰라다운 가열한 공격이 시작되어, 료마에게는 숨 돌릴 틈도 주지 않는다.

머리, 몸통, 손목, 이렇게 상대를 숨도 못 쉬게 몰아세우는 것이 가쓰라의 특기로, 도사의 영주로 하여금 혀를 내두르게 한 기법이다. 료마도 별 수 없이 밀리며 받고 치고 피하고는 쳤지만 모두가 얕아 승부는 나지 않았다.

얕은 공격은 가쓰라도 마찬가지였다.

아마 쌍방이 이십 합은 거듭했을 것이다. 진검이라면 두 사람 모두 깊은 상처, 얕은 상처가 여남은 군데 생겨 기진맥진했을 것이었다.

마지막으로 가쓰라는 물러서면서 료마의 몸통을 소리도 크게 갈겼다.
"몸통 한 판!"
나머지 한 판이 판가름이다.

세 판째.
별안간 가쓰라는 기합과 함께 밀고 나왔다.
"야앗!"
검에 자신이 생겼다.
'처음의 그건 잘못 진 것이었어.'
가쓰라는 그렇게 생각하고 있다. 당초 료마의 엉뚱한 겨냥에 넋을 빼앗기고 적의 역량을 과대평가하여 그만 실수를 저질렀다.
두 번째는 다시 솜씨를 되찾아 간신히 료마의 몸통을 뺏었다.
'이젠 두려워할 것이 없다.'
검술시합이란 그런 것이다. 정신적으로 적을 압도하기만 하면 동작이 더욱 날카로워진다. 하물며 기민하기 짝이 없는 가쓰라다.
번개처럼 번쩍, 죽도가 움직였다.
기묘한 시합이어서 가쓰라는 료마의 주위를 날렵하게 달려 다니고 있었으나 료마는 칼을 중단으로 겨냥한 채 별로 움직이지 않았다.
―움직이지 않겠다.
일부러 버티고 있는 것 같았다. 가쓰라와 함께 움직이면 가쓰라의 기민성에 지고 만다. 그렇게 생각하고 있는 모양이었다.
가쓰라가 유인해도 료마는 여느 때와는 달리 대범하게 응수하려 들지 않는다. 가쓰라의 기합을 비켜 그 칼끝을 진득진득하게 감아올려 팔목을 노리기도 하고, 가볍게 되치면서 팔목 안쪽을 노리기도 한다.

'이상하다. 료마가 위축되고 있으니.'

이렇게 생각한 것은 다케치만이 아닐 것이다. 관람석의 누구나가 그렇게 생각했다.

움직이지 않는다고 했지만 가쓰라의 맹렬한 공세에 주춤주춤 밀리고 있다.

―역시 가쓰라다.

누구나가 그렇게 생각했다. 이것이 료마가 머리를 짜내어 생각해낸 것이라고는 아무도 모른다. 가쓰라도 눈치 채지 못하고 있다. 심판하는 여러 검객들도 모르고 있었다.

마침내 도장의 벽 널판자까지 밀려갔을 때, 료마는 별안간 칼끝을 쳐들어 상단으로 겨냥을 바꾸었다.

극히 가벼운 변화였다.

동작을 일으키려던 가쓰라는 흠칫했다. 그러나 곧 생각을 돌렸다.

'예의 그 상단이다.'

깔보았다. 그런데 료마의 변화가 너무나 천연덕스러웠기 때문에 그 겨냥에 비밀이 감춰져 있으리라고는 미처 몰랐다. 상단 오른쪽 팔꿈치가 그것이었다.

보통보다 팔꿈치의 각도가 평평했다. 이 때문에 가쓰라는 거리를 잘못 읽었다.

'저것 봐라, 고고로 놈이 잘못 읽는구나.'

료마는 그런 생각을 하면서 회심의 미소를 띠고 때마침 가쓰라가 찌르고 들어오는 틈에 이번에는 그 오른쪽 팔꿈치를 쑥 앞으로 내밀었다. 이것이 또다시 가쓰라의 목측에 혼란을 가져왔다. 동작 도중에 가쓰라는 당황했다. 이 당황으로 순간 주저하게 되었다.

틈이 생겼다.

료마의 장대한 총알 찌르기가 결정지어진 것은 이 순간이었다.
꽈당!
가쓰라는 나가 떨어졌고 면구가 턱에서 벗겨져 얼굴 중턱에 걸렸다고 한다.
유례없는 일격이었다. 다케치는 어지간히 좋았던지, 이때 이 정경을 그림으로 그려 고향 아버지에게 보냈다고 한다.

젊은이들

해가 바뀌어 안세이 오년(1858년). 료마는 스물네 살이 되었다.

새해 새아침은 번저에서 맞이하고 해가 뜨자 곧 지바 도장에 가서 데이키치 선생에게 세배를 드린 다음, 주타로와 함께 도장에 나가 밀려오는 제자들의 인사를 받았다.

제자들은 한 사람, 한 사람 앞으로 나와 우선 주타로에게 인사를 했다.

"작은 선생님, 축하드립니다."

다음에는 료마에게도 인사하고 물러간다.

"사카모토 선생님, 올해도 부탁드립니다."

오후가 되자 주타로는 료마를 재촉하여 자기 방에 들어가 아내 오야스에게 술상을 차리게 했다.

"둘이서 축배다."

"주타로 형, 축하하네."

료마는 잔을 들고 가볍게 머리를 숙였다. 이 축하 인사는 새해 인사로 한 것이 아니다.

새해 들어 곧 지바 주타로는 인슈(因州) 돗도리 이케다(池田) 집안의 검술 사범으로 초빙을 받게 되었던 것이다.

이 지바 일족은 검술의 명가로서 미도(水戶) 도쿠가와 집안을 비롯한 각 번에 초청되어 녹봉은 받는 한편, 시중에서 도장을 경영하는 것이 슈사쿠 이래의 관례가 되어 있다.

물론 모두 에도 번저 근무여서 본국에는 가지 않는다.

주타로도 마찬가지로 사흘에 한 번씩 이케다 집안의 에도 번저로 나가는 것이다.

"가미시모(裃 : 에도 시대 무사의 예복 차림)가 질색이야. 게다가 내 말씨가 이래서 영 어울리지 않아, 그런 근무는."

주타로는 어색한 듯이 웃으면서 이 화제에서 빠져나가 말을 돌린다.

"그보다도 료마 형은 어떻게 할 텐가?"

"어떻게 하다니? 난 그런 가미시모 같은 건 안 입어."

"그럴 테지. 자네가 그걸 입으면 어울리지 않아. 역시 그렇다는 건가?"

"음?"

"올 가을 귀국하겠나?"

"그렇게 되겠지."

번에서 허락한 에도 유학 기간이 올 가을로 끝나는 것이다.

"어떻게 그걸 말이야, 잘 부탁해서 에도 체류를 연기할 수는 없을까?"

"안 될 걸."

번법은 엄격하다. 제멋대로 기한을 넘겨 에도에 머물고 있으면 자동적으로 탈번의 중죄를 짓는 셈이 되는 것이다.

"에도도 쓸쓸해지겠구나."

주타로는 에도인다운 감상가였다.

"대체 고향에 돌아가서 뭘 할 셈인가?"

"별로 생각한 게 없어."

료마도 낙심천만이다.

사실 무엇을 할는지 생각도 하지 않았다. 곤페이는 성 아랫거리 알맞은 곳에 대지를 구하여 도장을 열게 할 셈인 모양이지만 료마는 싫었다. 이 젊은 나이로 도장 선생이 되고, 장가를 들고, 자식을 낳고, 시골 검객으로 일생을 마치다니, 아무리 생각해도 따분한 일이었다.

그 무렵 에도의 도사 번저는 가지바시의 본저 외에 히비야(日比谷)에 중저(中邸), 쓰키지, 사메즈(鮫洲), 스가모(巢鴨)에 하저(下邸) 등이 있어 각기 번사들이 근무하고 있었다.

막부에 대한 외국의 압박이 심해짐에 따라 각 번이 모두 본국의 유능한 젊은이를 에도에 불러 올려 무예와 학문을 연마하게 했다.

특히 이 경향은 조슈와 도사 두 번이 두드러졌다.

도사 번의 가지바시 번저 등은 이러한 청년이 늘었기 때문에 몇 채 증축했을 정도였다.

이 패거리들이 고향을 떠나올 때, 부형이나 향리의 선배는 이렇게 말하는 것이다.

―다케치나 사카모토처럼 되어 돌아오너라.

다케치 한페이타.

사카모토 료마.

이 두 사람의 이름은 이미 고향 도사의 구석구석까지 울려 펴지고 있었다.

특히 다케치는 어릴 때부터 신동이란 이름이 높았기 때문에 고향 어른들은 머리가 좋은 청년에게는

―한페이타를 본받아라.

했고, 둔재인 청년에게는

―알겠나, 저 혼초 일가의 코흘리개도 지바 도장의 사범까지 되었어. 자신을 버리지 말고 노력해야 돼.

그렇게 말했다.

다케치는 수재의 대표, 료마는 둔재들의 동경의 대상이 된 셈이었다.

그 다케치는 번저에 머물고 또한 남의 일을 잘 돌봤기 때문에 자연 젊은이들이 따르게 되어, 어느새 젊은 하급 무사 사이에 '다케치 당'이라고 할 만한 것이 은연중 생겨나고 있다.

료마는 달랐다.

이 사나이는 답답한 번저 거주가 싫어서 거의 붙어 있지 않는다.

그러므로 모처럼 고향에서 올라온 청년들도 이 둔재의 신(神)의 얼굴을 모르는 자가 많았다.

정초가 지난 어느 날 다케치가 오케 거리의 지바 도장에 나타났다.

"고향에서 새로 올라온 녀석들이 꽤 많다. 며칠 번저에서 지내지 않겠나? 모두 자네 얼굴을 보고 싶어하는데."

그러나 료마는 부수수한 머리를 긁적거리며 그건 곤란한데, 하면서 웃었다.

"뭐가 곤란한가. 자네를 보고 싶다는 패들이 많은데."

"알고 있어, 알고 있어."

그런 패들일수록 어릴 때 오줌을 쌌다든가, 코를 흘렸다든가, 머리가 나쁘다든가, 그런 녀석들뿐인데, 료마가 바보를 고치는 신약이라도 갖고 있는 줄로 아는 모양이었다.
"딴은."
이에는 다케치도 한바탕 웃고 나서 말했다.
"그야 자네도 곤란할 테지. 그런 눈으로 따른다면 말이야. 짐작하겠어. 그렇지만 뭐 어떤가."
"글쎄, 얼마동안 번저에서 다녀도 좋겠지."
그날 저녁 번저로 돌아갔다.
젊은 패들은 다케치의 방에서 술을 준비해 놓고 기다리고 있었다.

모두 젊다.
다케치를 제외하고는 스물 네 살인 료마가 제일 나이가 많았다.
"사카모토 선생님."
이렇게 부르는 자도 있었다. 청년 하나가 료마를 안내하여 사나코의 옆 상석에 앉혔다.
"뭐냐, 이건 자리가 너무 높아."
료마가 말했지만 모두들 듣지 않는다. 둘러보니 즐비하게 점잖은 얼굴로 앉아 있다.
술잔이 돌기 시작하자 한 사람 한 사람 술잔을 받쳐 들고 와서 잔 돌려받기를 원하는 것이었다.
'이거 놀랐는걸.'
료마는 일일이 잔을 주면서 생각했다.
'나도 나이가 들었군.'
열아홉 살 때 에도로 나온 후 5년이 되는 것이다. 어느덧 번저의 젊은 친구들의 형뻘이 되고 말았다.

"료마."
옆에서 다케치가 불렀다. 이 사나이는 술을 마셔도 대단한 솜씨다.
"오늘밤은 취하자."
"응, 다케치 형도 취하라고."
"암, 쓰러질 때까지 마시지."
노래가 나왔다.
도사 청년의 노래라고 하면 으레 '요사코이 타령'으로, 같은 노래를 되풀이해 부르는 것이다.

 도사하고도 고치
 하리마야 다리에서
 스님이 비녀 샀다네.

"댕가당 댕가당!"
료마도 젓가락으로 찻잔을 두들기면서 노래를 한다. 저마다 자작인 '요사코이 타령'을 부르는 것이 이런 주석의 관례이므로 료마도 즉흥 노래를 불렀다.

 꽃 피는 에도의
 료코쿠 다리(兩國橋)에
 안마사가 안경을 사러 왔다네.

료마가 두고두고 자랑한 자작 가사인데 그다지 신통할 것은 없다.
그러는데 좌석 한구석에서 보기에도 눈이 날카롭고 다부지게 생긴 얼굴의 사나이가 일어섰다.

별안간 큰 칼을 뽑아 '혼노사(本能寺)'라는 칼춤을 추기 시작했던 것이다.

한편 읊조리고 한편 춤을 추며 칼 놀림과 몸놀림이 실로 훌륭했다. 나이는 짐작컨대 료마보다도 두세 살 아래인 모양이다.

"저건 누구야."

다케치에게 물었다.

"몰랐나? 아키 군 기다가와(北川) 마을의 촌장 아들인데 역시 조소카베 무사의 자손이야. 이름은 나카오카 신타로(中岡愼太郞)라고 하네."

"허어, 저 사나이가?"

이름만은 듣고 있다. 면도날 같은 두뇌와 활달한 실천력을 갖고 있다고 한다.

"잘생겼는데."

"응, 전국시대에 태어났더라면, 저놈도 천하를 차지할 사나이였을 서야."

칼춤이 끝나고 자리로 돌아가려는 나카오카를 다케치가 손짓해 불렀다.

"나카오카 군, 이리 오라구."

"왜요?"

흥이 깨질 만큼 고집스러운 표정을 나카오카는 지었다. 료마가 그제야 생각해 보니 좌석에서 이 사나이만이 자기에게 잔을 주지 않았다.

"왜라니, 자네……."

다케치도 불쾌한 표정으로 대꾸했다.

"그저 오라고 했을 뿐이야."

"다케치 선생님은 이유도 없이 사람을 부르십니까?"

"그럼 내가 묻겠는데 자네는 이유가 없으면 오지 않나? 거기서 불과 세 걸음밖에 안 되는 데."

"설사 세 걸음이라도 나카오카 신타로는 이유 없이 몸을 움직이지 않습니다."

'이건 괴물이로군.'

료마는 생각했다. 까다로운 정도가 아니다. 까다로움이 인간의 가죽을 쓰고 걸어다니는 것 같은 사나이였다.

다케치도 좀 난처한 듯이 말했다.

"아냐, 가벼운 이유는 있지."

"말씀해 주십시오."

"여기 사카모토 형이 와 있어. 자네를 사카모토 형에게 소개하고 싶군."

"필요 없습니다."

이 말에는 다케치와 료마도 놀랐다. 시비조가 아닌가.

"어째서?"

"저는 검술사에게는 흥미가 없습니다."

"나카오카 군."

다케치는 칼을 당겨 놓았다.

"선배를 모욕하면 그냥 두지 않는다. 첫째, 나도 검술사야."

"다케치 선생님은 다릅니다. 검을 천하의 일에 쓰려고 하십니다. 그래서 존경합니다. 선생님 옆에 계신 분은 단순한 검객으로, 아니 실례. 그러나 사실이니까요. 모처럼 허리에 칼을 찼으면서도 지금 천하가 어떻게 되어 가는지, 우리들 젊은이가 무엇에 목숨을 바쳐야 하는지 생각해 주실 것 같지 않습니다. 그런 분과는 가까이하고 싶지 않습니다."

'놀랐는걸.'

료마는 솔직히 말해서 눈이 휘둥그레졌다.
"나카오카 군."
다케치는 칼을 들고 일어났다.
"밖으로 나와. 나는, 내 친구를 모욕하면 가만히 있을 수 없어."
"아니 제가……."
그러면서 펄쩍 뛰다시피 일어난 것은 오카다 이조였다. 졸개의 신분이기에 아까부터 말석에서 움츠리고 있었지만 료마가 모욕을 받자 견딜 수가 없었던 모양이다. 그리고 이 사나이는 다케치의 검술 제자였다. 스승의 손을 더럽히느니 자기가 해치우겠다는 생각이었으리라.
"제가 하겠습니다. 나카오카, 밖으로 나와."
벌써 오른손이 칼자루에 가 있었다.
과연 뒷날 '사람 백정 이조'라고 불리었을 정도의 사나이다.
"아니 이거야……."
터무니없이 밝은 목소리를 낸 것은 피해자인 료마였다.

"손들었다."
료마는 순순히 머리를 숙였다.
"나카오카 군, 자네가 말한 그대로야. 난 학문이 없기 때문에 아무것도 모른다. 천하가 어떻게 돌아가는지, 그 천하를 향해 자네처럼 어떻게 소리쳐야 할지, 아무것도 몰라. 겨우 조금 알고 있는 것은 호쿠신 일도류의 칼솜씨 정도야."
좌중이 숙연해졌다.
료마가 나카오카의 무례에 화를 내어 한칼에 베어 버리지나 않을까, 긴장하고 있었는데 뜻밖에도 진지하게 사과하고 있는 것이다.
"사카모토님."

이번에는 나카오카 편에서 놀랐다.

"저는 이런 성질입니다. 요즘 나라의 앞날을 생각하면 밤에 잠을 이루지 못하죠. 그런데도 우리 도사 번 젊은이들은 모처럼 에도에 왔으면서도, 유흥에 넋을 빼앗기고, 시시한 노랫가락이나 배워 우쭐거리고, 다소 고지식한 자는 검술에만 팔려 세상을 근심하려고도 하지 않습니다. 그래서 안절부절못하는데, 오늘밤처럼 뱃속에 술이 들어가면 그만 피가 치밀어 올라 걷잡을 수가 없게 돼 버립니다."

주사(酒邪)가 있는 모양이다.

"아니, 자네는 훌륭하다."

료마는 진정이다.

"도사 아키군 기타가와 산골 마을의 촌장 집에 태어났으면서도, 뱃속에 천하를 넣고 있어. 술이 취해도 그걸 잊지 않아. 나도 자네 마음가짐을 배워야 하겠지만 아무튼 어릴 때부터 타고난 둔재야. 조금씩 배우도록 하지. 세상이 나를 필요로 할 때까지 조금씩 말이야. 그때까지는 검술만 하고 있더라도 화내지 말고 참아 줘야겠어."

"아니, 술이 깼습니다."

나카오카는 료마 앞에 앉았다.

"폭언을 사과합니다."

"허어, 그게 폭언이었나?"

료마는 어디까지나 티가 없다.

"정말 폭언이었나?"

"예."

"이것 참 놀랐는걸. 난 자네가 진정으로 충고해 주는 줄 알았어. 그게 폭언이었군그래?"

"그러나."
"아니 놀랐어. 자기가 폭언이라고 인정했기 때문에 사과하는 것일 테지. 무사가 내뱉는 말에는 한 마디라 할지라도 목숨을 걸어야 하는 거야. 그것을 금방 폭언이라고도 자인하거나 사과를 하는 것은 나 같은 검술장이의 성미에 맞지 않아."
"그럼 사과하지 않겠습니다."
"됐어."
료마는 잔을 놓고 말했다.
"자네도 하고 싶은 말을 하여 마음이 후련하겠지. 대신 내게도 기분을 풀게 해 주겠나?"
"부디."
료마는 느닷없이 나카오카의 멱살을 잡았다.
나카오카는 뿌리치려고 했으나 엄청난 힘인지라 꼼짝도 못한다.
"미안허이."
료마는 주먹을 쥐자 힘껏 나카오카의 뺨을 갈겼다.
"앗!"
"기분이 풀렸다. 나카오카 군, 마시자."

그 후 다케치는 그날 밤의 료마가 한 일이 머릿속에 남아 사라지지 않았다.
'좋은 놈인데.'
그렇게 생각했다.
그러나 요즘 말로 하면 료마에게는 세계관이 없다. 천하 국가가 어떻게 되건 아랑곳없이 도장 먼지만 뒤집어쓰고 있다.
'저대로 버려두면 한낱 검객으로 마칠 수밖에 없는 사나이다.'
그 사건이 있었던 다음날 나카오카가 다케치의 방으로 찾아와 두 손을 짚었다.
"다케치 선생님!"
나카오카는 모모이 도장에서 검술을 닦고 있다. 모모이 도장의 사범인 다케치는 나카오카에게는 선생님인 것이다.
"지난밤에는 취한 김이라지만 사카모토님에게 실례를 해서 죄송합니다."
"내게 사과를 해도 별수 없지만 그 추태는 좋지 않았어. 조심해야 할 일이야."
"예."
다케치는 조슈의 요시다 쇼인(吉田松陰)처럼 교훈벽이 있었다.
"그러나 그 일에 대해서는 그때 사카모토가 너를 때렸기 때문에 깨끗이 결말이 났어."
"그 무서운 힘에는 놀랐습니다."
"아니 내가 놀란 것은……."
료마가 싱글벙글 얼굴빛도 변치 않고 나카오카의 뺨을 때린 일이다. 때린 다음 봄볕처럼 온화한 얼굴로
―마시자, 했다.
예사로운 인간이 아니다. 함부로 보아 넘길 수 없는 사나이다.
그리고 다케치가 보고 놀란 것은 맞았으면서도 나카오카가 마침내 료마의 분위기에 말려들어가
―마십시다, 말하고 잔을 든 일이다.
나카오카라는 사나이는 이론가이면서도 성급하고, 게다가 굉장한 격정가이다. 그러한 자가 얼굴이 비뚤어질 만큼 맞고도 고양이처럼 얌전해져서 그 뒤엔 노래까지 불렀다. 료마에게는 사람을 녹이는 독특한 무엇이 있는지도 모른다.
그래서 다케치는 '그만한 사나이가……' 하는 생각을 하는 것이

다.

"아까워."

다케치는 나카오카에게도 말했다.

나카오카는 "그렇습니다" 하며 고개를 끄덕였다.

"저는 분명 실례를 했습니다만 그때 사카모토님에게 말한 저의 견해는 지금도 변함이 없습니다."

"어때, 그놈을 한번 깨우쳐 줄까."

다케치의 교훈 버릇이다.

"그만한 사내를 훈련시키면 도사 번만 아니라 천하의 인물이 될 수 있어. 아니 천 년 역사에 남을 만한 영걸이 될는지 모른다."

"합시다. 사카모토님을 깨우치지 못하면 저는 공연히 매만 맞은 셈이 됩니다."

나카오카 신타로는 막부 말기에 도사 번을 탈번하여 조슈로 갔다가, 다시 이리저리 돌아다닌 끝에 교토에 나타나 거기에서 횡행하는 각 번의 탈번 낭인을 모아 육원대(陸援隊)를 조직하고, 그 대장이 되어 천하의 풍운에 발을 내디딘 사나이다.

만숙(晚熟)이라는 말이 있다.

료마를 그렇게 부를 수밖에 없다.

바른 말로 작자는 안세이의 검술 시합 이후, 료마가 매일 무엇을 생각하고 있었는지, 모을 수 있는 대로의 자료를 모아 상상을 해 보았으나 끝내 알 수가 없었다. 그것은 그의 손위 친구인 다케치 한페이타 손아래 친구인 나카오카 신타로도 마찬가지였다.

'대체 무엇을 생각하고 있을까?'

다케치와 같은 예민한 사나이에게는 료마의 멍청한 꼬락서니는 수수께끼였을 것이 틀림없다.

아무튼 그 당시의 일본 정계와 논단은 개국과 양이, 막부와 조정, 장군 계승 문제 등으로 물 끓듯한 소동이었다.

사카모토 료마와 더불어 유신의 원훈이라고 일컬어지는 사이고 다다모리는, 그 주군 사쓰마 영주 시마쓰 나리아키라의 특명을 받고 막부의 중대한 정치 사건이었던 장군 계승 문제를 둘러싸고 에도, 교토에서 벌써 활약 중이었다. 가쓰라 고고로도 해방(海防) 문제에 흥미를 가지고 주군 모리 공에게 헌책을 하는 한편 양식 포술을 배우고 있었다.

이 세 사람은 유신사의 세 주연자인데 료마는 아직도 그 연극 연습도 하지 않고 있는 형편이었다. 그뿐만이 아니라 자기가 그와 같은 주역이 되리라고는 꿈에도 생각하지 않고 있었다.

시대는 움직이고 있다.

그러나 스물네 살인 료마만은 움직이지 않고 있었다. 이 동안 료마는 검술에 열중하고 있었다.

사실 검술이 좋아서 못 견딜 정도였다. 한창 검술을 알기 시작한 시기라고 해야 할 것이었다.

'천하 국가를 논하는 일 따위는, 가쓰라나 다케치 같은 재사(才士)들에게 맡겨 두는 거야.'

그런 생각을 하고 있었다. 아니 확실히 그렇게 정한 것은 아니었지만 그렇게 생각할 수밖에 없는 열등감이 료마에게는 있었다.

자기는 머리가 나쁘다고 하는 것이 료마가 품고 있는 생각이었다. 이 생각은 어릴 때 서당 선생이 심어놓은 것이었다.

고치 다이젠 거리(大膳町)의 서당 훈장인 구스야마 쇼스케가 료마의 기억력이 나쁜 데 놀라 도저히 맡을 수가 없다고 가르치기를 거절해 온 일이 있었다. 이때 소년의 마음에 박힌 열등감은 쉽사리

사라지지 않았다.

 그러나 료마는 검술만 하고 있으면 이러한 열등감에서 벗어날 수가 있었다. 이 세계만은 료마의 독무대여서 가쓰라 다케치도 료마의 이 세계에 들어오기만 하면 보기 좋게 지고 마는 것이었다. 료마가 이 세계에 열중하게 되는 것도 무리는 아니었다.

 그러나 세상은 움직이고 있다.

 료마도 알고 있다.

 알고 있을 정도가 아니라 료마의 오케 거리의 지바 도장 등은 바로 젊은 논객들의 소굴이었다.

 에도에는 젊은 혈기의 무사들이 모이는 큰 소굴이 셋 있었다.

 간다 오다마가이케, 오케 거리의 지바 도장(사범 사카모토 료마).

 고치 거리의 신도무넨류의 사이토 야쿠로 도장(사범 가쓰라 고고로).

 교바시 아사리 강변의 모모이 슌조 도장(사범 다케치 한페이타).

 이 세 도장은 저마다 천 수백 명씩의 젊은 검술 문하생들을 수용하고 있었다.

 그들은 각 번의 에도 저택이나 또는 멀리 규슈, 오슈(奧州) 등 먼 지방에서 올라온 자들로 원래 혈기가 왕성했다.

 검술을 배우는 한편, 서로 국사를 논하고 서적을 교환하며 의견을 나누어 도장 입문 일 년쯤 지나면 제법 한 몫의 지사가 되어 버린다.

 그들의 사상은 대부분 검술 동료들에게서 얻은 귀동냥이었고 누구를 사상의 스승으로 한다기보다도 차라리 동료끼리 갈고 갈아 주고 하였다.

그런데—.

료마는 초연하다.

초연하다기보다 '그런 어려운 이야기는 난 감당할 수가 없어' 하는 투로 홀로 피해 있는 듯이 보였다. "난 바보야" 하는 어릴 때부터의 열등감이 그렇게 만들었을까?

그것을 다케치는 '교육'시키겠다는 것이다.

안세이 오년 사월도 다 간 어느 날, 오케 거리 지바 도장에 다케치가 제자인 오카다 이조를 데리고 찾아 왔다.

료마를 '교육'시키기 위해서였다.

"뭐, 다케치가?"

료마는 곧 연습을 중지했다. 다케치라는 사나이는 료마로서는 딱 질색인 논객이지만, 그런데도 한 달쯤 만나지 못하면 쓸쓸해진다.

곧 도장 대기실로 들어오게 하고 물었다.

"뭐야, 볼일은?"

"천하에 일대 이변이 일어난 걸 알고 있나?"

"몰라."

료마는 태연히 대답했다. 그러고 있는데 사람 좋은 주타로가 들어와 "아, 다케치 선생" 하고 반겼다. 모처럼 오셨는데 술도 내지 않았다니 료마 형도 눈치가 없군, 하면서 오야스에게 술을 가져오게 하는 등 수선을 피우는 데는 료마도 질려서 한마디 했다.

"주타로 형, 아직 초저녁이야. 아무리 술고래들이 한데 어울렸다고는 하지만 때가 있는 거지. 게다가 다케치 선생이 굉장한 소식을 가지고 왔다니 어디 얌전히 들어보자구."

"그래, 그래."

주타로도 싱글벙글하고 앉았다.

다케치는 주타로에게 정중하게 허리를 굽힌 다음 말했다.
"히코네(彦根) 영주 이이 나오스케(井伊直弼) 공이 최고 집정관이 되셨소."
료마는 놀라지 않는다. 자격으로 보아 당연하지 않은가.
이이 집안 35만 석은 도쿠가와 집안에서도 우두머리인 직할 영주이며 대대로 이 집안에서 막부 최고 집정관을 내는 것이 관례였다.
나오스케는 성격이 오만하고 굽힐 줄 몰랐다. 게다가 '무식하고 난폭'하다는 평이 식자 사이에 돌고 있었다.
원래가 운이 좋은 인물로 첩의 몸에서 났으며 그것도 열네 번째 아들이었다. 젊었을 때는 성안에 집 한 채와 녹봉 이백 석을 받아 이를테면 마지못해 살려 주는 신세였었다.
그런데 연이어 형이 죽었기 때문에 중년에 예기치 않은 영주의 자리에 앉았다.
다음에는 막부에 들어갈 운동을 하고, 이를 위해 황금 서른 닢을 집정관 마쓰다이라 이가노카미(松平伊賀守)에게 바쳤다. 마쓰다이라는 뇌물은 받지 않았으나 의탁을 받았다는 점에 기분이 좋아져서 그를 에도 정계에 내보낼 공작을 했다.
다케치의 말이다.
료마는 놀라지 않을 수 없었다.
'그런 것까지 알고 있었던가.'
실은 알고 있을 까닭이 있다.
막각(幕閣 : 막부의 최고 수뇌부)에 대한 막각 밖에서의 최대 세력은 장군 친척 세 가문 중의 우두머리인 미도의 나리아키(齊昭)이다. 이 미도 집안은 미도 미쓰구니(水戶光圀) 이래 삼백 제후 중에서는 드문 사고 방식을 가진 가계이다. 즉 근왕파의 총본산과 같은 가문이었다. 더구나 나리아키는 강직한 성격이라 막부에 대하여 일일이 참견을 했다.

이 나리아키의 부하라고 할 수 있는 영주가 셋인데, 즉 에치젠 후쿠이 영주 마쓰다이라 요시나가(松平慶永), 사쓰마의 시마쓰 나리아키라(島津齊彬), 그리고 료마 등의 영주인 야마노우치 도요시게다.

각각 비서격인 명 신하가 있다. 에치젠은 하시모토 사나이(橋本左內), 나카네 셋코(中江雪江), 사쓰마는 사이고 다카모리(西鄕隆盛), 도사는 없다.

다케치는 그 에치젠 공의 비서 하시모토에게서 정계에 대한 소식을 낱낱이 듣고 있는 것이다.

"그런데."

다케치는 철선(鐵扇)을 무릎에 세웠다.

"세상 형편이나 이야기하자."

"허어—"

료마는 간지러운 듯이 얼굴을 쓰다듬고 있다. 다케치가 자기를 교육하러 왔구나, 하고 알아차린 것이다. 자칭 스승이라는 것도 드문 일이다.

"지난 번 페리가 왔었지."

꽤 오래 전의 일이다. 료마가 처음으로 에도에 온 가에이 6년이니까 오년 전이다.

그때 페리는 막부를 개국으로 몰아가기 위해서 함대 시위 아래 의식적인 위협 외교를 했다.

그 때문에 확실히 막부는 겁을 먹었으나 미도학(水戶學)의 영향을 받은 재야 지사들은 격분했다. 일본 육십 주에 양이론이 일어난 것은 이때부터였다.

그다음 러시아가 왔다.

러시아 황제 니콜라이 1세의 국서를 들려 국사(國使) 푸차친을 나가사키에 파견한 것은 페리가 온 지 얼마 안 되는 가에이 6년 7월이었다.

러시아는 일본 막부가 미국의 협박에 떨고 있는 것을 알고 있었기 때문에

"러시아와 통상을 열어라. 그렇게 하면 일본은 상업상의 이익뿐만 아니라 군사적인 이익도 있다. 만일 미국이 일본을 침략한다면 우리는 함대로 육군 병력을 보내어 싸워 주겠다."

그런 내용이었다.

푸우사친의 태도는 함포로 위협한 페리와는 전혀 달랐다. 그는 막부의 현지 외교관인 나가사키 행정관을 회유하고 행정청의 중요한 관리 전원을 군함에 초대하여 "재미있는 것을 보여 드리겠다"면서 환등을 보여 주었다. 환등은 한 장면씩 넘어가면서 영상이 느릿느릿 움직이는 장치였는데, 처음에는 코끼리가 나왔다.

코끼리가 움직이기 시작했으므로 깜짝 놀라고 있는데 화면이 바뀌어 요염한 러시아 미인이 비치고 그것이 연방 춤을 추는 것이었다. 거기까지는 좋았으나 그 환등 속의 미인이 한 가지씩 옷을 벗더니 마침내 알몸이 되었다. 그리고 한 사나이가 나타나 그자도 벌거벗고 규방의 비기를 보여 주기 시작했다.

이에는 행정청의 관리도 입이 딱 벌어져 에도 막부에 보고했다.

─러시아는 미국과 달리 매우 평화적이다.

이렇게 진언했으며 이로 말미암아 막부나 에도의 공기는 한때 친러론이 압도적으로 강했다. 특히 각료 중에도 준재가 모이는 해안 담당(외무성) 등에서는 거의가 이런 의견을 가지고 있었다.

─러시아에서 군함, 대포를 제공받아 미국의 강압을 물리쳐야 된다.

'그런데 그 당시 러시아는 크리미아전쟁의 세바스토폴리 요새 공방전에서 패색이 짙었기 때문에 그런 엄두를 낼 수 있는 처지가 못 되었다.'

"그럭저럭하는 동안에 미국에서 바다를 건너 헤리스라는 사나이가 왔지."
다케치가 말을 이었다.
다케치는 시문에 능했기 때문에 말도 잘한다.
페리의 협박 후 막부는 미국, 영국, 러시아, 폴란드의 네 나라와 조약을 체결했으나 그것은 어디까지나 화친(和親)조약일 뿐 통상조약은 아니었다. 열강은 이를 불만스럽게 생각했다.
그러던 차에 안세이 3년 7월, 미국인 타운젠트 헤리스가 주일 총영사의 자격으로 시모다(下田) 항구에 들어와 시모다 행정관에게 말했다.
─나는 미국 대통령의 대리다. 대통령은 일본과 통상조약을 체결하고 싶어 한다. 그런 뜻의 국서를 가지고 왔다. 꼭 에도의 장군을 알현하고 직접 그것을 제출하고 싶다. 장군 이외의 사람에게는 건네지 못한다.
페리 이래의 전통적인 대일 강경 태도였다.
막부는 큰 소동이 벌어졌다. 막부에서는 미국인을 에도에 넣을 수도 없고, 하물며 장군을 만나게 한다는 것은 도저히 안 될 말이었다.
있는 힘을 다해서 헤리스를 달랬으나 이 무역상인 출신의 외교관은 완강하게 버티면서 주장했다.
─만일 일본이 우리 정부의 요구를 들어 주지 않으면 대통령은 비상수단으로 그 뜻을 관철시킬 용의(전투의 용의)가 있다.

단순한 협박이 아니라 사실 지난해 구월, 영국은 청국을 공략하여 광동(廣東)을 불태워 버렸었다.

막부도 그것을 알고 있었으므로 마침내 굴하여(이 태도가 국내 양이론의 불길을 더욱 치열하게 만들었다) 먼저 시모다조약을 맺고 다시 에도에 맞아들여 끝내는 장군과의 알현도 승인하고 말았다.

그러나 그래도 막부는 양이적(攘夷的) 여론 때문에 개국(통상조약 체결)을 단행하지 못했으나 해리스의 강요에 굴복하여 작년(안세이 4년) 11월부터 통상조약의 축조심의를 개시하여 정월 십이일에 전부 끝마쳤다.

남은 문제는 칙허(勅許)였다.

교토에 있는 천황의 허가를 얻어야 비로소 이 조약은 성립된다.

그런데 이 조정(朝廷)이라는 것이 난처한 존재였다. 이때의 천황(孝明天皇)은 외국 공포증 환자였다.

게다가 그를 에워싼 공경(公卿 : 조정 대신)은 삼백 년 동안 정치에서 멀어져 있었으므로 정치 감각도 없고 일본의 국력도 모르며 해외 지식도 없었다. 더욱이 그들 공경 주변에는 각 지방에서 올라온 낭인, 유학자 등 극단적인 양이론자들이 들끓어 사사건건 공경을 부추기고 있다.

에도 정계는 개국으로 전환했다고는 하나 교토 논단은 철저한 쇄국 양이론이었다. 도저히 막부가 요청하는 '칙허'를 받아들일 분위기가 아니다.

당연히 에도는 교토와 대립하게 되었으며, 끝내 막부가 해리스와의 약속을 지키려면 먼저 교토에 출몰하는 낭인 논객을 철저히 탄압하여 공경의 간담을 서늘하게 하지 않을 수 없었다.

'유신의 피비린내 나는 풍운은 여기서부터 출발하는 것이다.'

"흐음, 재미있는데."

료마는 감탄했으나 그래도 아직 거리의 만담사 이야기를 듣는 것

젊은이들 73

같은 얼굴이었다.

 안세이 5년 8월이 되었다.
 앞으로 한 달만 지나면 료마의 유학 기한이 끝나 에도를 떠나야 한다. 한 사람의 검객이 에도에서 사라져 버리는 것이다.
 ─섭섭하다.
 지바 주타로는 료마의 얼굴을 볼 적마다 그렇게 말하는 것이었으며 누이동생 사나코도 날이 감에 따라 우울해졌다.
 요즘은 도장에도 그다지 나오지 않고 방에 들어 앉아 있기가 일쑤였다.
 주타로는 누이동생의 심정을 알아차리고 애처롭게 생각했으나 그렇다고 료마에게 데려가라고 떠맡길 수도 없다.
 주타로가 보건대 료마도 사나코가 싫지는 않은 것 같다. 그러나 무엇인가 달리 생각하는 바가 있는 모양인지 사나코의 이야기를 꺼내면 언제나 료마는 피해 버린다.
 '남녀의 인연이란 어려운 것이로군.'
 요즘 사람들은 인연(因緣)이라는 한 마디로 모든 것을 처리한다. 단념하고 좋아하고 하는 것도 모두가 불가사의한 인연이 있기 때문이다. 료마와 사나코는 요컨대 그 불가사의한 인연이 없는 것일까?
 이야기는 다르지만 다케치 한페이타도 자기의 의견과 료마의 의견(뚜렷한 형체를 이루지 못했으나)과는 끝내 인연을 맺지 못할 것인가 하고 거의 단념하고 있었다.
 정월 이후 다케치는 한 달에 2, 3번은 오케 거리 지바 도장에 찾아와 시국을 논하며 료마를 '교육'하는 것이었으나 여전히 료마는 감화되지 않는다.
 멍청하니 있었다.

오늘도 다케치가 와서 '그런데 해리스는……' 하면서 시국강의의 계속을 논하기 시작했는데 료마가 느닷없이 하품을 했다. 아무리 노여움을 얼굴에 나타내지 않는 다케치도 불쾌하게 생각했다.

'정말 멍텅구리인가.'

"어떻게 됐어, 해리스는?"

료마는 두 다리를 뻗고 두 손을 뒤로 짚어 마치 엉덩방아를 찧는 것 같은 자세다.

료마의 늘 하는 자세다. 근엄한 다케치는 이 자세부터가 마음에 들지 않는다. 이것이 가르침을 받는 후진의 태도일까.

'화나서 어디.'

그렇게는 생각하면서도, 다케치는 그 끈질긴 '교육벽' 때문에 별 수 없이 그대로 강의를 하였다.

"이 조약에 관해 교토의 칙허가 내리지 않기 때문에 막부는 해리스와 교토 틈바구니에서 한숨만 내쉬고 있었다."

해리스가 마침내 화를 내어 으박질렀다.

―우리는 에도 정부가 일본의 정식 정부인 줄 알았는데 그렇지 않은 모양이다. 에도 정부에서 조인할 수 없다면 우리는 조인할 수 있는 정부 측에 가서 교섭하겠다. 그것은 교토 정부가 틀림없겠지.

이렇게 나오니 막부는 당황했다. 그렇게 된다면 에도 정부는 삽시간에 소멸되고 외국 측에서 볼 때 교토 조정이 일본의 대표 정부로 확인되고 만다.

안세이 5년 4월, 이이 나오스케, 최고 집정관 취임.

이이는 칙허를 거치지 않고 조인을 단행하려고 했다. 이리하여 근왕 양이론이 요원(燎原)의 불길처럼 타오르기 시작한다.

료마가 에도를 떠나기까지 앞으로 한 달이 남았다. 그것으로 료마의 청춘 제일기는 끝나게 될 것이다.

료마도 쓸쓸한 심정이었다.

요즘에 와서는 다케치 한페이타마저 한마디 하며 권하게 되었다.

"이봐, 고향의 곤페이님에게 말씀드려서 어떻게에도 체류 기한을 연장하도록 해 봐. 천하는 움직이고 있어. 장차 크게 움직이려면 에도뿐이야. 촌에 들어 앉아 무엇을 하겠는가?"

오늘도 그렇다.

불시에 오케 거리 지바 도장에 가쓰라 고고로가 찾아와 주었던 것이다.

"사카모토 형, 돌아간다고?"

벌써 사이토 도장의 가쓰라의 귀에까지 들어갔을 정도이니 료마의 귀국 소문은 젊은 검객들 사이에 상당한 관심거리가 되어 있는 모양이다.

"돌아가야지. 할 수 없지."

료마는 약간 서글픈 듯한 눈빛이었다. 이들과 헤어져 멀리 도사로 돌아간다고 생각하니 한 가닥 서글픈 마음이 없을 수 없었다. 한데 가쓰라는

"돌아가지 말라."

말하지 않았다. 타번(他藩)이므로 그와 같은 간섭은 할 수 없다. 다만 자기 신상에 일어난 일들을 연방 이야기하기 시작했다.

"나 자신은……."

가쓰라는 요즘 유행하는 말을 썼다.

"영 사정이 달라졌어."

"연기원이 허가되었나?"

"아니 그런 것이 아니고."

가쓰라와 료마는 번은 다르지만 같은 사비 유학생이다.

그러나 번에서의 신분이 다르다.

가쓰라는 상급 무사 계급이다. 자연, 에도의 조슈 저택에 기거하면서도 영주나 중신에게 갖가지 의견을 상신할 수 있었고 그로 인해서 이미 그의 탁월한 그릇은 번의 수뇌가 인정하는 정도에 이르렀다.

―그래서.

가쓰라는 자랑은 하지 않지만 은연중에 그 기쁨을 드러내고 있다.

"실은 이번에 뽑혀 번의 대검사(大檢使)라는 소임을 맡았어."

가쓰라 집안은 비록 가록(家祿)은 받고 있었으나 소임은 없었다. 더욱이 당주는 에도 유학생이었다. 그와 같은 입장에서 대검사라는 소임을 맡다니 굉장한 출세라고 보아야 할 것이다.

"그거 참 잘됐군. 축하하네."

"아니 이제부터야. 우리 번뿐만이 아니라 일본 안의 모든 번은 아직도 전국 시대의 체제 그대로인데, 이대로는 국난을 헤쳐 나갈 수 없어. 첫째로 번제 개혁을 단행해야 하네."

"허어."

일개 향사인 료마의 신분으로서는 꿈같은 기염이다. 료마 따위는 번제 개혁은커녕 번주에게 말을 걸 수도 없다.

"그리고."

가쓰라는 기쁜 듯이 말했다.

"나도 이 가을에는 귀국해야 할 거야."

"왜, 무슨 일이라도?"

들으니 가쓰라의 경우는 뜻밖의 이유이다.

가쓰라의 귀국 이유는 번 정부가 가쓰라의 번제 개혁 의견을 듣고 싶다는 것 외에 또 있었다.

"실은 말이야……."

가쓰라는 낯을 붉혔다.

"장가들어."

"그거 참 잘됐구먼. 우리도 이제 나이가 찼으니까."

"사카모토 형도 어서 얻어야지."

"고마워, 하지만 이거야."

턱에 손을 대었다. —먹일 수 없다는 뜻인 모양이다.

"나야 향사의 둘째 아들 아닌가. 얻어 봐야 녹도 없는 주제야. 색시 굶기기 꼭 알맞지."

"허어, 그래도."

가쓰라는 사나이에게는 유머가 통하지 않는다. 정말로 료마의 색시는 굶어야 한다고 생각한 모양이다.

"어느 댁 아가씬가?"

료마는 눈을 가늘게 뜨며 물었다. 그 나름대로 색시에의 동경은 있는 것이다.

"아니, 같은 번 시시도 헤이고로(宍戸平五郞)의 따님으로 도미코(富子)라고 하는데 아직 본 일이 없어."

"미인인가?"

"그런 소문이더군."

"그것 좋겠구멍!"

그만 사투리가 튀어나왔다. 진심으로 가쓰라의 눈부신 전도를 축복하고 싶은 마음이었다.

하나 료마는 스물넷이라고는 하지만 어린 구석이 남아 있다. 공연히 부러웠다.

—내게는 색시도 없다. 가쓰라 같은 문벌도 없다. 있는 것은 호쿠신 일도류의 검뿐인가.

가쓰라를 전송하고 도장에 돌아와 면구를 쓰자 무섭게 목검을 휘두르기 시작했다.

—고검(孤劍), 무엇을 의지할 건가.

이날의 료마는 그와 같은 심경이었다.

날이 지나갔다.

9월도 가까워진 어느 날 저녁, 료마가 자기 방에서 오랜만에 책을 읽고 있는데 사나코가 들어왔다.

"아, 이거."

선생의 딸이므로 료마는 아무래도 사나코가 어려웠다. 그래도 내색은 하지 않았다.

자기가 깔았던 방석을 뒤집어서 사나코에게 주었다.

"무슨 볼일이라도?"

"책을 다 읽으시는군요. 일본 외사? 아니면 중조사실(中朝事實)?"

"이거 부끄러워서……."

료마는 머리를 긁었다.

"도카이도오추 히자구리게(東海道中膝栗毛 : 도카이도 도보여행) 입니다."

"어머."

사나코는 어처구니없는 표정이다.

"그런 책을 읽으시며 웃고나 계시면 바보가 되셔요."

"그럴까요. 하지만 이번 귀국길에는 도카이도를 걸어가며 역참, 큰 고을 등에서 검술 시합도 할 참이어서 이걸 읽고 있습니다. 숙박료, 각 역숙의 기풍, 명물, 말을 세 내는 방법, 모두 써 있어서 편리합니다."

'태평스러워라.'

사나코는 그렇게 생각했다.

조금이라도 혈기 있는 요즘 젊은 무사들은 일본 외사를 읽거나, 에도의 석학을 찾아 사물의 이치를 듣거나 근왕의 기풍을 기르거나 한다. 말하자면 그것이 유행이다.

그런데 이 젊은이는 엉터리 작가의 웃음거리 책을 읽고 혼자 좋아서 웃고 있는 것이다.

'도대체 잘난 건가 바본가.'

하지만 료마로서는 뚜렷한 까닭이 있으므로 여행길을 충실하게 만들자면 우선 기행문을 읽어야 했다. 재미날 뿐만 아니라 이익도 된다.

"사카모토님."

"예?"

료마는 눈을 들었다.

"사나코의……."

사나코는 좀 수줍어하면서 말한다.

"전별(餞別) 받아 주시겠어요?"

"예?"

료마는 어리둥절한 채 말했다.

"받고말고요. 뭡니까, 물건은?"

"물건은?"

사나코는 흥이 깨졌다. 역시 도사 촌뜨기라 말할 줄도 모른다.

"여행 중에 입으실 옷입니다."

"허어."

"부끄러운 말씀입니다만 바느질이 서투른 사나코가 언니(오야스)에게 물어 가며 서투르나마 꿰맸습니다."

"그랬었군요."

료마는 고개를 숙였다.

사나코는 곁의 보자기를 풀어 먼저 여행용 옷 한 벌을 꺼내어 료마 앞으로 밀어 놓았다.
"너무나 황송합니다."
검은 비단 문복(紋服)에 하오리와 승마용 하카마 등 일습에, 여행용 우비까지 갖추어져 있었다.
'이거 애썼겠구먼.'
처녀가 젊은 사나이를 위해 가문을 박은 문복을 만들어 준다는 것은 역시 흔히 있는 호의는 아닐 것이다.
료마는 어떤 표정을 해야 할지 몰라서 그 문복을 집어 들고 혼솔을 쓱쓱 문지르기 시작했다.
"뭘 하시는 거예요?"
사나코는 양보가 없다.
"아, 뭐……."
바른대로 말하면 퍽이나 바느질 솜씨가 서툰지 혼솔이 쪼글쪼글 주름지고 있는 것이었다.
"여기가……."
"아뇨, 그건 문질러도 안 됩니다. 사나코가 서툴러서 그래요."
"그래도."
료마는 엷은 남빛의 우비를 쳐들고 말했다.
"이건 잘 됐군요."
"그건 시로키야(白水屋)에서 사온 거예요."
"아, 예."
대답할 말이 없다.
─한데.
큰일이 일어난 것은 그 며칠 뒤의 일이다.

큰일이란 흔히 말하는 안세이 대옥(安政大獄) 사건이다.

최고 집정관 이이 나오스케는 조약 칙허 문제와 장군 후계 문제에 관련하여 에도, 교토에서 암약한 반(反) 이이파의 체포를 명령했다.

이것이 안세이 9월 5일.

물론 일제 검거는 아니다.

이날을 개시로 다음해 섣달그믐에 이르기까지 공경과 영주에 대해서는 칩거(蟄居), 근신, 은거(隱居). 그 이하의, 이른바 지사에 대해서는 체포하여 에도로 압송한 뒤 투옥, 사형 등에 처한 참담한 사건이 일 년에 걸쳐 계속된 것이다.

이 폭풍이 일기 시작한 9월 5일에서 10일 뒤, 료마는 행장을 갖추고 죽도에 호신구를 꿰어 둘러맨 채 오케 거리 지바 도장의 대문을 나섰다.

주타로와 사나코가 대문 앞까지 나와 전송했다.

"콜레라가 한창이야. 길에서 냉수는 마시지 말게."

사람 좋은 이 검객은 그렇게 당부하면서 눈물을 보였다.

사나코도 참을 수 없었던지 얼굴을 싸안고 문안으로 달려 들어갔다.

"……."

료마는 잠깐 눈을 감았으나 이윽고 눈을 떴을 때는 웃는 얼굴이 되어 있었다.

"뭘 또 올 건데, 몸 성히."

"몸 성히."

주타로가 료마의 어깨를 잡았다.

료마도 주타로의 어깨를 탁 치고 발꿈치를 돌리자 뒤도 돌아다보지 않고 북쪽으로 사라졌다.

얼마 안 가서 가지바시에 닿았다.

번저에 들어가, 료마를 잘 돌보아 주던 번저의 집무관 고미나미 고로자에몬(小南小郞左衛門)에게 인사하려 했으나 마침 자리에 없다고 한다.

그 밖의 번저 중역에게 대강 인사를 한 다음 행랑채에 둘러 서생들을 만났다.

다케치 한페이타가 있었다.

창백한 얼굴을 하고 있다.

"료마."

다케치는 자기 방으로 데리고 들어가자마자 서둘러 말했다.

"기한 연기 같은 거 어떻게라도 될 거야. 가지 마라."

"왜?"

"들었겠지, 큰일이 터졌어."

"콜레라 말인가?"

"이런 녀석!"

다케치의 목소리가 떨렸다.

"이이가 마침내 그 본성을 드러내어 횡포를 부리기 시작했어. 소문으로는 우리 영주님도 위태롭다는 거야."

번주 야마노우치 도요시게는 에치젠 공, 우와지마(宇和島) 공과 더불어 이이가 가장 싫어하는 미도계의 정예 영주였으므로, 이 대옥 사건에서는 도저히 무사하게 넘길 것 같지 않다는 것이다.

"집무관 고미나미 같은 분은 며칠이나 잠도 자지 못한 모양이야. 오늘도 에치젠, 사쓰마 등의 번저를 돌아다니며 막부의 동향을 탐색한다는 거야. 야마노우치 집안은 멸문(滅門)이 될지도 몰라."

"진정하게, 다케치 형."

료마는 처음으로 무서운 표정을 지었다.

"그렇다고 우리가 떠들어서 뭐가 되는가. 큰소리 같지만 나는 천하가 나를 필요로 할 때까지 오로지 검술만을 연마하겠네. 나는 도사로 돌아갈 테야."
료마는 번저 대문을 나섰다.
하늘에는 구름 한 점 없다.

고검유랑

　료마의 여행 취미는 평생 이 인물의 특징이지만, 이번 귀국으로 그 버릇은 본격적인 것이 되었다.
　특히 이번 여행은 일종의 기행(奇行)이라고 할 수 있었다.
　무전여행인 것이다.
　물론 돈이 없어서가 아니었다. 고향에 있는 곤페이는 동생을 몹시 사랑하여 평소 료마에게 불편하지 않도록 지나칠 만큼의 돈을 에도로 보내고 있었다.
　그런데 출발할 때 그 돈을 모두 오케 거리의 지바 도장에 기부하고 말았던 것이다. 사실 이 기부 신청에는 주타로도 난처하였다.
　―쓸데없는 짓 말라.
　그렇게 말하고는 몇 번이나 거절했었다.

―지금부터 먼 길을 떠난다면서 무일푼으로 가다니 미치기라도 했는가. 그리고 무엇보다 도장은 돈 걱정이 없어.

―두고 가겠다. 고향에 돌아가면 돈이 많아.

―그야 많을 테지. 그러나 료마 형, 도사까지 이천 리나 되는 길을 구걸 행각을 할 셈인가.

주타로가 엄포를 놓았더니, 료마는 이 구걸 행각이란 말이 꽤나 마음에 들었던 모양이다.

―바로 그거야.

료마는 손뼉을 치며 좋아했다.

―그거야, 그걸로 가겠어. 옛날 검객들은 걸식을 하면서 무예 수업을 했단 말이야. 나는 사실 이 나이가 될 때까지 돈이란 것은 아버지나 형님 품속에서 샘솟는 것인 줄만 알았어. 정말 바보였지. 한 번쯤, 한두 푼의 피천(아주 적은 액수의 돈)이 부처님 얼굴로 보일 만큼 수업을 하고 싶어.

뿌리치듯이 에도를 떠나 버렸던 것이다.

잠은 도중에 한데서 자기로 작정했다.

하기는 호쿠신 일도류라는 고마운 것이 있었다. 이곳저곳 고을에 이를 때마다 도장을 찾아들면 푸대접은 받지 않을 것이다. 검술 시합을 하거나 가르침을 받은 제자들에게 연습이라도 시켜 주면 얼마간의 짚신 값은 종이에 싸서 내밀겠지.

그것이 기대라고나 할까.

'설마 굶어 죽기야 할라구.'

태평스러운 마음으로 도카이도로 나섰다.

니혼바시(日本橋)를 늦게 떠났기 때문에 시나가와에서 날이 저물어 버렸다.

'안 되겠군, 시나가와에서 벌써 노숙(露宿)이라니.'

길에는 숱한 나그네가 왕래하고 있었다. 에도에 가깝고 도카이도 굴지(屈指)의 번화한 역참이다. 아무려면 이런 고장에서 노숙할 수야 없지 않은가!

부근 사메즈(鮫洲)에는 번저가 있었으나 들르고 싶지 않았다.

'할 수 없지, 밤새 걷는 거다!'

동구 밖까지 나왔을 때 뒤에서 쫓아오는 발소리가 들렸다.

뒤돌아보니 도베였다.

"난 또…… 자네였군."

"자네였군이라니 너무 하십니다. 서방님, 저는 서방님의 부하가 아닙니까. 부하에게 한마디 말도 없이 여행을 떠나는 대장이 있다는 소리는 들어 본 적이 없어요."

"그런데 그놈의 대장은 무일푼이야."

료마는 이런 신세가 퍽 즐거운 모양으로 어깨를 흔들며 걷기 시작했다.

"밤길이라니 놀랍군요."

도베는 부지런히 따라온다.

묘한 사나이로 어디서 료마의 출발을 알았는지, 완전히 행장을 갖추고 무명 하오리를 기세 좋게 바람에 펄럭이고 있다.

열사흘 밤의 달빛이라 길이 훤하다.

왼편은 바다.

바다 냄새가 료마에겐 견딜 수 없이 반가웠다.

"대체 어떻게 할 참입니까?"

"너야말로 어떻게 할 참인가. 도사까지 따라올 셈이냐?"

"부하니까요."

도베는 발소리를 내지 않는다.

오랜 도둑 생활의 습관이 가시지 않는 모양이다.

스즈가모리(鈴森)
이리야마즈(不入斗)
오모리(大森)
가마타(蒲田)
야와타(八幡)

이렇게 지나는 동안 달이 졌다. 캄캄해지자 료마도 곤란했던지 도베에게 명령했다.
"도베, 앞장서."
"예."
도베는 신이 나는 모양이다. 료마에게는 초롱불이 아닌가. 이 사나이는 밤눈이 밝다.
"서방님, 53개 역참을 늘 밤길로 걸을 작정입니까?"
"낮에도 걷는다."
"그럼 서방님은 뜬 눈 여행이군요."
"먹지도 않는 여행이다."
"도둑놈 이상이군요."
"이상이 당연하지. 도둑하고 같아서야 어떻게 사누?"
"서방님."
등불인 도베는 앞을 종종걸음으로 달려간다. 키가 큰 료마의 발에 맞추려면 그럴 수밖에 없었다. 숨을 헐떡이면서 말했다.
"너무 심하군요, 서방님."
"지겹거든 에도로 돌아가는 거야."
"지독하군."

"너는 도둑 도둑 하고 대단한 자랑이지만, 우리 고향에는 더 지독한 놈이 있어. 도카이도 일천이백오십리 삼십마장을 에도에서 주야로 달리고 도중에 오이 강(大井川)도 헤엄쳐 건너, 오사카까지 여드레에 갔었다."
"하루에 일백육십 리. 거짓말이에요."
"거짓말이 아니야."
"역시 도둑입니까?"
"무사야. 이와사키 야타로라고 하지. 이런 괴물이 세상 풍운을 타고 설치기 시작하면 재미있을 거야."
"서방님, 그건 괴물입니다."
"천만에."
로쿠고(六鄕) 나루터에서 날이 밝았다.
배가 새벽 손님을 태우고 막 삿대질을 하려고 할 때 훌쩍 뛰어올랐다.
"도베, 돈 있나?"
료마는 도베를 불렀다.
뱃삯은 한 사람에 열세 푼.
그것마저 료마는 가지고 있지 않았다.
"정말 딱하군요. 서방님은 내가 만일 쫓아오지 않았으면 이 큰 강을 어떻게 건널 셈이었어요?"
"헤엄치지."
옆에 무사가 있었다.

무사는 사십 살 정도.
머리를 하나로 묶어 매고 옷차림과 칼 등이 모두 훌륭했으나 하인을 거느리고 있지 않았다.

'낭인인가?'

료마는 아침 안개가 자욱한 수면을 바라보면서 생각했다.

한데 낭인으로서는 살갗도 희고 눈매도 시원스러워, 생활의 근심이 없는 듯하다.

'아무렴 어때.'

그러나 마음에 걸린다.

마음에 걸리는 것은 무사가 무엇엔가 겁을 내고 있다는 점이었다. 두 손을 불끈 쥐기도 하고 그런가 하면 턱을 쓰다듬기도 하면서 가끔 뱃전을 똑똑 두드리기도 한다.

"서방님."

도베가 작은 소리로 말했다.

"눈치채셨습니까?"

"무엇 말인가?"

"저 무사는 큰 돈을 가지고 있어요."

"이놈아."

료마는 이마를 꾹 찔러 주었다.

"아무리 내가 무일푼이라도 남의 주머니를 노릴 것 같으냐?"

"내 참!"

도베는 잠시 잠잠하더니 이윽고 머뭇머뭇하면서 말했다.

"참고로 말씀드렸을 뿐입니다."

"잠자코 있어."

"그러나 서방님, 저는 본디 직업이 직업이라서 알 수 있지만 저 무사의 대금을 노리고 이 배에 올라탄 놈이 있어요."

"누군데?"

"저기……."

도베는 눈을 고물 쪽으로 보내다가 곧 물위로 떨어뜨리면서 속삭

이듯이 말했다.

"저기, 떠돌이 중이……."

"……."

료마가 뒤돌아보니 과연 탁발승이 둘 있었다.

"어떻게 아나?"

"오랫동안의 육감이죠."

머리를 묶은 무사도 그것을 눈치 챈 모양으로 이따끔 탁발승 쪽을 바라보고서는 굳은 표정을 짓는다.

배가 건너편 기슭에 닿자 두 탁발승은 훌쩍 뛰어내려 둑을 올라간다. 료마가 본즉 팔다리에 수업한 흔적이 있고 솜씨도 제법 있을 것 같다.

"무사로구나."

"그런 것 같습니다. 저 걸음걸이에 칼을 찼던 버릇이 있죠. 그러나 무사가 남의 주머니를 노리다니 세상은 말세로군요."

"무슨 사정이 있겠지."

료마는 기슭에 내려섰다.

걸음을 옮기려고 하자 예의 40남짓한 살갗이 흰 무사가 다가와서

"죄송합니다만."

교토 사투리로 말을 걸어왔다.

"뭡니까?"

"인품을 뵙고서 부탁드리는 것입니다만 교토까지 동행해 주실 수 없을까요?"

"좋으실 대로."

료마는 개의치 않았다.

상대는 무엇인가 사정이 있는 모양으로 은근한 태도였으나 이름은 밝히려 하지 않았다.

'세상이 과연 어수선하구나.'

그렇게 생각한 것은 가나가와(神奈川) 역참을 지나가면서 막부가 구축하고 있는 포대를 보았을 때였다.

청어 등처럼 푸른 동포(銅砲)가 가을 햇살을 받으며 바다를 향해 포구(砲口)를 겨누고 있었다.

한데 료마는 시장했다. 졸리기도 했다. 언덕길이 많은 이 길이 더욱 괴롭다. 도베가 보다못해 말했다.

"서방님, 제가 조금 가진 게 있어요. 어디 이 근처 찻집에서 떡이라도 들지 않겠습니까?"

"괜찮아."

이것도 수업이라고 생각했다.

호도가다니(程谷)에서 점심때가 되었다. 조금 가니까 야키모치 고개(燒餠坂)라는 고개가 있고 양쪽에 떡을 파는 찻집이 많다.

그 교토 사투리의 무사가 말했다.

"어떻습니까? 이 근처에서 점심을 하십시다."

"글쎄요."

료마는 우물쭈물했다.

"괜찮습니다. 돈 문제라면 제게 노자가 넉넉합니다."

무사는 료마가 무전 여행하는 검객이라는 것을 알고 있었던 모양이다.

료마 일행이 찻집에 들어가자 앞질러 걷고 있었던 두 탁발승이 발길을 멈추고 맞은편 찻집으로 들어갔다. 감시하기 위해서인 모양이다.

떡이 나왔다.

료마가 게 눈 감추듯이 한 접시를 비우자 그 무사가 딱하게 여기는 것 같았다.
"한 접시 더 하십시오."
그러면서 더 가져오게 했다.
"먹겠습니다."
"부디, 사양 마시고."
"예."
자기 자신이 처량했다. 꼭 떡 값에 호위병 노릇을 하게 된 것과 같다.
'과연 돈이란 소중한 거로구나. 자칫하면 서 푼짜리 떡 대신 목숨을 내 주어야 할 판이니.'
료마는 떡을 먹으면서 이 정체를 알 수 없는 교토 사투리를 쓰는 무사의 행장을 살펴보았다.
검은 비단 하오리에 화사한 장식의 칼을 차고 있는 것이 단정한 얼굴에 썩 어울린다.
"귀하께서는……."
그 무사는 정중하게 말하는 것이었다.
"말씀을 듣건대 도사 분인 것 같습니다만, 역시 그러하신지?"
"그렇습니다. 도사 번사, 신분은 향사지요. 이름은 사카모토 료마라고 합니다."
"허어."
무사는 별안간 밝은 얼굴이 되었다.
"그것 참 잘되었습니다. 나룻배에서 뵈었을 때부터 도사 분이 아닌가 하고 생각하며 의지를 해왔습니다만, 참 기쁩니다. 제 주인 집안이 귀번과 인연이 깊지요."
그렇게 말했지만, 자기 주군댁이 어떤 집안이며 자기 이름이 누구라는 것은 밝히지 않는다.

깊은 까닭이 있구나, 생각하면서 료마는 마지막 떡을 먹었다.

후지사와(藤澤) 역참에 이르렀을 때는 여인숙 외등에 모두 불이 켜져 있었다.

교토 사투리의 무사는 료마와 도베에게 끈덕지게 권하여 끝내 한 여관에 들게 했다.

방은 병풍으로 칸을 막았고 저녁 식사에는 술이 한 병 딸려 나왔다.

"이건 웬 떡이야."

도베는 한 잔 쭉 들이키더니 불평을 쏟아낸다.

"이렇게 말하면 뭣하지만 교토의 무사님."

교토 무사에게 웃는 얼굴을 돌렸다.

"이상한 주인을 모시고 있으면 고생이 대단합니다. 이 서방님은 도카이도를 먹지도 않고 주무시지도 않고 내려가신다고 했으니까요."

"이놈아, 무슨 소리야!"

료마는 눈을 부라렸다.

"나는 성 아랫거리나 역참의 도장을 찾아가서 타류 시합을 하고 약간의 노자를 벌면서 내려가려고 한 거야."

"그런데 마음먹은 것과는 달리 도장이 전혀 없다, 그 말씀이죠."

"재미있군요."

교토 무사는 그 말을 듣자 좋아했다. 하루를 동행하면서 료마의 인품을 보고 이 사람은 믿을 수 있다고 생각한 모양이다.

"한데."

뜻밖의 말을 했다.

"도사 고치의 사카모토 집안이라면 분가인 사이타니야(才谷屋)와 더불어 대단한 부자라고 듣고 있는데 그 아드님이 어째서 노자에도 곤란을 받습니까?"
"놀랐습니다. 어떻게 저의 집을 아십니까?"
"그것은……."
교토 무사는 장지문으로 눈길을 보냈다.
료마는 상대의 뜻을 눈치채고 도베에게 눈짓을 하며 지시했다.
―너 복도에서 망을 봐라.
무사는 그제야 자리를 고쳐 앉으며 말했다.
"이름을 밝히겠습니다."
"예."
"저는 내대신(內大臣) 산조 사네쓰무(三條實萬) 경의 가신으로 미즈하라 하리마노스케(水原播磨介)라고 합니다."
공경(公卿)의 가신으로 '공경 무사'라고 불리는 계급의 인물이다.
이들의 관작은, 무사로 말하면 영주나 막부직할 무장급이지만 실제 녹봉은 없고 치장도 별로 호화롭지 못하다.
그러나 료마는 산조 집안이라는 말을 듣고 놀랐다. 도사의 영주 야마노우치 집안과는 사돈 간이다.
영주 도요시게 공의 아내 마사히메(正姬)는 영주로서는 드물게 공경 집안에서 온 사람이며, 더구나 산조 내대신 사네쓰무의 양녀(사실은 하급 공경의 딸)였다.
"그래서 귀하가 도사 번사인 줄 알고 안심하고 있었지요."
"그러나 산조 내대신님의 가신이라는 것까지는 알았습니다만, 교토에 계신 분이 어떻게 저의 고치 집까지 알고 계십니까?"
"그야 사카모토 댁뿐만이 아니죠. 잘 생각해 보니 사카모토님, 귀하에 대해서도 잘 알고 있습니다. 귀하에 대해서 어떤 여성으로부터 자주 듣고 있었지요."

'아!'

료마는 얼굴빛이 달라졌다.

"다즈 아가씨……."

"그렇습니다. 바로 그 다즈님."

교토에 간다는 말을 료마도 들은 적은 있지만, 산조 집안의 시녀로 들어가 있단 말인가.

료마와 도베는 그 뒤 미즈하라 하리마노스케라는 공경 무사 덕택으로 그럭저럭 하루 세끼를 먹고 잠자리를 얻을 수가 있었다.

그리고,

오다와라에서 하룻밤.

하고네 팔십 리를 넘어 미시마(三島)에서 하룻밤.

그리고

요시와라(吉原)

오키쓰(興津)

오카베(岡部)

이렇게 후지 산(富士山)이 보이는 가도를 지나 이윽고 오타 셋쓰노카미(太田攝津守) 5만3천 석의 성읍인 가케가와(掛川)에 들어섰다.

이 근처는 구릉이 첩첩하고 붉은 소나무가 울창한데다가 저녁 안개가 작은 골짜기마다 자욱하게 끼어, 에도에서 온 나그네의 여정(旅情)을 한결 북돋아 주었다.

민가도 일천여 호.

거리의 길이는 이십 마장.

역참으로 들어서자 하리마노스케는 여전히 정중한 태도로 말했다.

"사카모토님, 오늘밤 이곳에서 묵으십시다."

"미안하군요."

료마는 진심으로 말했다. 자기뿐만 아니라 도둑인 도베까지 폐를 끼치고 있는 것이다.

성밑거리 제일가는 여관 네지카네야(捻金屋)에 방을 잡았는데, 목욕을 마치고 나오니 가까운 마을에 가을 축제라도 있는 모양인지 한가로운 장단 소리가 들려오고 있었다.

"전야제가 있나. 이거 정말 오랜만인데."

료마는 고향땅 도사의 가을 축제를 회상한 모양인지 잔을 든 손을 멈추고 있다가 말했다.

"하리마노스케님, 잠깐 가보실까요?"

"글쎄요."

망설인다. 이것은 이 사람이 처음부터 취한 몹시 조심스러운 태도였다.

여관에 들어도 혼자 있게 되는 것이 두려운 모양인지, 변소에 가도 료마가 따라가야만 했고, 료마가 변소에 갈 때는 꼭 하리마노스케도 볼일도 없는데 따라나섰다.

도베는 살그머니 료마에게 귀엣말로 속삭였다.

—역시 서방님. 하리마노스케님은 대금을 가지고 있으니까 저렇게 경계가 신중합니다.

그렇게 말하면서 우스워했으나 료마는 그렇게는 보지 않았다.

하리마노스케의 품속에 있는 것은 돈이 아니고 서류라고 보고 있다. 아마도 밀서일 것이다.

이이 나오스케가 단안을 내린 교토 및 미도 논단에 대한 검거령은 이미 낭인, 유학자, 번사, 공경 가신에서부터 공경 영주의 신변에까지 미치려 하고 있다. 더욱이 하리마노스케의 주인 산조 사네쓰무라고 하면 천황을 중심으로 한 교토 논단의 최대의 논객이며 실력자인 것이다.

하리마노스케는 그 가신이다.

더구나 이 판국에 예사로운 볼일로 에도에 갔을 리가 없다. 필경 친 교토파인 미도(水戶) 도쿠가와 집안으로 가는 밀사이리라.

그렇기 때문에 여행 중 신분을 숨기기 위해 공인(公認) 숙소에도 들지 않고 하인도 거느리지 않고 있다.

"글쎄요."

하리마노스케는 내키지 않는 대로 일어났다.

조심스러운 하리마노스케가 료마의 권유로 자리를 일어난 것은, 이 며칠 동안 그 탁발승 두 사람의 모습이 보이지 않게 되었다는 안도감도 있었기 때문일 것이다.

"그럼 심심풀이삼아 가볼까."

세 사람이 앞서거니 뒤서거니 한길로 나서자 벌써 날은 저물었다.

료마는 하리마노스케의 왼쪽에 바짝 붙어 서주었다. 키가 컸으므로 작은 몸집의 하리마노스케는 료마의 옷소매에 숨듯이 걸었다.

"그런데 떠들어 대는 방향을 모르겠는걸."

아무래도 바람이 불어오는 방향인 것 같으나 역참 안은 아닌 모양이다.

남에게 묻는 것은 밤길의 행방을 알리는 것 같아 묻지도 못하고 그냥 소리가 들려오는 대로 밟아가니 길은 역참을 벗어나 어느새 인가가 없다.

"사카모토님, 그만 돌아갑시다."

"글쎄요."

료마는 그대로 걸어갔다.

'나올 것 같은데.'

이런 생각을 해서였다.
사실은 슨푸(駿府) 근처에서 탁발승을 놓쳤는데 아까 가케 강 역참으로 들어섰을 때, 검문소 추녀 아래에 히코네(彦根)식 상투를 틀어 올린 무사 두 사람이 거리를 살피고 있는 것을 료마는 보았기 때문이다.
'저것이 탁발승의 변신이구나.'
그런 직감이 들었다.
히코네 사람인 모양이다.
이이 집안의 가신이다.
그들은 주인인 최고 집정관 나오스케의 밀명을 받고 에도에서 하리마노스케를 뒤따라와 그의 품속에 있는 것을 빼앗든가, 아니면 아무도 모르게 죽이려고 하는 것이다.
'틀림없이 뒤따라온다.'
료마에게는 확신이 있다.
차라리 선수를 쓰자는 것이 료마의 생각이었다. 하리마노스케에게는 안 됐지만 전야제를 구경가자고 권유한 것은 그런 속셈이 있어서였다.
"도베."
료마는 나지막한 소리로 도베를 불렀다.
"작은 돌을 두어 개 주워 둬."
"예, 알았습니다."
도베는 길바닥을 두 손으로 긁어 금방 손에 알맞은 돌을 주워 품에 넣었다.
과연 이 사나이는 전에 하던 직업이 직업인만큼 관찰력이 좋다. 료마의 속셈을 어렴풋이나마 알아차린 모양이었다.
"사카모토님……그만."

하리마노스케의 목소리가 떨리기 시작했다.
"뭐, 다 왔습니다. 저기 밝은 숲 속의 불빛이 그것이겠지요. 아니, 마음이 내키시지 않거든 저만 갈 테니 돌아가시지요."
"그건 안 됩니다."
바짝 료마의 허리에 붙는다.
―도베.
료마는 작은 소리로 말했다.
―초롱불을 꺼.
"예."
깜깜해졌다. 길은 벌써 본길을 벗어나 양편에 삼나무 가로수가 늘어서 있다. 길은 좁다. 신사로 가는 길이다.
하늘에는 별.
나중에 안 일이지만 장소는 시모마타(下俣)의 도가미 신사(戶神神社)의 참배로(參拜路)였다.

길에는 나무뿌리가 많았다.
하리마노스케는 두세 번 발끝이 걸렸다.
"차라리 눈을 감으십시오."
그렇게 일러 주었다. 하리마노스케는 무인이 아니다. 눈을 뜨고 있으면 오히려 그림자에 놀라거나 발을 헛디디거나 하는 것이다.
그러는 동안에 길 저편에서 삼나무 뿌리께를 밝게 비추면서 횃불을 든 한 떼가 내려왔다.
"아, 저건?"
"축제에 갔던 마을 사람들이겠지요."
그대로였다. 마을 늙은이들의 인솔로 지나가면서 료마 일행과 마주치자 말했다.

"어둡습니다."

저마다 한 마디씩 인사를 했는데, 문득 한 늙은이가 발길을 멈추더니 물었다.

"좀 전에 가신 무사님과 동행이십니까?"

물었다.

료마는 과연 예상대로구나, 하고 속으로 끄덕이면서 말했다.

"아니 다른 사람입니다."

그들을 보낸 다음 곧 도베의 소매를 잡아당겨, 하리마노스케에게는 들리지 않을 작은 소리로 말했다.

―도베, 난 지금 태연하게 걷고 있지만 실상은 근시안이야. 한심하게도 앞이 통 보이지 않아.

―서방님, 그럼 어떻게 하죠?

―아까 그 돌 말이야. 네 그 두더지 같은 눈으로 미심쩍은 놈이 보이거든 금방 돌을 던져라. 소리는 내지 말고. 소리는 내가 지를 테니. 너 같은 놈이 소리를 지르다간 적의 칼침을 맞을 줄 알아. 그리고 내가 달아나라고 하거든 나는 상관 말고 하리마노스케님을 업고 여관으로 달려가라.

―알았습니다.

참배로 저편 숲이 고요해졌다. 놀이는 그친 모양이었다.

게다가 숲 속의 불은 하나하나 꺼지기 시작했다. 신관(神官)이 잠자리에 들려 하는 모양이다,.

"참 조용하구나. 아하, 이 도카이(東海)의 검은 천지에서 하나하나 꺼져 가는 등불을 보고 있으니까 시상(詩想)이 떠오를 것 같은걸."

하리마노스케는 학자이며 시인이다. 그와 같은 여유가 생긴 것은 이제 아무 일도 일어날 것 같지 않다는 안도감이 일어났기 때문일 것이다.

"사카모토님, 이 신사는 누구를 모셨나요? 아까 이 고장 노인에게 물어보니 시모마타의 도가미 신사라고 하더군요."

"참, 그렇다면 저 위쪽에 전국 시대의 고성인 가네마루 성터(金丸城址)가 있겠구면. 아아, 고성(古城)에 풀은 마르고 밤비가 희도다."

"그러나 비는 내리지 않는데요."

"시에서는 그렇게 읊는 거지요."

그때—

도베의 동그란 등이 갑자기 움츠러들었다고 생각하자 오른손이 재빨리 움직여 돌을 던졌다.

돌은 왼편 삼나무 등걸에 맞았다.

그 날아가는 돌과 료마가 옆으로 몸을 날린 것은 동시였다.

"이놈들!"

칼을 뽑으면서 그대로 상대의 왼쪽 어깨를 내리치고 훌쩍 길로 내려섰다.

칼등으로 쳤는데 상대는 뼈가 으스러진 모양으로 한길에까지 굴러 떨어져서 버둥거리고 있다.

적은 한 사람이 아니었다.

이번에는 오른편 나무 뒤에 또 한 사람, 이 사나이는 칼을 휘두르며 노상으로 뛰어나왔다.

"도베, 돌을 던져라. 난 밤눈이 어두워 부자유스럽군."

그러면서도 료마는 웃음을 머금고 괴한 앞으로 달려 들어갔다.

적이 내려치는 칼을 대담하게도 피하지 않고 약간 가슴을 뒤로 젖히면서 상대의 칼을 무섭게 후려쳤다.

탁—

불꽃이 흩어졌다.

흩어진 불꽃을 목표로 료마는 다시 상대의 칼을 옆으로 후려쳐 놓고 주춤하는 틈을 노려 상단에서 팔목을 내리쳤다.

상대는 날밑으로 이를 받고 성큼 뒤로 물러선다.

"어떤 놈이냐?"

료마는 무섭게 고함을 쳤다.

"나는 도사 번사 사카모토 료마다. 나를 도사 사람인 줄 알면서 치려고 하느냐. 후일 너희 주군에게 화가 미쳐도 상관없느냐."

'안 되겠구나.'

상대방도 그렇게 생각했던 모양이다. 쓱쓱 삼나무 가까이로 물러가더니 등걸 뒤에 숨어 버렸다.

"뒷날의 증거로 말해 둔다."

료마는 어둠 속에 우뚝 서서 큰소리로 말했다.

"여기 계신 농행은 내 종형으로 도사 번의 야마모토 슌조(山本俊藏), 그리고 이쪽은 내 부하 도베. 그런데 그대의 이름은 무엇인가."

"……."

물론 상대방은, 히코네 이이 집안의 가신 아무개라고는 말하지 못한다.

하나 료마는 이 정도로 다짐해 두면 앞으로 하리마노스케의 길을 방해하지는 않으리라고 생각하고 칼을 거두었다. (그런데 이것은 나중에 너무나 안이한 생각이었다는 것이 드러났다.)

뒤돌아보니 도베가 없었다.

하리마노스케도 없다.

'흠, 도베 녀석, 벌써 업고 달아났군.'

료마는 고갯길을 천천히 내려가기 시작했다.

앞이 보이지 않았다.

근시라는 것은 불편한 것이었다.

삼나무 가지를 바라보며 밤하늘의 별빛을 의지 삼아 발을 옮겨 딛는데 그 별이 똑똑하게 보이지 않는 것이다.

그 때 등 뒤에서 발소리가 다가왔다.

'도베?'

그렇지 않았다. 료마는 칼집을 당겨 손잡이에 손을 걸었다. 그 자세로 료마는 한 걸음 한 걸음 밟아 내려갔다.

"……"

상대방도 료마의 호흡을 살피면서 발걸음을 맞추어 내려온다.

'언제 상대가 덤벼들까?'

그것이 쌍방이 생명을 판가름하는 중요한 순간이 될 것이다. 료마 또한 상대의 발소리를 마음으로 읽으며 판단할 수밖에 없다.

그런데 상대가 딱 발을 멈추었다.

"사카모토님이라고 하셨소?"

애원하는 듯한 목소리다.

료마도 발길을 멈추었다.

"뭐냐?"

료마는 등을 돌린 채였다.

왼발을 내딛고 오른발에 중심을 두고 허리를 가라앉혀 칼을 뽑을 자세이다. 상대가 뽑을 기색을 보이면 선수를 쓰려는 자세였다.

"당신의 이름은 우리도 알고 있소. 교바시 오케 거리의 지바 도장 사범 사카모토 료마님이지요? 그러나 우리 이름만은 사정이 있어 밝히지를 못하오."

"그래서?"

"충고를 하고 싶소."

"내게 말이오?"

"아무리 당신이 한낱 검객이지만 지금 천하를 뒤흔들고 있는 큰 사건을 모르고 있진 않겠지요."

'한낱 검객으로?'

상대는 그럴 셈으로 한 말은 아니겠지만 료마는 어쩐지 바보 취급을 당한 것 같은 기분이었다.

"그게 뭐요?"

"대옥 사건."

'알고 있어, 그 정도는.'

료마는 좀 불만이었다.

"그것이 어떻단 말이오?"

"당신과 가와사키에서 동행이 된 사람은 막부에 반역하는 대역적 놈의 한 패거리란 말이오. 간악한 산조 사네쓰무 공의 부하로 미즈하라 하리마노스케라는 자가 바로 그놈이오. 교토에 있는 불령(不逞) 낭인, 유학자들과 작당하여 주인인 산조를 조종, 황공하옵게도 주상(主上)의 밝으신 뜻을 어지럽게 하여 막부 정치에 대해 갖가지 간계를 꾸며 온 자요. 이미 막부에서는 그 죄상을 탐지하여 곧 단죄하기로 되어 있소. 귀하가 약간의 의협심으로 감싸주고 있다는 것은 우리도 이해하지만 이 이상 실없는 간섭을 하게 된다면 귀하는 물론, 주군을 위해서도 좋지 않을 것이오."

"알았소."

료마는 자세를 허물어뜨리지 않았다.

"알았으나 저 하리마노스케님이 막부의 죄인이라면 어째서 막부의 관리가 잡지 않소? 아니면 당신들이 막부의 관리요?"

"……."

어차피 이 사나이들은 이이 집안의 사병(私兵)일 것이다. 대답을 하지 못한다.

"더구나, 무명씨."

료마가 쩨는 웅변이다.

"이 자리는 신사 경내로 성역이란 말이오. 어찌하여 여기서 죄인을 암살하려고 했소. 만일 이 사실이 세상에 알려진다면 막부를 비난하는 소리가 높아 가는 이때에 당신들의 주군인 이이 집안의 평판이 나빠질 거요."

"음, 함부로 그런 소리를."

"한낱 검객이라도 그 정도의 말은 할 수 있지."

"거듭 묻겠다. 손을 못 떼겠단 말이지?"

"의협심인걸."

료마는 피식 웃었다. 어째서 이런 때에 웃었는지 자기도 까닭을 알 수 없는 심정이었다.

아마 상대는 기분이 좋지 않았을 것이다.

상대는 말도 없이 칼을 뽑아 쳐들었다.

료마는 순간, 언덕길을 네댓 걸음 앞으로 뒹굴듯이 내려가더니 홱 몸을 솟구쳐 소나무 큰 가지를 쳐 버렸다.

풀썩!

나뭇가지가 등 뒤에서 달려오는 사나이의 머리 위를 덮어 씌웠을 때, 이미 료마는 없었다.

그 뒤, 료마는 밤길을 피했다. 날이 밝아 역참을 떠나고 해가 지기 전에 역참에 들도록 조심했다.

하리마노스케도 이런 경호에 감격하여 몇 번이나 말했다.

"사카모토님, 이 은혜는 평생 잊지 않겠소."

"뭘 그렇게 말씀하실 거야……."

료마는 기쁘면서도 송구스러운 표정이었다. 스물네 살이나 되었는데도 아직 웃는 얼굴에 어린 티가 역력하다.

구와나(桑名).

마쓰다이라 엣추노카미(松平越中守) 십만 섬의 성하이다.

숙소는 교야(京屋) 쇼베에(小兵衞)네 집으로 정했다. 아래층 가운데뜰로 면한 넓은 방에 세 사람이 앉아 있는데, 여관 주인 쇼베에가 복도 장지문 밖에서 인사를 한다.

"주인인 쇼베에입니다."

"도사 번 가신 사카모토 료마님에게 말씀드립니다만, 지금 이곳 구와나 집안의 가신이신 시카다 덴베에(鹿田傳兵衞)님이 오셔서 한 번 뵙겠다고 하십니다."

"뭐? 시카다님이?"

료마는 일어섰다.

하리마노스케가 당황해서 료마의 하카마를 잡고 서둘러 말한다.

"속임수라는 것이 있소. 그런 이름을 내세워 그놈들이 침입한 것인지도 모르오. 거절하십시오."

하리마노스케는 떨고 있다.

"아니, 시카다라는 분은 이 구와나 번의 검술 사범으로 훌륭한 분입니다. 제 스승 지바 데이키치님의 오래된 제자인데, 아직 대한 적은 없으나 료마에게는 동문 선배가 되는 분이지요."

"거절하십시오."

여전히 떨고 있다.

"그러나 그렇게 되면 내 의리가 서지 않는데."

"아니, 사카모토님, 부탁입니다. 나그네 길에서는 함부로 사람을 만나서는 안 됩니다."

'흠......'

료마는 생각 끝에 적당한 핑계를 꾸며내어 주인에게 말하고 만나지 않기로 했다. 그러나 혹시나 하는 마음에서 도베를 시켜 시카다라는 인물을 알아 오게 했다.

"이거 억지를 부려서 미안하군요."

하리마노스케는 가슴을 쓸어내린 다음 이제는 대사를 밝혀도 좋겠다고 생각한 모양인지 료마를 자기 곁으로 불렀다.

"사카모토님, 이리 좀 가까이."

역시 료마의 추측대로 하리마노스케는 에도의 미도 번에 갔다 오는 밀사였다.

조정에서는 막부보다도 오히려 미도 집안을 신뢰하는 형편이어서 지난 달 8월, 밀사를 내려 보냈다. 사실상 이이 최고 집정관을 배척하라는 내용을 전한 것이었으며, 이 밀칙 사건이 이번 대옥 사건의 직접적인 발화점이 되었다고 해도 과언이 아니다.

이이의 강경한 수사 진행에는 교토도 떨었지만 미도 집안은 한층 더했다.

이러한 정세 아래 천황은

—다시 한번 미도의 진의를 알아보라.

이런 말씀이 있어 산조는 그의 부하 미즈하라 하리마노스케를 밀사로 에도에 내려 보내 미도의 대답을 들으려고 했던 것이다.

'그래서, 이이의 부하가 이 사람을 노렸군.'

"아니."

료마는 정색을 하고 말했다.

"어렴풋이 짐작은 하고 있었지만 그렇게 중대한 일을 맡으신 길인 줄은 몰랐습니다."

그러나 내심, 선배인 구와나 검술 사범 시카다 덴베에가 모처럼 찾아와 주었는데 안 됐구나, 싶은 마음은 여전히 사라지지 않았다.

아니 더 분명히 말한다면 이 공경 무사가 귀찮구나, 하고 이제껏 동행한 것을 후회하고 있었다.

"사카모토님! 당신에게는 폐가 많지만."

하리마노스케가 말했다.

"이건 왕실(王室)을 위해섭니다. 당신도 도사 분이라면 근왕의 뜻은 강하실 테지요?"

'근왕……'

이 말만큼 당시 청년들에게 값나가는 말은 없다. 귀로 듣고 입에 담기만 해도 뜨거운 눈물이 솟고 피가 들끓어 가만히 있을 수 없게 되는 야릇한 어운(語韻)을 지닌 말인 것이다.

"근왕."

이 말 한 마디를 위해서 목숨을 버리겠다는 청년이 꼬리를 물고 나타나기 시작했다.

—다케치의 천황주의.

이런 말이 있듯이 도사 번에서는 다케치 한페이타가 그 열혈 청년들의 총대장이 되어 가고 있으며, 조슈 번에서는 바야흐로 요시다 쇼인이 그의 서원(쇼카 서원 : 松下書院)에서 그 불덩어리들을 육성해 가고 있었다.

사쓰마에도 있었다. 사이고 다카모리를 수령으로 받드는 사쓰마 세이추조(精忠組)가 그러했다.

이 불덩어리 청년들에게는 공통점이 있었다.

시인 기질을 가진 자가 많다는 것이다.

근왕—

이런 말만 들어도 그들의 가슴에는 홀연 시정이 솟아오르고 시구가 흘러나와, 울울한 가슴속 시의 세계에서 자신의 생명을 불태워 보고 싶다는 충동이 일어난다. 이와 같은 정열의 주인공들이 없었다면 뒤의 유신이라는 역사적 대비약은 일어날 수가 없었으리라.

그러나 료마는 불덩어리 형(型)은 아니었다. 오히려 유례없는 큰 불덩어리였는지, 토탄 덩어리처럼 쉽게 불이 당기지 않았던 것이다. 적어도 안세이 5년 가을, 귀국 도중에 하리마노스케를 만났을 무렵의 료마는 아직 큰 토탄 덩어리에 지나지 않았다.

"소생을 지켜 주신 것은 당신의 근왕의 뜻에서 나온 것으로 압니다. 그 충성은……."

하리마노스케는 말을 계속한다.

"제가 교토에 돌아가면 산조 내대신에게도 잘 말씀드리지요."

"고마운 일입니다."

그러고 있는데 도베가 돌아왔다.

료마는 마음이 들떠서 물었다.

"역시 시카다님이었나?"

"댁에까지 뒤를 밟고 거리의 순라군에게도 물어보았는데 틀림없습니다."

"그래?"

검술이냐 정치냐 하면 료마로서는 아직 검술이 재미있다. 하리마노스케보다도 시카다 쪽이 매력이 있었다.

"잠깐 실례하겠습니다. 도베, 하리마노스케님을 잘 지켜드려라."

말을 남기자, 어리둥절해 있는 하리마노스케를 뒤에 두고 복도로 달려 나갔다.

이세 구와나라면 도카이도 굴지의 역참으로 거리에는 여관이 즐비하고 나그네의 발길도 서로 어깨가 부딪칠 만큼 잦았다.
  료마는 성문 쪽으로 걸었다.
  "나리, 잠깐만."
  길가의 여관집 여자들이 귀가 따갑도록 료마를 불러댄다.
  찻집 여자들도 성가신 존재이다. 추녀 밑에서 명물인 대합조개를 구우면서 길가는 사람을 부르는 것이다.

  축축한 대합조개 선물로 맛보셔요
  이세의 주막 여인 정이 배었소

  료마의 얼굴이 화끈할 만큼 음탕한 문자들을 늘어놓으면서 소리 소리 외치고 있다.
  그러나 무사 저택에 접어들자 전혀 들리지 않았다.
  성이 아름다웠다.
  때마침 저녁 햇살을 받아 흰 벽이 복숭아 빛으로 물들어 있다. 구와나 성은 성의 반신(半身)이 나가라 강(長良川) 하구에 잠겨 있어, 만조 때는 바다 냄새가 성안에 가득 찬다는 성으로, 건국 이래 오늘날까지 온갖 흥망의 비화를 지닌 명성(名城)이다.
  지금은 마쓰다이라 집안 십만 섬의 거성.
  도쿠가와 집안의 친번 중에서도 아이즈의 마쓰다이라 집안과 더불어 무용(武勇)의 가풍을 자랑하고 있었다.
  '유신 전야에 구와나 번은 아이즈와 더불어 교토 경호에 임하여 마지막까지 사쓰마, 조슈, 도사를 주력으로 하는 관군과 대항했다는 사실은 유명하다..'
  시카다의 저택은 곧 알 수 있었다.
  '허어!'

문전에서 료마가 감탄하면서 쳐다보았을 정도의 넓은 저택이었다. 행랑문 양편을 터서 도장을 만들었는데 거기서 요란한 죽도 소리가 들려 왔다.

'하고 있군.'

료마는 그 소리를 들으니 즐거워졌다.

품속에 넣어 두었던 이름패를 꺼내어 안내를 청하자 대뜸 도장으로 안내되었다.

도장 정면에 시카다가 기다리고 있었다.

40연배의 훌륭한 풍모의 무사로 료마가 들어서자 끌어안을 듯이 반가워했다.

그러면서도 서로 첫 대면이다.

첫 대면이었으나 오케 거리 지바 도장의 동문이며 대선배였다. 시카다는 전에 사범을 맡았던 일도 있으므로 그런 뜻에서도 인연이 깊은 선배인 것이다.

"허어, 자네가 사카모토 군인가. 크군. 그 정도면 지바 에이지로 님처럼 넉 자짜리 죽도를 쓸 수 있겠어."

"아뇨, 죽도는 보통 것을 씁니다."

그런 이야기부터 시작했다.

료마는 조금 전의 실례를 사과하고, 그런데 어떻게 자기가 구와나에 왔다는 것을 알았느냐고 묻자 시카다는 싱글벙글하면서 한 통의 편지를 료마에게 보였다.

"지바 주타로님이 파발을 보냈더구먼. 자네가 도카이도를 구걸 행각으로 가고 있으니까 구와나에서 구원하라는 명령이었어. 그래서 선박 관리소 관리에게 부탁해서 그럴 듯한 사람을 매일 찾았지. 드디어 그물에 걸려든 셈인데. 그러나 그보다도……."

시카다는 곁에 있는 죽도 하나를 료마에게 주었다.

"아직 밖에 저녁노을이 남아 있을 때, 제자들에게 에도에서 닦은 멋진 솜씨를 보여 주게."

"아니, 도장은 벌써 어둡습니다."

어두운 것은 근시인 료마에게는 질색이다.

정상적인 검사와 맞서면 동작까지 한 단 내려져 버린다.

"어두우면 첫째는 구경하는 문하생들에게도 칼의 움직임이 잘 보이지 않을 텐데요."

"아니, 그건 염려 말게. 이 도장에는 명물이 있어."

시카다가 끈덕지게 청했으므로 료마도 할 수 없이 일어섰다.

제자들의 안내로 대기실에서 옷을 벗고 도구를 입었다. 죽도를 들고 도장으로 나갔을 때는 장내의 모양이 완전히 달라져 있었다.

'허허어.'

료마는 놀랐다.

도장 중앙에는 다다미 스무 장 가량 되는 넓이에 걸쳐 수십 개의 촛불이 원을 그려 점점이 배치되어 있으며 위에 또 네 명의 제자가 손에 손에 횃불을 들고 있었다. 이 횃불은 맞서는 두 사람의 전후좌우를 이동하면서 밝혀 주기 위한 것인 모양이었다.

'마치 관등놀이 같구나.'

참으로 아름답다.

"볼만하군요. 한데 저 큰 촛불 속에서 시합을 합니까?"

"흠."

시카다는 만족스러워 보였다. 가끔 이와 같은 장치를 하고 제자들에게 야간 시합을 익혀 주고 있는 모양이다.

료마가 더욱 놀란 것은 도장의 사방 벽을 한 줄로 꽉 메운 제자들이, 이윽고 준비가 다 되자 손에 손에 등잔을 들고 불을 붙인 다음 나란히 앉기 시작한 일이었다.

환하다.

"사카모토 군."

시카다는 사범 대리인 스에모리 하루키치(末森春吉), 요시다 겐지(吉田源次), 고소 다이고로(古莊大五郎) 등 세 명을 각각 소개했다.

"이분은 사카모토 선생이다. 잘들 배워라."

"아니, 배우는 것은 제 편입니다. 부탁합니다."

료마의 거짓 없는 말이었다. 이러한 불빛 속에서 시합을 해 본 일이 없었다.

"그럼 먼저 고소 다이고로부터 부탁드려요."

"예!"

고소는 면구를 쓰고 도장 중앙 불빛 속으로 들어왔다.

료마는 중단.

고소도 같은 중단이었다.

'허어, 이거 안 되겠구나.'

료마는 질려 버렸다. 횃불이 움직일 때마다 고소의 죽도 그림자가 움직이는 것이다. 어느 것이 진짜 죽도인지 알 수가 없었다.

"야앗!"

고소는 익숙했다. 홀연 옷자락을 걷어차며 료마의 면상을 내리쳤다. 료마는 성큼 물러났다. 물러나면서 손목을 후려쳤다. 번개처럼 빠른 솜씨다.

"손목 한 판!"

심판 시카다가 손을 들었다.

솜씨에 현저한 차가 있었다.

고소의 눈에 비친 료마의 몸뚱이는 불을 밟고 서 있는 거인과도 같았다. 치려고 해도 죽도가 움직여지지 않았다.
'에잇—'
정신없이 쳐들어가니 료마는 '따닥' 허리를 치고 세 칸이나 저편으로 날아가 있다.
세 번째는 면을 빼앗기고 고소는 물러섰다.
그 다음 스에모리, 요시다 등 목록 면허자인 사범 대리가 맞섰으나 모두 료마의 죽도를 건드려 보지도 못하고 세 차례 다 빼앗기고 말았다.
'세군—'
도장 구석구석에서 한숨 소리가 새어나왔다. 에도의 일류와 시골 검사의 솜씨 차이는 이렇게도 다른가 싶은 느낌이었다.
료마는 별실로 물러가 목욕탕에서 땀을 씻고 객실에 안내되었다.
술 준비가 돼 있었다.
시카다는 료마를 상좌에 앉힌 다음 은 주전자를 들고 나온 딸을 소개했다.
"지세(千勢)라고 하네. 내 외딸일세."
"예."
료마는 지세가 따르는 술을 받고 문득 처녀를 쳐다보다 전혀 뜻밖이라 숨이 막힐 만큼 놀랐다. 너무나 아름다운 아가씨였다.
"아니."
료마는 이런 점이 미련스럽다. 얼결에 시카다를 바라보며 말하지 않겠는가.
"정말로 시카다 선생은 이 따님의 아버님이십니까?"
"다짐할 것도 없지. 그러니까 딸이라고 하지 않나?"
시카다는 약간 불쾌한 표정을 지었다.
이상하다. 시카다같이 못생긴 검객이 어찌하여 이렇게 아름다운 딸을 낳을 수 있을까. 인간의 신비라는 것인지도 모른다.

'세상에는 아직도 내가 모르는 일이 많다. 양이개국론에 내가 개입하는 것은 아직 이른 것 같구나.'

이런 엉뚱한 생각을 하는 동안에 지세의 머리가 조금 갸웃해지면서 이렇게 말한다.

"저 사카모토님, 약주가……무릎 위에 떨어진 것 같습니다."

"예."

료마는 황급히 옷소매로 무릎을 닦았다.

"어머, 옷소매로."

"아니 어차피 얼룩투성이 옷이니까요."

"사카모토 군."

시카다가 말했다.

"아까는 감탄했네. 야간 시합이 되면 불 그림자가 사방에 어른거려 익숙하지 않으면 여간 어렵지 않은데……."

"아주 혼났습니다. 저는 근시여서 그런 어둑한 곳에서는 충분히 움직일 수가 없습니다."

"근시라?"

검술에는 가장 불리한 체질이다.

"어떻게 싸웠는가?"

"아니, 고소님에게는 어떻게 견디어 냈으나 나머지 두 분 때에는 숫제 눈을 감고 했습니다. 그 편이 헛 그림자에 신경을 쓰지 않고 오히려 좋습니다."

"허어."

시카다는 어이가 없었다.

술꾼을 아버지로 가진 탓인지, 지세는 술도 알맞게 잘 데웠고 권하기도 잘했다. 료마는 그만 좀 과음했다. 게다가 시카다의 검술 이야기가 또 재미있었다.

가미이즈미 이세노카미(上泉伊勢守), 쓰카하라 보구덴(塚原卜傳), 미야모토 무사시(宮本武藏), 이토 잇도사이(伊藤一刀齋), 오노 지로에몬(小野治郎右衛門), 모모이 슌조(桃井春藏), 사이토 야쿠로(齋藤彌九郞) 등, 고금 검객의 경력, 강약을 논하여 거침이 없었다.

"역시 강하기로는 미야모토 무사시일 거야. 그는 고금독보라고 해도 무방해."

덴베에의 검객론이다.

이야기가 매듭지어질 때마다 옆에서 지세가 방실방실 웃으며 술을 따라 주었다.

"무사시는 강했지. 그 강한 점에서는 신과 가장 가까운 인간이었다고 할 수 있어. 한데 무사시의 기예에는 중대한 결함이 있지. 무엇이라고 생각하나?"

덴베에는 기분이 좋았다.

"모르겠는데요."

료마는 싱글벙글, 천진 그것이다.

"무사시의 기예가 후계자를 만들지 못했다는 일일세. 이 사람은 날 적부터 초인적인 기백이 있었어. 그 기백을 칼에 불어넣어 독자적인 예풍(藝風)을 만들어 냈으나, 후진으로서는 무사시와 같은 이골(異骨)을 갖추지 않는 한 그 기술은 따라갈 수가 없어. 제아무리 그의 오륜서(五輪書)를 읽는다 해도 무사시가 될 수는 없는 거지."

"과연."

"그 점에서 무사시와 같은 시대의 거인이었던 이토 잇도사이는 전혀 다른 검객이었어. 새 경지를 개척할 때마다 한 가지 이론을 세웠거든. 검술의 이론을 중시한 거지. 이론이 있어야 만인이 배울 수가 있어. 그렇기 때문에 일도류는 수백 년 뒤인 오늘날에 이르러서도 아직 쇠하기는커녕, 이토 파 일도류, 오노 파 일도류, 가지 파(梶派) 일도류, 나카니시 파(中西派) 일도류, 그리고 우리 스승이 시작한 호쿠신 일도류에 이르기까지 대소 50여류로 뻗어났어. 무사시뿐만 아니라 세상의 모든 검술의 귀착점은 무사시와 잇도사이의 두 길뿐이라고 생각하네."
"드시죠."
지세가 료마에게 술을 따랐다.
"그래서 말이야."
덴베에는 안주인 된장을 핥고 나서 다시 말했다.
"자네는 자기 소질로 보아 이 두 형태의 어느 편에 속한다고 생각하는가?"
료마는 난처했다.
"어느 편에도 속하지 않겠지요."
정직한 말이었다. 검은 좋아했으나 검기(劍技)에 자신의 전 생애를 투입하기까지에는 이르지 못했다. 역시 료마는 시대 속에 있는 것이다.

옛날 같은 세상이라면 료마는 일개 검객으로 자기 검기 속에 자기를 몰입시킬 수 있었을 것이다.

그러나 지금은 다르다. 이 네 개의 섬에 구미(歐美) 강국이 군함 거포로 육박해 오고 있으며, 나라 안의 혈기 있는 무사들은 그 격퇴를 외치면서 들끓고 있다. 그런 시기에 오로지 검술에만 파묻힐 만큼 료마는 단순하지 못하다. 요컨대 이 시기의 료마는 이러지도 저러지도 못하는 처지인 것이다.

"어떤가, 사카모토 군?"

덴베에가 재촉했다. 미야모토 무사시가 될 것인가. 이토 잇도사이가 될 것인가?

"글쎄요."

료마는 큼직한 몸을 움츠리고 목덜미를 연방 긁었다. 하기는 덴베에의 말은 들으면 들을수록 재미가 있다. 얻는 것도 많았으나 역시 료마와는 어딘가 세대적 차이가 있다.

젊은 료마에게는 덴베에처럼 외곬으로 열중할 수 없는 점이 있는 것이다.

'미야모토 무사시라 해도 미국 배를 물리칠 수는 없으니까 말이야.'

그러면서도 다케치 한페이타처럼 눈물을 흘리고 몸을 떨면서 천하 국가를 논하는 감상적인 논객형도 아니다.

"아직 자신을 알 수가 없습니다."

료마의 대답이다.

"그러나 그런 대로 열심히 해 나가다 보면 언젠가는 알게 될 때가 오리라고 혼자 생각하고 있습니다."

"좋은 말이야."

덴베에는 눈을 가늘게 뜨고 고개를 끄덕였다.

료마는 멋적어서 덧붙여 말했다.

"바보니까요."

"아니, 좀 바보인 편이 좋지. 꾀가 많으면 눈앞의 일만 지나치게 눈에 보여 오히려 몸도 일도 그르치기가 쉬워. 그런데."

덴베에는 무릎을 내밀었다.

"할 말이 있네."

"무슨 말씀이신지?"

"이건 에도의 주타로님이 보낸 편지를 본 순간부터 나대로 결심한 것이었네. 그래서 자네가 오자마자 칼솜씨를 보게 된 거야. 그러니 어떤가?"

"무슨 말씀입니까?"

"이곳에서 일할 생각은 없는가?"

"구와나 마쓰다이라 집안에 말씀입니까?"

"음, 천거하겠네."

구와나 마쓰다이라 집안은 아이즈 마쓰다이라 집안과 함께 친번 중에서는 무술로 떨치는 집안이다. 덴베에의 말에 따르면, 이 번은 도카이도의 요충이기 때문에 시국에 민감하여, 만일 외국군이 침범해 올 때는 다른 번의 모범이 되어 싸워야 한다는 자각이 누구에게나 가득 차 있다. 그래서 번에서는 지금 우수한 검객을 은밀히 모으고 있다는 것이다.

"어떤가?"

물론 덴베에는 료마가 기꺼이 받아들일 것으로 알았다.

이렇게 지체 높은 가문에 이름도 없는 향사의 차남이 벼슬할 수 있다는 것은 여간한 행운이 아니다.

하나 료마는 그럴 마음이 없었다.

아직 청춘은 창창하다. 이런 구와나 구석에 몸을 붙들어 매고 싶은 생각은 전혀 없었다.

"호의는 감사하오나 저 같은 게으름뱅이는 훌륭한 분들 틈에 끼어 거북살스러운 벼슬살이를 도저히 할 수가 없습니다."

"못한다고? 그러지 말고 오늘 밤, 밤을 새면서라도 이 일을 천천히 의논해 보세."

"아차!"

료마는 잔을 놓았다. 불현듯 생각나는 일이 있었다.

여관에 미즈하라 하리마노스케를 그냥 두고 왔다. 갑자기 이상한 예감이 들어 그것이 걱정이 된 것이다.

"왜 그래?"
덴베에가 말했다. 료마는 여관에 누가 기다리고 있다고 말할 수는 없었다.
"아니, 실은 여관에 두고 온 것이 있어서."
"대단한 것인가?"
"예, 그런 겁니다."
"저어."
옆에서 지세가 말했다.
"어떠실까요? 저라도 좋다면 그 물건을 가져오겠습니다마는."
"예, 호의는 고맙습니다만 제가 가야 합니다."
"그렇게도."
지세는 눈을 크게 뜨며
"무거운 거예요?"
"열대여섯 관은 될 겁니다."
"그럼 제게는 무겁겠어요. 하지만 하인을 데리고 가서 짊어지고 오도록 하죠."
"그런데."
료마도 난처했다.
"살아 있는 사람입니다."
"어머, 여자?"
지세의 표정이 금시 어두워진다.
"뭐라구?"
덴베에는 그랬었구나, 하는 표정을 지었다. 실은 처음에 이 청년을 여관에 찾아갔을 때부터 거동이 이상하다고 생각하고 있었던 것이다.

"사카모토 군, 멋있군그래."

"별로 멋있는 일도 아닙니다."

"잘못 봤군, 내가. 수업 중인 몸으로 그런 것을 해서 되겠나?"

"글쎄요."

"근래 보기 드문 좋은 청년이라고 생각하고 영주에게 천거하려고, 아니, 자네만 좋다면 이 지세를 짝지어……."

"예?"

료마는 어처구니없었다.

덴베에도 어지간히 성급한 사나이다. 세상에는 이런 사람이 더러 있지만 자기가 멋대로 그려낸 구상에 상대방 치수가 들어맞지 않으면 그만 화를 낸다. 그것도 호인의 일종이겠지만, 당사자인 료마에게는 난처한 일이다.

"아무튼 숙소로 돌아가겠습니다."

"뭘 그래. 술이나 마셔. 그런 건 얼마든지 기다리게 해도 줄거나 썩는 건 아니니까."

덴베에는 잔을 내밀었다.

료마가 잔을 받자 지세가 따랐다. 지세는 양가집 규수인지라 조금 전의 어두운 표정은 말끔히 씻고 너그럽게 미소를 지었다.

"그러나, 그런 여자분을 여관에 남겨 두었으니 마음이 쓰이시겠군요."

"여자?"

료마는 그런 오해였던가 싶어 도베를 내세울 수밖에 없다고 생각하고

"아니 사냅니다. 도둑놈이지요."

"도둑놈? 자넨 여러 가지 일을 하는군."
"아니 동행입니다."
"도둑놈을 동행으로 데리고 다니나?"
덴베에는 취해 있었다.
료마도 완전히 취했다. 이윽고 의식이 몽롱해져서 그 자리에 쓰러져 버렸다.

료마가 눈을 떴을 때는 벌써 날이 활짝 밝아져 있었다.
'아뿔싸!'
이불을 차고 일어났다. 이불의 쪽(藍)물 냄새가 싱그럽게 풍겼다. 지난밤 덴베에의 안내를 받아 이 이불 속에 들어간 것까지는 기억하고 있다.
'하리마노스케가 어떻게 하고 있는지.'
곧 여관으로 돌아갈 셈으로 매무새를 가다듬고 방을 나섰다.
복도에서 지세를 만났다. 지세는 무릎을 꿇고 정중한 아침 인사를 했다.
"세숫물 준비는 우물가에 돼 있습니다."
"저는 얼굴을 별로 씻지 않습니다."
"어머, 그렇지만 빗질은 하셔야지요."
"아니, 머리도 이 정도 헐렁헐렁해야 알맞습니다."
머리칼이 폭풍을 겪은 것처럼 부스스하다. 고향에 있을 때에는 누님 오토메도 그 때문에 몹시 속이 썩었었다. 때로는 붙들어 놓고 억지로 머리를 빗어 주고 상투를 틀어 주었으나 틀어 놓기가 바쁘게 료마는 두 손으로 슬쩍 머리를 잡아당겨 버린다. 얼굴 가죽을 당기는 것 같은 느낌이 영 좋지 않은 것이다.
'얼굴을 씻지 않는 것과, 머리를 빗지 않는 것과, 의복이 더러워

도 태평한 것만은 미야모토 무사시와 닮았구나.'

지세는 우스운 생각이 들었다.

덴베에게 인사를 하고 간단히 아침 식사를 끝낸 다음 료마는 밖으로 나왔다.

여관으로 돌아가 보니 벌써 미즈하라 하리마노스케와 도베는 두 시간쯤 전에 떠났다고 한다.

여관집 안주인이 알아듣기 힘든 이세 말로 장황하게 늘어놓았다.

"손님은 어디 갔다 지금에사 오세요. 그 두 분이 얼마나 기다렸다고요. 이러다간 돌아오지 않을는지도 모른다고 하면서, 떠날 때 만일 돌아오시거든 뒤쫓아 오라고 전해 달라면서."

"알았소."

료마는 거리로 나섰다.

뒤에서 이상한 사나이가 따라왔다.

건달 같은 사나이로 행색은 나그네 같았으나 얼굴이 볕에 타지 않았다. 나그네라면 이 구와나에서 출발한 사나이라는 말이 된다.

'웬 놈일까?'

료마는 경계했다. 어쩌면 그 자객의 끄나풀인지도 모른다.

욧카이치(四日市) 찻집에서 늦은 점심을 먹었다.

그곳을 떠나 아카보리(赤堀)로 들어갔다. 이곳은 도카이도 일천이백오십리 길 가운데 다리 많기로 이름난 고장이다. 제니가메 다리, 오치아이 다리(落合橋), 가하케 다리, 나가다 다리(長田橋), 다하다케 다리(田畠橋)를 건너고 마지막으로 가다유 다리(加太夫橋)를 건넜을 때였다.

"나리."

뒤따라오던 사나이가 말을 걸었다. 키가 작고 뜻밖에 상냥스런 얼굴의 중년 남자였다.

"무슨 일이지?"

"아카조(赤藏)라고 불러 주십시오. 에에, 구와나에서 잡화상을 하고 있습니다만, 본업은 도베의 오랜 친구올시다. 도베가 나리를 모시고 오라는 부탁을 하더군요."

'허어, 이 녀석도 도둑이로군.'

료마는 크게 고개를 끄덕였다.

잡화상 아카조는 걸음이 빨라서 료마가 꾸물거리고 있자니까

"나리, 빨리."

재촉이 성화같다.

빨리 하리마노스케를 따라붙는 것이 도베가 당부한 이 사내의 사명인 모양이었다.

이시야구시(石藥師)에서 해가 떨어졌다. 그러나 아직 어둡지는 않았다. 료마는 좀 따분해졌다.

"아카조, 여기서 잘까?"

그렇게 말하자 아카조는 듣지 않는다.

"가메야마(龜山)까지 이제 이십오리 남았습니다. 밤이 됩니다만 도베는 그 역참의 야마토야 헤이시치(大和屋平七)라는 여관에서 기다리고 있을 것입니다. 조금 더 걸어가십시다."

가메야마에 들어간 것은 저녁 아홉시가 지나서였다.

잡화상 아카조가 야마토야 여관 처마 밑에 료마를 세워 놓고 자기만 들어가 하리마노스케의 가명(假名)을 대며 묵고 계시느냐고 물었으나, 없다고 한다.

"나리."

아카조는 귀엣말을 했다.

"무슨 일이 벌어진 것 같군요."

"그럴 리가 있나?"

"아니 틀림없습니다."

이와 같이 어두운 생활을 하고 있는 사나이이기 때문에 변괴에 대해서는 여느 사람에게 없는 육감 같은 것이 있는 모양이었다.

"이 가메야마 성밑거리에 신마치(新町)라는 동네가 있는데 저의 형님뻘 되는 사람이 거기서 인부 중개업을 하고 있습니다. 잠깐 거기까지 가보시지요."

료마는 따라갔다.

과연 가보니 미즈야 이스케(水屋伊助)라는 큰 가게가 있는데 상당히 번창해 보였다.

료마는 객실로 안내되었다. 이윽고 주인이라는 뚱뚱한 늙은이가 인사하러 나왔다가 이내 들어갔다.

"아카조, 이 가게 주인도 내막은 도둑인가?"

"천만에, 아닙니다. 이 이스케라는 분은 젊었을 땐 수상한 직업도 가졌습니다마는 지금은 번(가메야마 육만 섬, 이시카와 집안) 관리들의 사랑을 받고 번에 필요한 인부는 모두 이스케가 주선하고 있습지요."

"그래?"

여행은 해 볼 만한 것이라고 생각했다. 세상 돌아가는 형편을 여러 가지 알 수 있었다.

"이 집의 사람들을 풀어서 여관을 모조리 찾아보게 하지요. 그동안 이 방에서 주무시고 계십시오."

"이것 참 신세를 지는데."

"뭘요, 사양하실 것은 없습니다. 옛날 도베게는 신세를 많이 졌습니다."

도베라는 사나이는 이런 세계에서는 발이 넓은 모양이었다. 료마는 팔베개를 하고 서너 시간 눈을 붙였다.

료마가 자고 있는 동안 미즈야 이스케의 하인 젊은이들 사오십 명쯤이 큰 길 여기저기를 뛰어다닌 모양이었다.

자정이 훨씬 지난 뒤 아카조가 돌아와 료마를 흔들어 깨웠다.

"나리, 역시 예삿일이 아니었습니다. 바로 요 조금 앞에 가이젠지 강(海善寺川)이라는 강이 있는데, 그 강변에 사람이……."

―하리마노스케인 듯한 사람이 죽어 있다는 것이다.

료마는 대도를 쥐고 거리로 달려 나갔다. 거리를 동쪽으로 달려 십 마장.

가와이 다리(河合橋)라는 흙다리가 있다. 그 밑을 가이젠지 강이 흐르고 있는데 물은 거의 마르고 강바닥에는 잡초가 무성했다.

"아카조, 시체는 어디 있나?"

료마는 흙다리 위에서 물었다.

"이 다리 바로 밑입니다."

"내가 먼저 내려가겠다. 초롱을 들고 따라오너라."

풀을 헤치며 내려가니 과연 무사가 쓰러져 있다.

료마는 순간 관자놀이의 동맥에 손가락을 가져갔으나 이미 맥박은 끊어지고 없었다.

'죽었구나.'

얕은 인연이었으나 료마는 정말 가슴이 아팠다. 그야말로 사나이라는 생각이 들었다.

료마는 소년 시절에 누님 오토메로부터 한문책 읽기를 배웠는데 그 중 몹시 감명받은 글귀에 이런 것이 있었다.

지사는 구학(溝壑)에 있음을 잊지 않고

용사는 그 원(元)을 잃음을 잊지 않는도다

뜻은, —천하를 구하려는 자는 자기 시체가 장차 구렁에 버려져 돌보는 사람이 없을 것을 언제나 생각하며, 용기 있는 자는 자기 목(=元)이 달아날 것을 언제나 각오해야 한다. 그런 인물이 아니면 큰일을 할 수가 없다는 것이다.

'이 하리마노스케도 그렇구나.'

료마는 새삼스럽게 생각했다. 얼핏 보기에 여자처럼 상냥하고 겁이 많고 소심했으나 어느 날 여관에서

—나는 교토에 돌아가면 막부 관리 때문에 잡혀갈 것입니다.

태연히 말했다. 료마는 지사라는 것은 이런 것인가 하고 놀라는 한편, 새삼 이 교토 사람을 우러러보았던 것이다.

'훌륭한 사나이다.'

그때 둑을 살금살금 밟으며 잡화상 아카조가 초롱을 들고 왔다.

"나리, 등불을."

"흠, 비춰 주게."

료마는 시체의 얼굴을 들여다보았다.

"…… ?"

료마는 놀라움을 누르고 아카조를 바라보았다.

"이봐, 틀려. 하리마노스케님이 아니야."

"그럼 누굽니까?"

'그 히코네 무사로구나.'

얼굴에 기억이 있다. 분명 그럴 것이다. 이 사나이의 가족도 역시, 이 사나이가 이런 낯선 땅 강변에서 죽어 있으리라고는 꿈에도 생각하지 못할 것이다. 역시 '용사는'이라고 불러도 무방할 것이다.

"아, 이건 도베의 단도다."

료마는 가슴에 꽂힌 단도를 뽑았다.
히코네 번사의 피가 료마의 손목을 타고 흘렀다.

료마는 시체에서 피 묻은 단도를 빼어 풀로 닦았다.
'이런 사건을 일으킨 이상, 도베가 이 근처에서 꾸물거릴 리가 없다. 좀더 앞으로 갔을 것이다.'
"아카조, 따라와."
료마는 말을 던져 놓고 둑 위로 올라서자 성큼성큼 걸음을 재촉했다.
날이 새기 시작했다.
스즈카 고개(鈴鹿峠)를 내려가 야마나카(山中)에 당도하자 나그네에게 명물인 엿을 파는 찻집이 있었다.
거기에 도베가 있었다. 큰 대접을 받쳐 들고 더운 엿물을 불어 가며 유유히 마시고 있다가 걸어가는 료마와 아카조를 보고 일어섰다.
도베는 길로 나왔다. 태연히 료마 옆에 붙어 걷기 시작했다.
"난 또 누구라고?"
료마는 방갓 속에서 말했다.
"서방님, 얼마나 찾았다고요."
"찾은 건 우리 쪽이야. 틀림없이 그 히코네 놈에게 죽은 줄 알았지."
"서방님, 제 단도 돌려주십쇼."
"역시 가이젠사 강변에서 히코네 놈을 죽인 건 너로구나."
"예."
태연하다. 평소 경망한 사나이지만 전직이 전직인만큼 독한 데가 있다.
"저는 단도만 현장에 남겨 놓으면 시체는 어차피 미즈야의 젊은 패들이 발견하게 될 거고, 발견하면 서방님도 바보가 아니니까 단도를 보면 도베가 한 짓인 줄 알게 될 테고, 그러면 도베가 앞으로 달려간 줄 짐작하실 것이라는 것쯤은 계산하고 있었지요."
"그런데 그 하리마노스케님은 어떻게 되었나?"
"그게……."
도베는 목소리를 낮추어 대답했다.
"제가 무서워진 모양입니다."
"그럴 거야, 도망쳤겠군."
료마는 발걸음을 늦추었다.
도베의 이야기에 따르면 구와나를 지나서부터 히코네 놈이 뒤를 밟아온 모양이다.
—귀찮구나.
도베는 그렇게 생각했던 모양이다. 거꾸로 이쪽에서 히코네 놈의 틈을 노려 쇼노(庄野) 역참을 지날 무렵에 해가 저물자, 가와이 다리에 숨어 있다가 살금살금 접근해서 찔렀다는 것이다.
이것을 보고 하리마노스케는 안심하는 한편 이 정체 모를 사나이가 무서워진 것이다. 그 뒤 도베가 아무리 달래도
—난 혼자 가겠다.
우겨대어, 도베도 할 수 없이 이 찻집에서 헤어졌다. 하리마노스케는 밤길을 달려 스즈카 산기슭의 쓰치야마(土山)까지는 내려갔을 거라고 했다.
"도베, 죽일 것까지는 없었잖아."
료마는 그렇게 말했다.
"그러나 그놈은 자객입니다. 이쪽에서 죽이지 않으면 지금쯤 하리마노스케님도 목숨이 없어졌을걸요."
"글쎄, 그야 그렇지만……."

무사가 도둑놈 따위에게 살해된 것이 료마로서는 가엾다는 마음이 들었다.

그날 밤은 오미(近江) 고가(甲賀) 땅의 미즈구치(水口)에서 지새기로 했다.

이변은 여기서 일어났다.

료마가 도베, 아카조를 데리고 미즈구치 여관에 들어갔을 때, 해는 꽤 기울어져 있었다.

이곳은 전국 시대 고가류 둔갑술로 여러 나라에 알려진 오미 고가의 도성지로, 지금은 가토 엣추노카미(加藤越中守) 이만오천 섬의 영지이다.

이곳은 도카이도 오십삼 개 역참 중에서도 여관 찻집 여자들의 손님끌기가 억세기로 유명하다. 여관마다 억센 여자들을 거리 입구에 대기시켜 손님을 붙들어 오게 한다.

료마 일행을 보고 몰려드는 그녀들을 향해 료마는 미즈하라 하리마노스케의 인상을 설명하고 그런 무사가 여관에 들지 않았느냐고 물었다.

―그분은 저희 집에 계십니다.

그 중 제일 얌전하게 생긴 여자가 말했다.

료마는 그 여자를 따라 마스야 이치베에(枡屋市兵衞) 집에 여장을 풀고 지배인의 안내를 받아 미즈하라 하리마노스케의 방으로 들어갔다.

하리마노스케는 기뻐했다.

이 교토 무사는, 도베가 어쩐지 싫었으나 역시 료마는 의지했기 때문에 끌어안을 듯이 기뻐했다.

"아이구, 이제 살았습니다. 당신이 날 싫어해서 구와나에서 도망

가신 줄 알고 섭섭하게 생각했는데 지옥에서 부처님을 만난 기분이오!"

료마도 이렇게까지 믿어 주었던가 생각을 하니 구와나에서 자기가 너무 무심했던 것이 뉘우쳐졌다.

저녁 식사에는 미꾸라지국이 나왔다.

이 고을은 공예품으로는 담뱃대와 치룽이 특산물이지만 음식 명물로는 어느 여관에서나 미꾸라지국을 내어놓는 것으로 유명했다.

료마는 도베, 아카조, 두 사람을 이웃방에 들게 하고 하리마노스케와 단둘이서 천천히 술을 마셨다.

"아무튼 무사해서 다행입니다. 여기까지 오면 교토는 1백 2십 리 하고 두 마장 가량. 이제 다 온 거나 마찬가지입니다."

"아니, 교토는 벌써 난장판입니다. 오면서 들은 소문으로는 지사들이 교토 고등 정무청에 속속 잡혀가고 있답니다. 와카사(若州) 낭인 우메다 운힌(梅田雲濱), 미도 가신 우가이(鵜飼) 부자를 비롯해서 매일처럼 지사들이 막부 관리에게 잡혀간다고 합니다. 나는 교토로 돌아가 주군 내대신님에게 복명하는 것이 사명입니다만, 이것은 동시에 호구(虎口)에 들어가는 것과 마찬가지입니다."

말을 끝낼 무렵 여관집 주인이 복도로 달려왔다.

"지금 교토 행정청의 포도군관 와타나베 긴자부로(渡邊金三郞)님이 나오셔서 검색이 있습니다. 모두 조용히들 하십시오."

그는 말을 마치자마자 아래층으로 달려 내려갔다.

"아!"

소리만 지르지 않았을 뿐, 미즈하라 하리마노스케는 그에 가까운 표정이 되었다.

"사, 사카모토님, 나는 어떻게 하면 좋겠소?"

교토 행정청 포도군관 와타나베 긴자부로라면 '안세이 대옥'에서 지사 체포를 위해 활약한 악마와 같은 사나이로 얼마나 많은 지사들이 그로 인해 록카쿠(六角) 감옥에 잡혀 들어가 죽게 되었는지 모른다(와타나베는 몇 년 뒤, 다케치 한페이타가 지휘하는 근왕파 자객단 손에 공교롭게도 이 오미 미즈구치 가까운 이시베(石部)에서 암살되었다).

"일부러 와타나베가 교토에서 나왔다고 하면 목적은 납니다. 사카모토님, 난 어떻게 하면 좋겠소?"

"도망가십시오, 뒷일은 제가 어떻게 얼버무릴 테니까."

"그러나 달아날 수가 있을까?"

아마도 불가능할 것이다.

포도군관이 직접 나와 체포할 만한 대상이라면 여관 근처, 역참 거리마다 포졸들이 수없이 깔려 있을 것이 틀림없다.

옆방에서 도베와 아카조가 긴장한 얼굴을 쳐들고 나란히 들어왔다.

"도베, 그리고 아카조."

"예."

"너희들은 전직이 전직이니만큼 이렇게 포졸들에게 몰린 일이 있었겠지?"

"있습니다."

"그럼, 하리마노스케님을 이 자리에서 탈없이 도망가게 해 주겠나?"

"서방님은 뒤에 남는가요?"

"남겠다."

숙박부에는 료마만이 마쓰다이라 도사노카미 가신 사카모토 료마라고 적어 두었다. 이 장소를 피하면 묘한 혐의가 걸려 영주에게 누를 끼칠 것은 뻔한 노릇이다.

"그건 위험합니다."

"괜찮아."

"사카모토님."

하리마노스케는 자기 옷깃을 찢어 한 통의 봉함 편지를 꺼냈다.

"이것은 미도에서 산조로 가는 중요한 밀서입니다. 만일의 경우 내대신님에게 전해 주시지 않겠습니까?"

"알았습니다."

료마는 당장 훌렁훌렁 옷을 벗고 여섯 자 훈도시에 감아 넣더니 책상다리를 하고 앉았다.

그 무렵 벌써 하리마노스케는 도베와 아카조의 도움으로 여관집 마루 밑에 기어들어가 있었다.

"하리마노스케님, 잠시만 참으십시오."

"아니, 신세가 많군."

그들은 곡간 뒤로 빠져나간 다음 도베가 담 위로 올라갔다. 아카조는 담 밑에 있다. 두 사람이 하리마노스케를 밀어올리고 잡아당기고 할 셈인 것 같다.

한편 료마의 방에서는—

포도군관 와타나베 긴자부로가 포교 다섯 명을 데리고 미즈구치 번의 감찰과 역참 관리를 안내인으로 삼아 장지문을 열어젖혔다.

"검객이오!"

말한 다음 '앗!' 하고 놀라는 표정을 지었다.

벌거벗은 큰 사나이가 등을 돌리고 오른손을 높이 쳐들어 잔을 기울이고 있는 것이다.

"무, 무례한지고!"

와타나베 긴자부로가 소리를 질렀다. 벌거벗은 료마는 천천히 뒤

돌아보고 '응?' 하는 표정으로 귀에 손을 갔다 댔다. 귀가 멀었다는 시늉이다.

와타나베는 미즈하라 하리마노스케의 가명을 대고 말했다.

"그 하리마노스케라는 자는 막부의 죄인이오. 직권으로 묻겠소. 그자는 귀하와 저녁때부터 이 방에 함께 들었지요?"

―들리지 않는다.

료마는 급히 손을 흔들어 붓으로 글을 쓰는 시늉을 했다. 붓과 종이로 필담을 하자는 것이다.

"허어, 귀머거리인가?"

와타나베는 할 수 없이 역참 관리에서 붓과 종이를 준비시켜 질문 내용을 간단히 써 보였다. 료마도 붓을 들어 얼굴을 찌푸리면서 적었다.

―부끄러우나 글을 잘 몰라 한자를 읽을 수 없소. 쉬운 글로 써주시오.

그렇게 적었다.

'가지가지로군.'

와타나베는 속으로 혀를 차면서 우선

―귀하, 정말로 귀가 멀었나?

이렇게 썼다.

무리도 아니었다. 도쿠가와 시대에는 소경이나 귀머거리는 누구를 불문하고 가문을 잇지 못하게 되어 있었다. 무사의 집에서는 무사로 만들지도 않고 은거시켰으므로 이렇게 여행을 나올 리가 없다.

그건 료마도 잘 알고 있다.

―그렇지 않소.

요컨대 하리마노스케가 달아날 수 있는 시간을 벌면 되는 것이다.

―구와나에서 검술 시합을 했는데 고막이 찢어져 귀가 울려서,

소리는 들려도 말을 분별할 수 없소.

—귀하는 교토 당상관 산조 내대신의 신하 미즈하라 하리마노스케와 동행한 모양인데 어떤 관계가 있는가?

—남이오.

—남이라는 것은 무슨 말이오?

—부자 친척이 아니란 뜻이오.

료마는 놀리고 있는 것이다.

와타나베도 발끈한 모양이다. 포교를 돌아보고 소리쳤다.

"이 녀석 수상하다. 끌고 가자."

세 명의 포교들이 방에 뛰어들어 료마의 두 팔을 잡으려고 했을 때, 료마는 순간 상대의 팔을 비틀어 내던져 놓고, 오른손에 붓을 들어 큰 글씨를 썼다.

—어찌하여 도사노카미 가신에게 무례한 짓을 하는가.

번사에 대해서 행정청 관리는 사법권이 없었다. 일이 생기면 행정청에서 번으로 통첩하게 되어 있고, 일은 몹시 복잡해진다.

"다른 데를 뒤져 봐."

와타나베도 어이가 없는지, 파수꾼 두 명을 두고 자기는 황급히 그 자리를 떠났다. 그 직후

'아니?'

료마는 불길한 예감이 들었다.

멀리서 요란한 호각 소리가 들려 온 것이다.

료마는 벌떡 일어섰다. 서둘러 옷을 걸치자 언제나 하는 버릇대로 소도를 아랫배 근처에 찌르고 대도는 아무렇게나 꽂았다.

"어디로 가시오?"

파수꾼들이 황급히 붓을 날려 써서 료마에게 보였다. 한참 만에

—사람 잡으러 가네.

료마는 이렇게 썼다.

포교는 기가 막힌 듯, 다시 붓을 들었다.

—여기 계시오. 점잖게 굴지 않으면 이롭지 못하오.

료마는 선 채 힐끗 훑어보더니 그냥 걸어간다.

"자, 잠깐 기다려요."

포교는 옷소매를 잡았다.

그때 두 포교가 기겁을 할 만큼 놀란 것은, 료마가 뒤돌아보자마자 우레 같은 소리로 호통을 쳤기 때문이다.

"야, 내게 명령을 하는 거냐?"

료마가 화를 내는 것도 무리가 아니었다. 낭인이나 평민이라면 모르되 하급 관리가 당당한 번사의 행동을 제재한다는 것은 있을 수 없는 일이다.

그러나 포교도 천만뜻밖이다.

"다, 당신 귀가 들리면서 그래?"

"금방 나왔다."

료마는 유유히 계단을 내려갔다.

거리에 나서니 사건이 났다고 집집마다 덧문까지 닫아걸고 있다.

어둡다.

바람이 일었다.

포교는 수색용 초롱에 불을 켰다.

료마는 포교를 앞뒤에 거느리고 호각 소리가 나는 곳을 향해 걷기 시작했다.

"사카모토님, 실은……."

지금까지 말이 없었던 편인 포교가 갑자기 아첨하듯이 말을 걸어왔다. 이 사나이는 자기가 교토 야나기노반바(柳馬場) 도장에서 호쿠신 일도류를 배웠기 때문에, 에도의 사범 사카모토 료마의 이름은 잘 알고 있다는 것이다.

"그래, 동문이었던가?"

"그러니, 잘 부탁합니다. 도망가시지 않도록 부탁합니다."

아시가루 거리(足輕町)로 나왔다.

저쪽 거리 모퉁이에서 갑자기 초롱을 든 한패가 나타나 이쪽으로 다가온다.

'아, 역시 붙잡혔구나.'

료마는 그 자리에 발을 멈추었다.

이윽고, 오랏줄에 묶이지는 않았으나 칼을 빼앗긴 하리마노스케가 포졸의 6자 몽둥이에 포위되어 료마 앞을 지났다.

하리마노스케는 힐끗 료마를 바라보았다.

찰나, 료마는 칼자루에 손을 가져갔다. 포졸들을 쓰러뜨리고 하리마노스케를 풀어 줄까 생각했던 것이다.

그런데, 하리마노스케는 이 나긋한 교토 무사의 어느 구석에 그런 기백이 숨어 있었던가 싶을 만큼 격한 목소리로 쩡쩡 울리게 고함쳤다.

"저런 미친 놈!"

"관리들, 그자는 미친놈이오. 저리 쫓아 주시오."

젊은 료마에게 공연한 죄를 씌워 전도를 망치게 하고 싶지 않았을 것이고, 또 료마에게 맡긴 밀서가 산조 내대신에게 도달되지 않을 것을 염려했기 때문일 것이다.

포졸이 몽둥이를 고쳐 잡았다. 일제히 포교들의 손이 칼자루에 갔다.

총지휘자 와타나베가 한 걸음 앞으로 나왔다. 전립을 쓰고 쇠 채

찍을 들고 눈을 크게 떠서 료마를 훑어보더니 이윽고 나지막한 소리로 말했다.

"사카모토구나?"

"네놈은 역시 하리마노스케와 한패였군."

"아니다."

말한 사람은 하리마노스케였다.

"그놈은 어쩌다가 도중에서 길동무가 된 놈이다. 좀 정신이 나갔어. 그러니 조심들 해. 칼솜씨는 좋아."

'이크!'

포졸들은 놀랐던 모양이다. 당장 거미새끼 흩어지듯이 멀리서 둘러쌌다.

이 시대의 막부 사법 관리들이란 상상 이상으로 겁쟁이들이었다. 상대가 약하거나 자기편이 많을 때에는 기세가 등등했으나, 그렇지 않을 경우에는 조심에 조심을 거듭한다.

"눈을 겨눠."

와타나베가 호령했다.

료마는 성큼 발을 떼 놓았다.

성큼

성큼

포졸들 앞으로 다가간다.

휙! 하고 눈을 겨눈 모래가 날았다.

그러나 료마에게는 맞지 않았다.

료마는 무인지경을 걸어오듯이 유유히 다가왔다.

포졸들은 그럴 때마다 뒤로, 뒤로, 물러서며 원을 넓혔다.

그때 료마는 재빨리 허리의 물건을 쑥 뽑았다. 칼은 아니다. 붓통이었다.

종이 한 장을 꺼내어 서툰 글씨로
―간다.
그렇게 쓴 뒤, 다시
―방해하지 마라.
쓰기를 마치자 휙 하고 종이를 날렸다. 그것이 땅에 떨어졌을 때, 료마는 이미 어둠 속으로 유유히 사라져 버리고 없었다.
'뭐야, 저놈.'
포졸들은 섬뜩한 마음이 들었던지, 아무도 뒤를 쫓지 않았다.
료마는 마구 걸었다.
미즈구치 역참을 지나 다시 밤길을 3십 리 걸어 이시베 역참까지 왔을 때 달이 졌다.
'안 되겠군, 길이 보이지 않는걸.'
할 수 없이 한길 가에 대도를 안고 앉아 버렸다.
자기 손도 보이지 않는 어둠 속이다.
'훌륭한 사나이였다.'
하리마노스케를 두고 하는 말이다.
비록 사형은 당하지 않더라도 그 연약한 몸으로는 옥사할 것이 틀림없다. 그런데도 하리마노스케는 태연했다. 사나이란 위기에 처했을 때, 비로소 진가를 알 수 있는 것이다.
이때 어둠 속 바로 코앞에 발소리가 나면서 도베가 어슬렁어슬렁 다가왔다. 미즈구치 역참 어귀에서부터 살금살금 뒤따라오는 것을 료마는 알고 있었다.
"도베냐?"
료마는 기분이 언짢아 있었다.

교토 일기

료마는 교토에 들어섰다.

비가 내리고 있었다.

곧장 가와라 거리(河原町)의 도사 번저에 교토 체류를 신고하고 야나기노반바 오이케(柳馬場御池) 여관에 여장을 풀었다.

이 무렵 세상이 어수선해졌으므로, 막부는 곳곳에서 올라온 번사들이 교토에 머물 때는 숙소 처마 밑에 '아무번 아무개~'라고 쓴 명찰을 붙여 놓도록 포고령을 내리고 있었다.

료마의 숙박 명찰도 나붙었다.

이 여관 근처에는 교토에서 유명한 신교토류(心形刀流)의 도장이 있기 때문에 문하생들이 지나다니면서 한마디씩 했다.

"허어, 이건 지바 도장의 사카모토 아닌가?"

검객들 사이에는 료마의 이름이 어지간히 높아져 있었던 모양이다.

일부러 찾아오는 사람도 있었으나 이 호탕한 사나이는 웬일인지 사람을 만나지 않았다.

미즈구치 사건 뒤로 우울했던 것이다. 자신의 부주의와 무기력으로 하리마노스케를 눈앞에서 막부 관리에게 넘겨준 회한은 날이 감에 따라 더욱 마음을 무겁게 했다.

도베는 도베대로 그 일은 자기의 직접적인 책임이라고 생각하여, 완전히 기가 죽어 있었다.

"서방님, 제발 용서해 주십시오."

하루에도 몇 번씩이나 빌었다. 그럴 때마다 료마는 말했다.

"아, 괜찮아."

그러면서 밝은 표정을 지었다. 그러고는 이내 시무룩하니 굳어 버렸다.

여관에서 사흘이나 비에 갇혔다.

료마는 술잔을 손에서 놓지 않는다.

다음다음날 저녁때도 안뜰 물받이로 흘러내리는 빗소리를 들으면서 묵묵히 술을 마셨다.

도베는 견디다 못해 애원하듯 말했다.

"저는 그저 두어 번 배라도 가르고 싶은 심정이지만, 그건 어쩔 수가 없었지요. 포졸들은 하리마노스케님이 하수구로 들어간 것을 알고 그물을 치고 있었지요. 빼돌릴 수가 없었어요."

"너를 꾸짖고 있는 게 아냐."

"그렇다면 좀 서방님답게……."

"실없이 떠들어대란 말인가?"

"어이구, 자꾸만 그렇게 비뚤어지게만."

그런 상태였다.

료마는 여전히 생각에 잠겨 있다.

그러나 사실 되돌릴 수 없는 일을 후회만 하고 있는 것은 아니었다. 하리마노스케로부터 맡은 밀서를 산조경(三條卿)에게 어떤 방법으로 건네야 할 것인가를 고심하고 있는 것이다.

'산조 저택에는 다즈 아가씨가 있어.'

다즈 아가씨에게 건네면 된다. 허나 그 다즈 아가씨를 만나는 일이 지금으로서는 매우 어려운 일인 것이다.

교토에 들어와서 들은 소문에는 과격파 공경인 산조 사네쓰무 신변에는 막부의 눈이 밤낮없이 번뜩이고 있다는 것이어서 함부로 드나들 수가 없었다.

이미 하리마노스케와 동료인 산조경의 가신 도미다 오리베(사네쓰무의 가정교사)가 나시노키 거리(梨木町)의 자택에서 체포되어 록가쿠 감옥에 구금되어 있다.

"도베."

료마는 마침내 얼굴을 들었다.

"네 도둑 솜씨를 한 번만 더 써먹자. 센토(仙洞) 궁궐 북쪽에 있는 산조 저택에 들어가다오."

남의 집에 들어가는 일이라면, 도베는 30년이나 그 길을 걸어온 전문가이다.

본직을 활용한다고 하면 풋내기와는 달라 매우 신중해진다.

"상업 목록에는 없는 직업이지만, 이런 직업이라도 천하를 위해 도움이 된다면 고마운 일이지요. 하겠습니다. 그러나 사흘은 말미를 주셔야 합니다."

"여하튼 잘 부탁해."

료마는 일체를 도베에게 맡겼다. 그 뒤로는 여관에서 술만 마시고 있다.

도베는 교토의 약방에서 장사할 약을 사들인 다음다음날부터 거리를 돌아다니기 시작했다.

산조경의 저택은 센토 궁궐 북쪽, 세이와인(淸和院) 궁문 근처에 있다.

이 일대는, 동쪽은 데라 거리(寺町), 북쪽은 이시야쿠시 궁문(石藥師宮門), 서쪽은 궁궐 출입 금지 구역에 이르기까지의 지역, 거기에 40여 채의 공경 저택이 담을 맞대고 밀집해 있다.

도베는 낮에 한 번, 밤에 한 번, 볼일이라도 있는 듯이 기웃거리며 지나간다.

자주 어른거릴 수는 없다. 어느 구석에 포졸의 눈이 있을지 알 수 없기 때문이다.

세이와인 궁문 바로 앞이 다카노(高野) 소장(少將)의 저택이다.

그 담 서쪽 모퉁이에서 북쪽으로 들어가는 좁은 길이 나시노키 거리이다.

나시노키 거리로 들어간 모퉁이가 하무로(葉室)경 저택인데, 담이 허물어진 작은 집이다.

그 옆집이 바로 목표인 산조경의 저택인데 도베가 언제 지나가 봐도 그 건너편 저택에 사람이 드나들고 있는 것이 아무래도 고등정무청 관리가 나와 있는 모양이었다. 은근히 산조 저택을 감시하고 있는 것이다.

'이것 정말 야단났구나.'

솜씨 있는 도베도 이 일이 어렵다는 것을 깨달았다.

관리가 나와 있는 집은 미즈키(水木)라는 막부파인 당상관(堂上官)의 저택이다. 고등정무청의 편의를 위해 자기 집을 빌려주고 있는 것이다.

 공경이나 조정 관리라고 해도 모두가 근왕 양이 운동자는 아니었으며 산조경과 같은 사람은 전체에서 일 할도 되지 않았다.

 아직 막부는 강세였고 일본을 대표하는 유일한 정부였으며 더구나 무력과 금력이 있었다. 많은 공경과 당상관들은 막부의 콧김을 살피고 있었으며 또 뒷구멍으로도 적극적으로 막부에 내통하는 자도 있었다.

 '어렵구나.'

 그러나 도베는 역시 전문가였다. 사흘째가 되자 구멍을 발견했다. 산조경의 저택 이웃에 이마키(今城)경의 저택이 있다.

 그 옆으로

 리쇼인(理性院)님 본가

 쇼고인(聖護院)님 본가

 우메조노(梅園)경 저택

 등이 이어져 있었다.

 이 집들은 거의 빈 집이고 담장도 낮았다. 잠입하기 쉽게 되어 있었다.

 '우선 우메조노님 댁으로 들어간 다음, 안쪽 담을 타고 넘으면 산조경 저택의 뒷담으로 나갈 수 있겠군.'

 이때 도베의 등 뒤에서 말을 건 사람이 있었다.

 "이봐, 약장수!"

 도베는 우메노조 저택의 감나무를 쳐다보았다. 잘 익은 감이 두서너 개, 석양에 비쳐 아름답다.

 "예?"

 도베는 허리를 굽신하고 짐짓 선량한 웃음을 띠우며 뒤돌아보았다. 둔갑이란 바로 이런 것이다. 도베의 얼굴은 그야말로 어진 행상인의 표정으로 바뀌어져 있다.

"무슨 볼일이십니까?"

"내 얼굴 알고 있겠지."

"글쎄, 누구시던가요?"

"몰라?"

상대편 사나이는 품속에서 포졸용 철척(鐵尺)을 슬쩍 꺼내 보이더니 협박투로 말했다.

"물어볼 게 있다. 잠깐 저기 초소까지 가자."

원숭이 분키치(文吉)라고 불리는 앞잡이였다.

나이는 서른서넛, 광대뼈가 불거진 검은 얼굴에 가느다란 눈이 천박스럽다.

도베는 거기까지는 몰랐으나, 이 녀석은 교토에서는 울던 아이도 울음을 그친다는 무서운 솜씨를 떨치면서 특히 사상범과 정치범을 담당하고 있었다.

본디는 교토 북쪽 미조로가이케(御菩提池) 마을의 가난한 농부의 아들로, 젊었을 때 부랑패에 들어가 한두 번은 감옥 밥도 먹은 사나이였으나 눈치가 빨라 앞잡이로 쓰여지게 되었다.

이 무렵의 앞잡이들은 대개 이런 경력의 소유자였다.

분키치에게는 기미카(君香)라는 딸이 있다. 양녀였다. 기온(祇園)의 무희(舞姬)로 나갔으나 그녀는 친막파인 구조(九條) 간파쿠(關白)의 가신 시마다 사콘(島田左近)의 눈에 들어 기적(妓籍)에서 벗어나 그의 첩이 되었다. 이리하여 양부 분키치는 대단한 세도를 부리게 되었다.

시마다 사콘은 막부의 돈을 받고 교토의 근왕파 중 과격 인사들의 동정을 밀고하여, 현재 진행 중인 '안세이 대옥'에 있어서도 수많은 지사를 죽음으로 몰아넣고 있는 인물이다.

그 끄나풀이 원숭이 분키치였다.

그는 천성적으로 이상한 영감이 있어서 지사들이 아무리 몸을 숨겨도 반드시 은신처를 알아냈다. 그때마다 시마다 사콘을 통해 막부의 고등정무청에서 돈이 나왔다. 이 돈을 굴리고 고리대금도 겸하여 뒤에 니조에서 유곽을 경영, 큰 부자가 된 자인데 그로 인해 처형, 옥사 등 비명에 죽은 지사의 수는 헤아릴 수 없이 많다.

그 분키치의 육감이 도베를 수상하다고 본 모양이다.

그러나 도베 또한 여간 약삭빠른 내기가 아니다.

"처, 천만에요. 무엇을 의심하시는지 모르겠습니다만 저 같은 소심한 조무래기 약장수는 초소라는 말만 들어도 간이 뚝 떨어집니다. 제발 용서해 주십시오."

"네놈은 에도 놈이구나."

"예, 그렇습니다."

"에도의 약장수가 왜 교토의 공경 저택 근처에서 서성거리고 있나?"

"아니, 실은 교토로 올라오는 도중, 교토 공경님의 부하라는 분에게 약을 많이 팔았습죠. 대금을 교토 저택에서 주겠다고 하셨기 때문에 이렇게 저택을 찾고 있습니다."

"뭐라는 분인데?"

"뭐, 히가시고조(東五條)라든가……"

"바보 같은 놈!"

그런 성씨의 공경은 없다.

"예에?"

도베는 그만 펄썩 주저앉아 울상을 지어 보였다.

"그런 공경은 교토에 안 계십니까?"

하나 원숭이 분키치는 도베의 연극에 넘어가지 않는다. 의심스러운 듯이 노려보며 다그쳤다.

"너 그 연극 정말이냐?"

교토 말은 쓰기에 따라서는 몹시 상냥하고 부드러운 것이지만 이런 부류의 사나이가 억양도 야릇하게 말하면 묘하게 소름이 끼치는 것이다.

"여, 연극이라니요? 제발 용서해 주십시오."

"좋아, 용서해 준다. 가라,"

"예!"

도베는 가련할 만큼 몇 번이나 머리를 조아리고 이시야쿠시 문 밖으로 나오자 다시 유들유들한 얼굴로 돌아갔다.

'흥!'

아직 공경 저택 구역 안이다. 도베는 등 뒤에 사람이 따라오는 것을 알고 있다.

'다 알고 있어.'

이것이 분키치의 수였다.

분키치는 아직 도베에 대한 의심이 풀리지 않았다. 우선 도베를 놓아주고 부하를 풀어 뒤를 밟을 셈인 것이다.

'그런 수에는 넘어가지 않는다.'

이시야쿠시 궁문을 지나 남쪽으로 빠지면 데라 거리로 나간다.

이 거리에 있는 공경 저택은

로쿠조(六條)

오시코지(押小路)

나카조노(中園)

무샤코지(武者小路)

이렇게 연이어 있고, 그 담장 너머에 궁궐의 고급 여관(女官)들의 행랑이 있는데 그야말로 여자들의 거처답게 담이 낮다.

거기까지 왔을 때 미행자는 걸음을 멈추었다.

'아니?'

도베의 모습이 사라져 버린 것이다. 마치 길에서 증발해 버린 것처럼.

―이 샛문으로?

미행자는 그 문을 밀어 보았다. 스르르, 어이없을 만큼 가볍게 안으로 열렸다.

미행자는 살그머니 안으로 들어갔다. 만일 여관들에게 발각되어 그녀들이 따지더라도

―고등정무청에서 공무로 왔습니다.

한마디만 하면 해결이 된다.

아직 막부에는 왕년의 절대 권력이 남아 있고, 수년 뒤에 반막부 세력으로 머리를 쳐든 사쓰마, 조슈, 도사는 아직도 잠자코 있는 상태였다. 공경들은 얼빠진 인간들의 본보기 같은 것이어서 막부 권리를 배경 삼아 위협을 하면 간단하다.

이렇게 미천한 자까지도 그런 교만스런 얼굴로 저택 안에 들어갔다.

그런데 세 걸음째를 내딛었을 때였다.

"이봐!"

등 뒤에서 소리가 났다.

그때는 이미 그의 목에 도베의 팔이 감겨 있었다.

괴롭다.

'아아!'

소리도 없이 입을 벌렸을 때, 천천히 도베는 그 입에 독약을 처넣

고, 이윽고 축 늘어진 몸뚱이를 풀덤불 속에 차 넣었다.
 도베는 얼굴색 하나 변하지 않았다.

 도베가 여관으로 돌아온 것은 다음날 아침이었다.
 료마는 하녀의 시중으로 아침을 먹고 있었으나 도베가 들어와도 젓가락을 멈추지 않았다.
 "서방님, 심부름 다녀왔습니다."
 도베가 약상자를 내려놓았다.
 료마는 알고 있다는 얼굴로 대답도 않는다. 여전히 시무룩하다.
 이 사나이가 이렇게까지 오랫동안 우울한 상태를 계속한다는 것은 전에 없던 일이다. 하리마노스케 사건 때문이지만, 그렇다고 도베의 잘못을 책하고 있는 것도 아니다. 이 사건을 통해 료마는 '천하'라는 것을 심각하게 생각하기 시작한 것이다. 자신이 이대로 한낱 검객으로만 있어야 할 것인가, 아닌가?
 "우선 밥이나 먹어."
 료마는 수저를 놓았다.
 "물론이지요."
 "어째서?"
 "이 집 여관비는 제 돈이니까요."
 "그것도 그렇군. 그럼 실컷 먹어."
 "공연한 친절이시오."
 "도베, 화가 났나?"
 "물론이지요."
 도베는 하녀를 내보내고 말했다.
 "대체 서방님은 너무 약해서 안 되겠어요. 제 실수로 하리마노스케를 관리 손에 넘겼다고 해도 그건 힘이 모자란 탓이니 이젠 그만 용서해 주십시오."
"용서?"
료마는 고개를 갸우뚱했다.
"내가 그렇게 불쾌해 보이나?"
"그럼요."
"그래, 내가 불쾌할 때의 얼굴은 어떠냐? 조금은 미남자로 보이나?"
"천만에요. 서방님의 얼굴은 그런 대로 기분이 좋아야만 조금은 볼 만한 얼굴이죠. 그런데 그런 상판으로, 아 참, 그런 얼굴로 있으면 꼭 산적 두목 같아요."
"난 기분이 나쁘지 않아."
"기분 나빠 보이는데요."
"너 같은 좀도둑은 모른다. 난 나 자신의 인생을 어떻게 살아갈까, 생각중이야."
"쉬는 것과 같도다, 군요. 서방님."
도베는 밝게 웃으며 말했다.
"일생이란 기회로 정해지는 것이지요. 서방님이 이 도베에게 화내고 있지 않다면 서방님의 마음속은 짐작이 갑니다. 몸을 떨쳐 천하를 위해 살아갈 것인가, 아니면 고향에 틀어박혀 검도장 주인 노릇이나 할 것인가, 그거죠?"
"도베, 다즈 아가씨에게 밀서는 전했나?"
료마는 화제를 돌렸다.
"예, 여기 답장을 가져왔습니다."
"이리 내놔."
료마는 금박 그림이 그려진 봉서를 받아 그 안에서 편지를 꺼냈다.
상류풍인 훌륭한 필적이다.

부드러우면서도 힘이 깃들어 있는 필적은 다즈 아가씨가 바로 눈앞에 서 있는 것처럼, 쓴 사람의 인품과 흡사했다.

"요시다 산"
다즈가 료마에게 보낸 편지에서 지정한 밀회 장소였다.
그 산기슭에 요시다 신사가 있고, 산꼭대기에 '지후쿠 원(智福院)'이라는 선사(禪寺)가 있다.
료마가 올라갔을 때는 이미 날이 저물어 나무들 사이의 단풍 빛이 넘어가는 햇살을 받아 피를 뿌린 듯 처절했다.
절은 크지 않았다.
다만 교토 거리를 내려다보는 조망이 넓다. 주지(住持) 방 앞에 이르니 발밑에서 이끼 냄새를 품은 바람이 불어왔다.
"사카모토라는 사람입니다."
료마는 상좌 스님에게 성만을 말했다. 절에서는 모두 알고 있는지 다실로 안내되었다.
벌써 차를 끓인다.
이윽고 다즈가 나타나 화로 저편으로 조용히 앉았다.
료마도 쑥스러운 듯이 턱을 문지르고 있다.
다즈는 시마다로 빗어 올린 머리 탓인지 고치에 있을 때보다 젊어 보였다.
보랏빛 하오리가 얼굴이 흰 다즈에게 썩 잘 어울린다. 가슴께에는 화려한 빨간 술이 늘어져 그것이 료마에게는 눈부실 정도로 아름답게 비쳤다.
"료마님, 오래간만입니다."
다즈가 어른스러운 말투로 말했다.
"저도 그렇습니다."

료마는 여전히 인사라는 것을 하지 못했다.
"료마님은 얼굴이 좋아졌습니다. 검술은 퍽 소문이 자자한 모양이던데요."
"별것 아닙니다. 그것보다도 다즈 아가씨는 더욱 아름다워졌군요."
"료마님도 농담을 하시게 되었군요."
"벌써 스물네 살이니까요."
"그보다도."
다즈는 진지한 얼굴이 되어 말했다.
"도베라는 료마님의 부하에게서 하리마노스케님의 편지와 미즈구치 사건을 자세히 들었습니다. 산조경께서도 료마님의 근왕 사상이 기특하다고 하시면서 앞으로도 조정에 충성을 다하시도록 말씀이 계셨습니다."
"네에."
사카모토 료마의 이름이 근왕의 지사로서 교토의 공경들에게 기억된 것은 이때부터였을 것이다.

"료마님"
다즈가 말했다.
솔바람 소리가 들린다.
"교토 데라 거리 니조(二條)에 있는 니치렌 종(日蓮宗) 본산 묘만 사(妙滿寺)라는 절이 어떤 절인지 아십니까?"
"절 말씀입니까?"
료마는 고개를 갸우뚱했다.
"모르겠는데요."
"아무것도 모르시는군요."

교토 일기 153

"아직, 절 같은 데 찾아다닐 나이가 아닌걸요."
"아니."
다즈는 료마의 농담에 말려들지 않는다.
"그 절에는 마왕(魔王)이 있습니다."
"마왕?"
료마는 천하 형세에 대해서 거의 아는 것이 없다.
다즈가 말하는 마왕이란 막부 집정관 마나베 아키카쓰(間部詮勝)이다.

에치젠 사바에(鯖江) 5만 섬의 성주인데 일찍부터 막부에 입각(入閣)하여 사찰 감독관, 오사카 성주 대리, 교토 고등정무관, 이렇게 순조롭게 영전하여 마침내 집정관이 되어 일단 사직했다가 다시 안세이 5년 6월에 재임되었다.

재임은 최고집정관 이이 나오스케가 추천한 것이었다.

자연 나오스케의 수족처럼 움직여, 지금 진행 중인 안세이 대옥 사건의 실질적인 지휘도 이 마나베 아키카쓰가 하고 있다.

그 현지 지휘를 하기 위해 교토로 들어온 것은 료마보다 한 달 빠른 9월 3일이었는데, 그 숙소가 다즈가 말하는 묘만 사인 것이다.

묘만 사야말로 '안세이 대옥 사건'의 복마전이었다.

마나베는 묘만 사 주지 방에 자화상을 걸어 놓고 향을 피우며 비상한 결심을 하고 있었다.

그 자화상은 칼을 갈고 있었다. 막부 정책에 반대하는 논객, 정객, 책략가 등 일체를 그 한 칼로 없애 버릴 각오였다.

본진인 묘만 사에는 날마다 이이의 교토 주재 참모인 나가노 슈젠(長野主膳)이 찾아와서 교토의 정세를 설명하고 반막부 인사 하나하나의 거동에 대해서 자세하게 보고했다. 이 나가노의 손발이 되어 탐색 보고서를 만들고 있는 자가 전날, 도베가 니시노키 거리에서 만난 앞잡이 분키치였다.

묘만 사에서는 나가노가 돌아가면 곧 시 행정관을 불러들인다.

"이자를."

마나베가 사람을 지적한다.

즉각 시 행정청에서 포졸이 동원되어 그 인물을 체포해 왔다.

지금 교토는 그런 소동의 소용돌이 속에 있는 것이다.

다즈가 말했다.

"료마님, 이래도 좋겠습니까?"

다즈의 말에 따르면 황실 공경의 가신이, 다카쓰카사(鷹司) 집안에서 여섯 명, 쇼렌인노미야(靑蓮院宮) 집안에서 두 명, 아리스가와노미야(有栖川宮) 집안에서 한 명, 이치조 집안에서 두 명, 구가(久我) 집안에서 한 명, 사이온지(西園寺) 집안에서 한 명, 그리고 그녀가 일하고 있는 산조 집안에서는 네 명이 벌써 록가쿠 감옥에 갇혀 있고 그 밖에도 우메다 운힌, 하시모토 사나이, 라이 미키사부로(賴三樹三郎) 등 저명한 논객들이 체포되어 있다.

"어떻게 생각하십니까?"

"……."

료마는 시무룩하니 말이 없다. 이 사나이가 시무룩할 때는 일을 골똘히 생각할 때뿐이다.

"그 검을 천하를 위해 쓰실 생각은 없으십니까?"

료마, 스물네 살.

마음속에 이미 전에 없던 각오가 생겨나고 있었다.

'칼 하나로 역사를 잘 움직일 수 있을까?'

이것은 다케치 한페이타처럼 사상이나 학문에서 온 것이 아니다. 도카이도 미즈구치 여관에서 유유히 막부 관리의 오랏줄에 묶여간 미즈하라 하리마노스케의 태도가 지금도 눈에 선하다.
'사나이는 그래야만 해.'
료마는 그렇게 생각했다.
료마는 이 감격 때문에 근왕 회천(勤王回天) 운동에 들어갔다고 해도 과언이 아니다. 그것도 료마의 경우는 사상운동이 아니었다. 사업이었다. 본디 왕성한 사업욕과 천성적인 재능을 가지고 있다. 그러나 다즈와 재회했을 때는 아직 자신의 그 재능을 깨닫지 못하고 있었다.
다만 욕망이 문득 눈을 떴다.
"어떻게 생각하십니까?"
다즈가 재촉했다.
료마는 멍청히 미소만 짓고 있다.
다즈는 내심 적잖이 실망했다.
'역시 이 사람을 잘못 보았던가?'
료마야말로 어쩌면 하늘이 지상에 내리신 불세출의 큰 그릇인지도 모른다고 생각한 사람은, 첫째가 누님 오토메였고 다음이 자기라고 다즈는 생각하고 있었다.
"난처한데."
료마는 목덜미를 긁었다.
"무엇이 난처하십니까?"
"쑥스러워서."
"무엇이 쑥스러우실까요?"
"그저 쑥스러워서."
"호호……."
다즈는 웃다 말고 가슴을 눌렀다. 이 땅속의 용과 같은 사나이가 커다란 몸뚱이를 어찌 할 줄 몰라하며 수줍음을 보이는 것이 우스웠던 것이다.
"료마님은 딱하시군요."
"그렇게 딱해 보입니까?"
"남자가 무엇이 부끄럽습니까?"
"말을 잘 못하세서."
"말을 못해요?"
"내 혀가 기름종이 같으면 불만 붙이면 활활 잘 타기도 하겠지만 유감스럽게도 살덩어리 혓바닥이 그렇게 되지 않소. 여기서 벼락 지사가 되어 줄줄 변론을 지껄이기라도 한다면 다즈 아가씨가 오히려 놀라시겠지요."
'역시 그런 분이었구나.'
다즈는 갑자기 밝은 얼굴이 되었다. 그러나 말만은 거꾸로 했다.
"하지만 여기서 속맘을 크게 털어놓으셔도 다즈는 괜찮습니다."
"아무튼, 하겠습니다."
"정말이시죠?"
"무사는 그것뿐이지요. 사카모토 료마는 언젠가는 기회를 보아 하늘을 날고 땅을 달릴 때가 올 것입니다. 우선 기다려 주십시오."
료마는 야나기노반바의 여관으로 돌아왔다.
다음날, 다시 다즈의 심부름꾼이 와서 봉서를 건네주었다.
―만나고 싶다.
지정한 시간은 밤 8시.
장소는 기요미즈 산네이 고개(産寧坂)의 요정 '아케보노(明保野)' 였다. 장소가 어쩐지 요염하다.

료마는 그 시각, 기요미즈 산네이 고개를 히가시 산(東山)을 향해 오르고 있었다.

바람이 세어 초롱불이 꺼질 것처럼 펄럭였다.

소나무 그림자가 검다.

'아아!'

올라가면서 때때로 별이 반짝이는 하늘을 바라본다. 그 나름으로 야릇하게 가슴을 죄는 생각이 있었다. 지금부터 만나는 다즈 아가씨를 그리워하는 생각이다.

'사랑인가?'

얼굴을 쓰다듬어 보고 그 손으로 뺨을 꼬집어 보고 다음에는 굉장히 무서운 얼굴을 지어 보았다. 스스로에게 우스꽝스런 행동을 해 보이는 것이다. 그런 짓이라도 하지 않으면 이 숨막힐 듯한 달콤하고 괴로운 슬픔에서 벗어날 수 없을 것 같다.

'사랑은 싫다.'

마음을 속박하기 때문이다.

'그러나 다즈 아가씨는 정말 예쁘단 말이야.'

료마는 즐거운 듯이 초롱불을 흔들었다.

료마는 진정 다즈 아가씨처럼 활발하고 영리하고 절도 있는 여성이 제일 좋았다.

'귀엽단 말이야.'

외치고 싶은 심정이었다. 온 하늘의 별이 그러한 료마를 내려다보고 있다.

료마는 언덕을 올라갔다.

고개를 끝까지 올라가면 히가시 산의 한 봉우리이다.

료마는 아케보노의 현관에 들어섰다.

하녀가 나와 수상쩍은 표정을 지었다.

"누구신가요?"

"저……."

료마는 난처했다. 다즈의 편지로는 이름을 대지 않아도 현관에 들어서기만 하면 안내할 것이라고 했기 때문이다.

"무사님 성함은요?"

"글쎄……."

곤란한 것은 요정 하녀였다. 이렇게 더러운 낭인이 이런 요정에 올 리가 없다.

더럽다고 했으나 이것은 다소 잘못이 있는 말이다. 료마의 복장은 언제나 고급이었으나 그 차림새가 엉망인 것이다. 하카마 끈은 축 늘어져 있고 주름이란 구경할 수도 없었다. 그뿐 아니라 문복(紋服)의 옷소매는 수시로 콧물을 닦는 버릇이 있어 허옇게 번들거리고 있다.

"아 참!"

하녀는 료마의 문장을 보았다.

"도라지 가문이군요."

정중하게 모셔 들였다.

하녀는 촛대를 들고 복도를 앞서 걸었다. 이윽고 안뜰 남쪽에 있는 별채로 안내했다.

거기 다즈가 있었다.

교토 남녀들이 밀회로 쓰는 곳인 듯, 등잔걸이 모양도 시골 별궁 것처럼 요염했다.

하녀가 술상을 차렸다.

준비가 끝나고 하녀가 사라지자, 기다리고 있었다는 듯이 다즈가 교토 특산인 날렵한 술병을 들었다.

"자, 드시지요."

료마는 그것을 국그릇 뚜껑에 찰랑하게 받아 단숨에 쭉 들이켰다.
"여전히 잘하시는군요."
다즈는 웃었으나 료마에게는 야유로 들렸다.
마치 술이나 잘 마시는 사나이라고 하는 것 같은 말투였다.
"검과 술, 지금 저로서는 그것이 제일 재미있습니다."
"그러나 료마님은 무사이시니까 국사(國事)를 잊어서는 안 됩니다."
"또 설교군요. 다즈 아가씨는 교토에서 공경이나 낭인 유학자 등과 교제하시니까 더욱 설교가 능하시군요."
"어머, 그럴까요?"
다즈는 허를 찔린 듯 잠시 생각에 잠기더니 이윽고 얼굴을 빨갛게 물들이며 말한다.
"그렇게 보인다면, 저어……."
순간 사람이 달라지는 것 같았다.
"다즈는 곤란합니다."
"왜요?"
료마는 시침을 뗀다.
"그야 여자니까요."
"그러나……."
료마는 다즈의 뜻을 모르겠다는 표정을 지으면서 진지한 얼굴로 말했다.
"여인이 설교를 잘해도 좋지요. 지온 원(知恩院) 여승님은 모두 그러시다고 들었습니다."
"료마님은 역시 바보시군요."
"음?"
"여승과 같다는 말을 듣고 좋아하는 여자는 없어요."

"그러나 설교를 하기 위해서 어제도 오늘도 저를 부르신 거 아닌가요?"

"어제는 그랬습니다."

"오늘은?"

"다즈는, 저, 여자로서……."

다즈는 다음 말이 조금 자극적일 것같이 생각되었다. 잠시 머뭇거리다가 갑자기 화가 난 것 같은 얼굴이 되었다.

"료마님은 역시 바보시군요."

'또?'

어지간히 무던한 료마도 차츰 화가 나기 시작했다.

"바보, 바보, 하는 소리는 어릴 때부터 지겹게 들어 왔습니다만, 이렇게 연달아 들으니 기분이 좋지 않습니다."

"그래도 바보인걸요."

"정말로 바보인가?"

료마는 생각에 잠기는 척했으나 그것은 거짓 태도이고, 사실 속으로는 화가 나 있었다. 다즈는 지나치지 않은가.

"어디가 바보요?"

"그런데가."

다즈는 킥킥 웃고 나서 말했다. "바보!" 자기를 바라보는 웃음 띤 얼굴이 료마는 현기증이 일 만큼 요염하게 보였다.

료마는 일어섰다.

'바보인지 아닌지 보여주지.'

몹시 노한 얼굴이었다. 그것이, 즉 이 바보 문답이, 이 자리의 숨막힐 것 같은 남녀의 서먹서먹한 분위기에서 구해주었다.

역시 다즈는 영리했다.

료마는 덥석 다즈를 껴안았다.

다즈는 거스르지 않았다.

한 시각이 지났다.
료마는 깜깜한 방을 빠져나와 안뜰의 툇마루에 앉았다.
뜰에 교토식 등롱이 하나.
그것만이 천지간에 불을 밝히고 깜박이고 있다.
등 뒤 방 안에서 다즈 아가씨의 매무시하는 소리가 사그락사그락 들린다.
'드디어 사랑이 진짜가 되었구나.'
그러나 번사들 속에서 사람 취급도 받지 못하는 향사의 아들과, 야마노치 24만 섬 중에서 으뜸가는 명문인 후쿠오카의 따님이 이 세상에서 앞으로 어떻게 맺어져 갈 것인지.
그것을 생각하니 료마는 머리가 아플 만큼 마음이 무거워진다.
아마 지금 방에 있는 다즈도 같은 심정일 것이다. 아니, 여자인 다즈에게는 그런 생각이 더욱 필사적일지도 모른다.
'나는 바보야. 실없는 짓을 했군.'
료마는 깜박이는 등롱불을 지켜보면서 저도 모르게 툇마루에 털썩 엉덩방아를 찧었다.
그때였다.
뜰 안 정원수가 희미하게 움직인 것은.
료마는 재빨리 작은 칼을 뽑아들었다.
'밀정일까?'
그런 느낌이 들었다.
그렇게 생각하자 깜깜한 방 안으로 돌아가, 놀라는 다즈에게 나지막하게 말했다.
"뜰에 이상한 놈이 숨어 있습니다. 밀정인 것 같은데 이런 시국이라, 다즈 아가씨께서 짐작되는 데가 혹시 없습니까?"
"틀림없나요?"
다즈는 어둠 속에 앉아 있다.
"짐작은 갑니다만."
아무튼 다즈가 일하고 있는 산조 집안에 대해서는 사람의 출입 같은 것을 교토의 고등정무청 관리가 밤낮으로 감시하고 있다.
다즈로서는 꽤나 조심해서 저택을 나왔을 테지만 그래도 밀정이 뒤를 밟았는지도 모른다.
"그런데……."
다즈가 말했다.
"산조님 저택을 감시하고 있는 분키치라는 자의 부하가 저택 근처에서 피살됐습니다."
도베가 저지른 그 사건이다.
그러나 료마는 도베가 입을 다물고 있었기 때문에 모른다.
"그래서 요즈음 더욱 감시를 엄중히 하고 있는 모양이에요."
"음."
료마의 머리는 분주하게 돌아갔다.
자기는 어찌 되었건 다즈 아가씨가 여기 와 있는 것을 밀정이 알게 되면 곤란하다.
"이 자리는 내게 맡겨 주시오."
곧 요정 하녀를 불러 거의 비다시피 한 전대에서 은전 몇 닢을 털어 쥐어주며 말했다.
"오늘 밤, 너와 나는 좋은 사이야. 노래는 잘 부르나?"
"서툽니다만……."
"샤미센은 내가 타지. 뭐, 이래봬도 잘하는 솜씨라구."

뜰 정원수에 숨어든 자는 다즈가 짐작한 대로 분키치의 부하였다.

그러나 이 부하는, 특히 다즈가 목적인 것도 아니고, 또 료마를 목표로 삼은 것도 아니었다. 교토의 막부 관리들은 이미 이 산네이 고개의 '아케보노 요정'이 근왕 지사들의 밀회 장소로 쓰이고 있다는 것을 알고, 항상 감시하고 있었던 것이다. 그런 임무를 지닌 사나이였다.

사내는 방 안이 금방 환해지는 것을 보고 허리를 폈다.

'옳지.'

이윽고 은은하게 퉁기는 샤미센 소리가 흘러나오고 그것에 맞추어 밝은 여자의 목소리가 들려왔다. 샤미센을 타는 것은 료마, 노래를 부르는 것은 아케보노의 하녀였다.

'참, 잘 노는 손님이군.'

료마는 샤미센을 타면서 나지막한 소리로 다즈에게 지시를 한다.

"어서 뒷문으로 나가시오. 이 집 안주인이 가마를 불러 놓았을 게요."

"저만요?"

다즈는 불평스런 얼굴이었다. 혼자서는 싫다는 것이다.

"아니, 차라리 무사가 동행하지 않는 편이 수상하게 보이지 않고 좋아요. 그리고 아무리 막부 관리의 횡포가 심하더라도 여자분에게는 삼갈 거요."

"아뇨, 고노에님의 시녀장 쓰자키 무라오카(津崎村岡)님도 신변이 위태롭다(다음 해 정월 체포됨)고 하던데요."

'뭘, 다즈 아가씨는 괜찮아.'

료마는 그렇게 생각하는 것이다. 벌써 료마는 교토의 정세를 꿰뚫어보고 있었다. 그것은, 이번 검찰망에 걸린 자는 주로 장군 계승 문제로 움직이는 파와, 양이 밀칙(攘夷密勅) 공작을 꾀하는 사람뿐이었다. 다즈가 아무리 큰소리를 쳐도 그 정도의 책모에 가담하지는 않았으니 막부 관리는 손을 대지 않을 것이기 때문이다. 다만 다즈의 움직임을 통해서 다른 거물의 동정을 살피려고 하는 것은 사실이겠지만.

"자, 어서."

"싫어요."

응석을 부린다.

료마와 함께가 아니라면 싫다는 것이다. 그러나 함께 간다면 모처럼 짜낸 료마의 술책이 헛되이 되고 마는 것이다.

"다즈 아가씨, 어서 가오."

"여기 있겠어요."

다즈는 주저앉아 버렸다. 료마는 여자의 미묘한 심리 따위는 전혀 모른다.

'바보는 나만이 아니군.'

그렇게 생각했다.

"그럼 계시오. 대신 저 뜰에 있는 밀정이 안심하도록 밤새 샤미센을 퉁기면서 놉시다."

거기까지는 좋았다.

료마가 묘한 운명을 걸머지게 된 것은, 이때 도베가 아케보노 요정으로 다가오고 있었기 때문이다.

도베는 료마가 늦어지자 걱정이 된 모양이었다. 그의 충성심이었다. 그러나 도베의 등 뒤에는 벌써 밀정 분키치의 끄나풀이 따르고 있었다.

분키치는, 그 부하를 죽인 하수인이 이 도베가 아닌가 하고 이미 야나기노반바의 여관도 확인해 두고, 도베가 서방님이라고 부르는 사카모토 료마의 이름도 기장해 두었다.

이날 밤 밀정 분키치는 볼일이 있어 기온에 있는 집합소에 나가 있었는데 히가시 산에 달이 뜰 무렵 부하 한 사람이 문을 열고 들어오며 속삭였다.

"대장님, 그 에도 약장수가……."
목소리를 낮추었다.
"약장수가?"
"예, 역시 보신 바와 같습니다. 거동이 수상해요. 야나기노반바의 여관을 나온 것이 바로 얼마 전인데, 그놈은 에도 놈 치고는 교토 지리에 너무 밝아요."
"어떻게?"
분키치의 눈빛이 날카로워졌다.
"골목을 너무 잘 알아요."
교토에는 골목길이 많다.
어느 골목이 막다른 골목이고 어느 골목이 어느 거리로 빠져나가는지, 도베는 잘 알고 있어서 그 골목을 슬쩍슬쩍 잘도 빠지며, 초소가 없는 장소를 골라 히가시 산 쪽으로 가고 있다는 것이었다. 초소를 피해 간다는 것이 어쩐지 수상했다.
"그놈, 예사 놈이 아니군."
분키치는 그렇게 보았다.
"계속 뒤를 쫓고 있나?"
"예, 긴조(銀藏)와 요시쓰구(芳次)가 어둠 속을 기다시피 하면서 뒤따르고 있습니다."
"약장수 놈이 어디로 가는 것일까?"
"글쎄요."
"그런데 그놈, 그 무사하고 같이 가던?"
"아니, 무사는 초저녁에 나간 뒤 여관에 돌아오지 않았습니다."

"아무튼."

분키치는 철척으로 마루턱을 탁탁 두들겼다.

"이상한 일이 있거든 알려라. 난 여기 있겠다."

그 뒤 30분쯤 지나서 그 약장수 놈이 산네이 고개의 요정 아케보노의 둘레를 서성거리고 있다는 소식이 들어왔다.

"그래? 아케보노라면 언제나 마사(政) 놈이 망을 보고 있다. 경우에 따라서는 잡아 버릴까?"

분키치는 벌써 거리에 나가 있었다.

그 무렵, 아케보노 요정에서는 료마가 막 일어서고 있다.

―무슨 일이냐?

하녀가 '부하분이 왔습니다' 알려주었던 것이다.

급히 현관에 나가 보니 도베가 점잖게 기다리고 있었다.

"난 또, 너였구나."

"이거……"

도베는 미안쩍어했다.

"얼굴을 뵈었으니 됐어요."

"무슨 일이 있었나?"

"별로, 무슨 일이 있다는 건 아닙니다만, 묘하게 불길한 예감이 들어서 그만 여기까지 왔습니다. 이제 얼굴을 뵀으니 됐습니다."

'……?'

료마는 문 밖을 내다보았다. 무언가 그림자가 지나간 것 같았다.

"도베, 빨리 올라오너라."

곧 빈 방에 도베를 데리고 들어가 물었다.

"네 뒤를 밟아 왔군. 무슨 일이 있었나?"

"뒤를요?"

도베는 금세 얼굴이 새파랗게 질렸다. 차라리 앞잡이를 죽인 사건을 료마에게 털어놓는 게 좋겠다 싶어 '귀를……' 하고 다가앉았다.

"죽였나?"

료마는 그러고 나서 시무룩하게 입을 다물었다.

방에는 불이 없었다. 장지문에 희미한 달빛이 비쳐 있을 뿐이라 료마의 표정은 볼 수 없었으나, 그가 불쾌해한다는 것을 도베는 알 수 있었다.

"서방님."

도베는 차츰 몸을 앞으로 기울이더니 이윽고 두 손으로 다다미를 문질렀다.

"어쩔 수 없었어요, 그때는—죽이지 않으면 서방님의 여관까지 드러나게 됐으니."

"고작 그만한 이유로 사람 하나를 죽였단 말이냐? 살아 있는 목숨에 애정을 가지지 않는 놈은 쓸모가 없어!"

"그렇지만 서방님도 사람을 죽이는 기술을 쓰는 검객이 아닙니까?"

"무사의 칼은 달라. 무사의 칼은 천년 동안이나 칼이라는 것에 대해 생각을 거듭해 온 정의와 이치와 법칙이 배경이 돼 있어. 말하자면 무사도(武士道)라는 것이다. 이것만이 세계에 자랑할 수 있는 정신적인 거악(巨嶽)이라고 생각해 둬. 무사는 그것에 따라 사람을 베고, 때로는 자기를 베는 거다. 도둑놈들이 자행하는 살인과는 전혀 다르지."

"제멋대로군요."

도베는 시무룩해졌다.

"무사라는 것은 원래 멋대로라는 것을 알고는 있었지만 서방님까지도 그런 줄은 몰랐습니다. 말씀드려 두지만, 저도 무사도에 의해서 죽였답니다."

"어째서냐?"

"그 전에 여쭤보겠습니다만, 서방님은 근왕 양이파지요?"

"글쎄, 그렇긴 하지."

다즈 아가씨는 그 일을 위해서 분투노력하라고 말을 했었다.

"그럼 그 밀정의 부하는 적이 아닙니까. 말하자면 조정의 적이란 말입니다. 저는 그런 뜻에서 죽였습니다."

"됐다, 알았어."

문제는 이 자리를 어떻게 탈출하느냐 하는 것이다.

포졸이 벌써 이 산네이 언덕의 요정을 포위했을 것이다. 도베의 본의 아닌 살인이 료마로 하여금 싫든 좋든 근왕 양이의 격렬한 조류 속으로 몰아넣으려고 한다.

'해볼까?'

일어났을 때, 료마의 피가 무섭게 들끓었다. 오늘 밤, 산목숨 하나 둘쯤 베어 버리게 될지도 모른다.

"도베, 두 길로 갈라지자. 너는 될 수 있는 대로 눈에 띄게 도망을 쳐라. 그 방면의 전문가니까 함부로 잡히지는 않겠지. 방향은 고개 위로만 달아나서 히가시 산중으로 들어가서 봉우리를 넘고 야마시나(山科)로 내려가 후시미로 나오너라. 후시미 데라다야에서 만나자."

"좋습니다. 서방님은?"

"뒷문으로 나간다."

료마는 도베를 현관 밖으로 내보내자 곧 다즈의 손을 잡고 뒷문으로 나갔다. 산조 댁으로 보내기 위해서였다. 도베는 산으로 숨어 들어가면 살아날 수 있지만, 료마는 시내로 들어가야 한다. 위험이 많다.

야사카(八坂) 탑을 지나 언덕을 내려가면 지장당(地藏堂)이 있다. 거기서 그림자 하나가 불쑥 튀어나와 등 뒤에서 조용히 말을 걸었다.
"사카모토 나리!"
밀정 분키치이다. 다즈 아가씨는 료마의 손을 꼭 잡았다.

다즈는 료마의 귓가에다 재빨리 속삭였다.
"이자예요, 밀정 분키치라는 놈이."
료마는 동요하지 않았다.
그뿐 아니라 성큼성큼 큰 걸음으로 분키치에게 다가가 느닷없이 물었다.
"자네가 분키치인가?"
분키치가 흠칫 놀란 것은 료마의 목소리가 터무니없이 컸기 때문이다. 이 근처는 민가가 많다. 아마 덧문을 통해 큰 소리를 듣고 잠이 깬 사람도 있었을 것이다.
"그렇습니다."
질려서 말소리가 죽었다.
"나는 도사 번사 사카모토 료마. 네가 지금 부른 그대로야. 그리고 여기 계신 분은 산조 경의 큰 따님 신주인(信受院)님 시녀이신데, 본국 도사에서는 나의 주군 댁이 된다. 무례한 일이 있어서는 용서하지 않겠다."
"예!"
분키치는 가볍게 고개를 숙이고, 그러나 유들유들하게 말했다.
"아까는 아케보노 요정에 가셨지요?"
"잘 알고 있구나. 나는 에도에서 고향으로 돌아가는 길에 이 주인 댁 분에게 문안드렸다. 분키치!"

"예."
"초롱을 가지고 있나?"
"있습니다."
"불을 밝혀 저택까지 모셔다 드려라."
"하지만."
분키치도 호락호락하지만은 않았다.
"기꺼이 길 안내를 하겠습니다마는 나리께 잠깐 여쭈어 볼 말씀이 있습니다."
"우선 불을 켜라. 가면서 듣자."
분키치는 할 수 없이 초롱에 불을 켰다. 그때 벌써 료마는 걸어가고 있다. 분키치는 왼편 뒤를 따라 걸었다. 기습을 조심하는 것이다.
"나리 동행은 어떻게 되었습니까?"
"동행?"
"저, 여관에서 함께 묵고 있는……."
"아아, 약장수 말이냐?"
"예사 약장수는 아니지요?"
이것이 분키치의 본론이었다.
"여느 약장수야."
"감추시면 나리의 신상에 지장이 있으니까요. 제가 보기에는 그놈은 도둑이든가 아니면……."
"역시 다르군, 잘 봤어. 그놈은 교토로 올라오는 도중에 동행한 사나이지만 다소 손버릇이 좋지 않아. 그걸 평계 삼아 금방 쫓아 버렸다."
"어디로 피하게 했습니까?"
"도망갔어."

"나리!"

분키치는 발끈하여 다가서려고 했으나 료마가 갑자기 칼자루 끝을 쑥 올리는 바람에 움찔하고 물러섰다.

"장난치지 마십시오."

"그 녀석도 마찬가지야. 내가 죽여 버리려고 했더니 혼비백산 달아나 버렸어. 그뿐이야. 알았지, 분키치. 발치가 어둡구나. 그렇게 겁내지 말고 좀더 등불을 앞으로 내밀어."

"이쯤하면 되겠습니까?"

"그렇지, 그만하면 베기에 알맞겠다."

"예?"

"겁쟁이로군."

그런 식으로 산조 댁까지 걸어가면서 초소 문을 일일이 분키치를 시켜 열게 하고는 당당히 다즈를 바래다주었다.

풍운전야

료마는 오사카에서 도베와 헤어져 혼자 도사로 돌아왔다.

도베가 고향까지 따라오지 않은 것은 그가 사양했기 때문이다.

―저 같은 놈이 함께 따라가면 모처럼의 금의환향에 때가 묻습니다.

그런 기특한 소리를 이 사나이는 했다. 첫째 이 사나이가 붙어 있으면 어찌 된 일인지 사건이 잇달았다. 료마에게 줄곧 폐를 끼치기만 하므로 얼마 동안 근신할 셈이라는 것이 진정인지도 모른다.

료마로서는 에도 출발 이래 두 번째의 귀국이다.

이번에는 당대 일류의 검술 도장이라는 호쿠신 일도류(北辰一刀流) 지바(千葉) 일문의 면허 개전(免許皆傳) 인가를 얻고 돌아왔다. 좁은 성 아랫거리에서는 대단한 인기였다.

"아무튼……."

형 곤페이는 여간 뽐내는 것이 아니었다.

"에도의 큰 도장에서 면허 개전 인가를 얻은 것은 현재로는 다케치의 한페이타뿐이니까 우선은 사카모토 일문의 명예야. 나는 성 아랫거리를 돌아다니는데도 어깨에서 바람이 씽씽 일어난다니까."

그 다케치 한페이타는 이미 귀국해서 성 아랫거리에서 보졸들에게 검술과 학문을 가르치고 있었다. '즈이잔(瑞山) 학당'이라면 벌써 도사 일원에서는 가장 인기 있는 사립학교가 되어 있었다. 즈이잔은 다케치의 아호(雅號)였다. 사이고 기치노스케(西鄕吉之助 : 隆盛)를 난슈(南洲), 가쓰라 고고로(桂小五郞 : 木戶孝允)를 쇼기쿠(松菊)라고 하는 것과 같다. 물론 료마는 평생 아호 같은 것은 가지지 않았다.

"이봐, 료마."

형 곤페이는 그가 귀국하자 곧 말했다.

"너도 한페이타에게 지지 말고 검술 도장을 열어라. 사범이 되는 거야. 성내 요지에 땅을 구해서 훌륭한 도장을 세워 주마."

"아니, 한페이타는 한페이타지요. 난 조금 생각이 있어요. 그때까지는 아무것도 않고 빈들빈들 놀겠습니다."

"빈들빈들?"

곤페이는 불만이었다.

"이 멍청아, 형이 도장을 세워 주겠다는 것은 찬밥 차지의 차남으로서는 대단한 횡재란 말이다. 조금이나마 좋아해 보려무나."

"아니."

료마는 생각에 잠긴다.

"아직 사람을 가르칠 수 없어요."

"지바 일문의 사범을 지낸 네가 아니냐. 컸답시고 겸손을 부리는 거냐. 조금은 자랑도 해야 하느니."
"아니, 형님."
"뭐냐?"
"난 학문을 좀 할까 해요."
"학문?"
형 곤페이는 폭소를 했다.
"료마, 네가 학문을 해?"
"학문이 필요하다는 걸 알았어요. 고금 서적을 읽고 또한 서양 책들도 읽고 싶어요. 읽어서, 내가 이 손으로 이 썩은 천하를 어떻게 움직여 보았으면 싶어요."
"천하를? 이 터무니없는 녀석!"
곤페이는 그래 놓고도 계속 껄껄거리며 웃다가 문득 웃음을 멈추고 말했다.
"넌, 이제 스물넷이다. 장가도 들지 않으면 안 될 나이야. 그 나이에 학문은 늦었다. 게다가 선생은 누가 하는 거야?"
"혼자 하죠."

료마는 딱 잘라 말했다. 료마는 교육자에 대해 불신을 가지고 있다. 어릴 때 질려 버렸던 것이다. 그들은 남을 채점하고 모욕하고 실없이 열등감만을 심어 주는 존재가 아닌가. 료마는 어릴 때의 열등감에서 벗어나기 위해 남몰래 얼마나 괴로워했던가.

귀국한 지 사흘째, 료마는 하리마야 다리를 동쪽으로 건너 신마치 다부치 거리라는 성 아랫거리로 나갔다.

그곳에 다케치 한페이타의 '즈이잔 학당'이 있다. 다케치의 집은 성 밖 고다이 산(五臺山) 가까운 후케(吹井)라는 시골에 있었다. 그가 생각하기에 시골은 여러 가지로 불편해서 성 아랫거리에 있는 아내의 친정집을 개조하여 학당으로 삼았던 것이다.

문에 들어서니 여기저기 숙생인 듯한 젊은이들이 있었다. 굉장하다. 다케치의 학당에 다니기 위해 도사 7개 군 구석구석에서 일부러 나와 하숙을 하며 통학하는 자가 많았다.

"턱주가리(료마가 붙인 다케치의 별명) 있소?"

료마는 한 숙생에게 물었다.

"턱주가리?"

"한페이타 말입니다."

"댁은?"

숙생은 힐끔힐끔 이 무례한 방문객을 쳐다본다.

"허풍쟁이(다케치가 붙인 료마의 별명)라고 하면 압니다."

"아, 그럼 사카모토 선생님."

숙생은 껑충 뛰어서 현관으로 달려들어가 다케치에게 알렸다.

다케치는 마침 일본 외사(日本外史)를 강의 중이었으나 이내 책을 덮고 말했다.

"여러분, 친구가 왔다는군. 마중을 하고 나서 다시 강의하겠으니 기다려 주게."

그러고는 일어섰다.

바로 그 고지식한 점이 다케치의 특성이다. 아무리 갑작스런 방문객이라도, 더구나 그것이 친한 료마라 하더라도 이 사나이는 깍듯이 현관에 나와 인사를 한다.

"오, 돌아왔나?"

료마는 벌써 마루 끝에 올라와 있었다. 성큼성큼 안으로 들어가므로 다케치는 어이가 없었다.

"언제 끝나나?"

"아직 한 시간은 걸릴 거야."

"기다리지."

"그렇게 해줘. 그동안 도미코(富子)에게 일러 둘 테니 술이나 마시고 있으라구."

"도미코가 누구야?"

"마누라야."

다케치가 아내를 얻었다는 말을 료마도 듣기는 했으나 얼굴을 보는 것은 처음이다.

다케치는 거실에 도미코를 불러들여 소개를 했다.

"이 사람이야."

자그마한 몸집으로 성 아랫거리에서도 보기 드문 미인이었다. 부부의 금실은 학생 사이에서도 소문이 날 만큼 좋은 모양이었다.

"도미코예요."

도미코는 머리를 숙인 다음, 료마를 보았다. 료마도 꾸벅 머리를 숙였다.

이윽고 강의를 마치고 다케치가 들어와 에도의 이야기, 고치의 근황 등을 들려준 다음 말했다.

"그런데 료마, 무슨 일이냐?"

"난 말이야, 공부를 해야겠어. 뭐, 좋은 책 좀 없을까?"

"허어, 자네가 학문을?"

그것 참 잘되었구나, 누구나 맞장구를 칠 것이지만 다케치는 그런 말을 하지 않는다.

신중한 사나이였다. 그 독특한 긴 턱을 쓰다듬으며 아주 신중한 눈으로 료마의 얼굴을 바라보았다.

"료마가 학문을 하겠단 말이지?"

"불만인가?"

"아니 아니, 그렇지는 않아. 마음속으로 그 나이에 학문이라니, 감탄하고 있지. 그러나 적당히 해 두는 것이 좋을 거야."
"왜?"
"자네 그 천성적인 성품이 학문 때문에 해를 입을는지도 모르니까."
"무슨 뜻이지?"
료마는 무슨 말인지 몰랐다.
료마의 학문에 대해서는 뒷날 료마의 동지이자 도사 번의 젊은이 중에서 첫째가는 학자였던 히라이 슈지로(平井收二郎 : 隈山)가 그 누이 가오(加尾)에게 보낸 편지에 이런 것이 있다.
—(전략) 물론 료마는 훌륭한 인물이지만, 책을 읽지 않기 때문에 때로 잘못 되는 일도 있으니 각별히 조심하라.
료마의 사고방식이나 행동은 지나치게 독창적이어서 정석(定石)에서 벗어날 위험이 있다, 그 녀석의 선동에 휘말리지 말라는 뜻이다.
히고(肥後) 번 출신으로 학문으로 천하에 이름을 떨친 요코이 쇼난(橫井小楠)은 후에 료마를 만나 그 천부의 기량에 감탄했으나, 다만
—사카모토 군, 자네는 한 번 그르치면 난신적자(亂臣賊子)가 될 위험성이 있네. 주의하게나.
이렇게 말했다. 그 재능, 행동, 모두 지나치게 독창적이라는 것이리라.
그 시대의 '학문'이라는 것은 오늘날의 학문, 즉 인문과학이라든가 자연과학이라는 것과는 말의 내용이 다르다. 철학이라는 뜻이다. 아니 그보다도 윤리나 종교에 가깝다. 요컨대 유학(儒學)인 것이다. 교양의 중심은 인간의 도의 탐구와 이를 지키는 데 있는 것이

다. 공자(孔子)를 교조로 하고 이에 곁들여 중국과 일본의 선철들이 남긴 명언을 배운다. 배울 뿐만 아니라 이를 실천한다.

바둑이나 장기로 말하면 정석이다. 이를 절대의 것으로 배우며 잘못 실천하면 '난신적자'가 된다. 요코이는 '난신적자'가 되는 것을 조심하라는 뜻이다. 그러니까 이 시대의 학문이란 윤리 도덕이 모두 똑같은 인간을 만드는 것이 최고 이상이었다. 난신적자가 생기면 봉건체제는 무너져 버린 것과 같다. 막부와 각 번이 그 가신들에게 열심히 학문을 권한 것은 그런 이유 때문이다.

다케치 한페이타는 검술에서도 일류였으나, 학문에서도 이 사나이와 어깨를 겨눌 자는 도사번 참정(參政) 요시다 도요(吉田東洋) 정도밖에 없었다.

그런데 한페이타의 범상치 않은 점은, 학문의 폐단도 잘 알고 있다는 점이다. 모처럼 특출하게 생긴 료마가 썩은 학문 때문에 범상한 인간이 되어 버리는 것은 아깝다고 생각했던 것이다.

"그런 뜻이지."

다케치는 위와 같은 사연을 설명하고 말했다.

"아는 것도 좋지만 적당히 하라는 말이다."

료마도 그것을 알고 있었다. 그러나 학문을 하지 않으면 남과 논쟁을 하거나 생각을 할 때에 용어(用語)가 부족해서 곤란했다. 학문에는 그런 이득이 있다.

"알고 있어, 자네가 하는 말은 모두 알고 있다. 나도 그렇게 열을 올려 가며 학문을 하진 않을 셈이야. 그러나 이것만은 읽어 보라고 할 만한 책이 있겠지. 그것을 가르쳐 주게."

"대단한 학문이로군."

정녕 다케치도 어이가 없었으나 잠시 생각한 뒤에 말했다.

"역시 역사를 읽어."

다케치의 말에 따르면 역사야말로 교양의 기초라는 것이다. 역사는 인간의 지혜와 무지의 집적(集積)이며, 이것을 모아 빚으면 더할 나위 없이 좋은 술을 얻을 수 있다는 것이 다케치의 주장이었다.

"역사책이란 말이지. 그러나 일본 외사니 사기 같은 것은 오토메 누님의 강의로 실컷 읽었어."

"그럼 자치통감을 읽어."

"뭐야, 그게?"

"자치통감(資治通鑑)은 말이다."

중국의 역사 서적이다.

고대 제국인 주(周)나라의 위열왕(威烈王)으로부터 송(宋)나라에 이르기까지 1천3백 년간의 중국사(中國史)이다.

"좋아, 그 자치통감을 읽겠어."

"읽을 수 있나? 해석해 줄 스승이 필요한데."

"스승?"

료마는 어처구니없다는 얼굴이다.

"그런 게 필요한가?"

"필요하고말고. 내가 되어 줄까?"

"자네가?"

료마가 말했다.

"배우지 않겠어. 배운다면 한페이타와 닮은 인간이 될 테니까."

"그럼 어떻게 하겠나?"

"혼자 읽을 뿐이야."

료마는 웃으면서 말했다.

"나는 검술만은 스승을 모셨으나, 학문은 뭐, 학자가 될 것도 아니니까 스승은 필요 없어."

"이 녀석, 학문이 무서운 줄 모르는군."
"알게 되면 큰일이게."
"알게 되면 소심하고 썩은 유학자 되기가 고작일 테지."
료마는 사양했다.

문을 나오자 곧장 다케치 집의 담을 향해 오줌을 갈겼다. 무슨 원한이 있어서가 아니라 오줌이 마려워서 그랬을 뿐이다. 료마에게는, 오줌이란 꼭 변소에 가서 처리해야 한다는 법이 없는 모양이었다. 이것이 료마의 버릇이 되었다. 다케치 집에 들를 때마다 돌아갈 때는 이 벽에다 오줌을 갈겼다.

다케치는 근엄해서 예법에 까다로웠고 아내인 도미코는 정갈한 것을 좋아하는 여인이었다.

담장의 그 부분만이 냄새가 고약했다.

어느 날 도미코는 난처해서 한페이타에게 불평을 했다.

"사카모토님은 좋은 분이라 와 주시는 건 고맙지만 그것만은 그만두도록 해 주실 수 없을까요?"

"아니야."

다케치는 말했다.

"그놈은 그놈대로의 법에 따라 하도록 내버려 둬. 어떤 놈이 될 것인지 두고 보자구."

―료마가 책을 읽는다.

이런 소문이 성 아랫거리 젊은 무사들 사이에 퍼진 것은 그런 지 얼마 뒤의 일이다. 호기심이 많은 고장이다. 이렇다 할 오락이 없으니까 아는 사람들의 소문이 모두 술자리의 화제가 되는 것이었다. 서로가 모두 극중의 인물인 것이다.

게다가 반주(伴奏)까지 따른다. 그때그때의 소문을 교묘하게 노래로 엮어 내는 것이다.

그것을 젊은 무사가 두세 명씩 떼를 지어 부르면서 본인의 문 앞을 지나가는 것이다.

다케치 얘기 듣고 사카모토 료마
책을 거꾸로 들고 논어를 읽는구나.

"이놈들 놀리는구나."

료마는 문 앞을 지나가는 노래에 실소했으나 그래도 날마다 틀어박혀 그 '자치통감'을 읽었다. 더구나 그냥 백문(白文) 원서를 말이다.

토를 달지 않아서 료마의 학력으로는 도저히 무리였으나, 이 사나이에게는 어떤 천재성이 있었다.

대충은 알 수가 있었던 것이다. 료마의 의견으로는 뜻만 알면 된다는 것이다.

"어디, 료마의 글공부하는 꼴을 구경하러 가자."

젊은 무사들이 모였다.

뒤에 도사 근왕당에서 일한 오이시 야타로(大石彌太郞) 등 세 명이 혼초 거리의 사카모토 집에 찾아와 료마의 방으로 들어갔다.

과연 얌전히 책을 읽고 있었다.

"료마, 어디 한 번 읽어 주게."

"읽고 있어."

료마는 태연하다.

"소리를 내어 읽으라구."

"흠."

료마는 소리도 낭랑하게 읽어 내려갔다.

세 사람은 얼굴을 빨갛게 해가지고 웃음을 참았다. 료마는 자꾸 읽어 내려간다.

문법이니 토니 새김이니 아무것도 없다. 엉터리 발음에 뜻마저 통하지 않아 마치 비 맞은 중이 중얼거리듯 했다.

마침내 견디다 못한 세 명은 폭소를 터뜨렸다.

"웃다니 실례가 아닌가."

료마도 할 수 없어 따라 웃었다.

"그러나, 료마……."

모두 다다미에서 떼굴떼굴 굴렀다.

"어이쿠 어이쿠!"

"아이구 아이구!"

그렇게 끙끙 앓는다. 어떻게 참겠느냐는 것이다.

"료마, 그렇게 해도 의미는 알 수 있나?"

"의미야 알 수 있지. 자아, 들어 봐."

료마는 한(漢)나라 고조 유방(劉邦)이 패(沛)라는 시골 부랑배들 틈에서 몸을 일으켜 진(秦)나라를 멸망시키기까지의 내용을 두 시간에 걸쳐 강의했다.

그것이 일일이 정곡(正鵠)을 찌르고 있어서 오이시는 차츰 홀린 것 같은 기분이 되었다.

"이젠 됐어. 그런데 읽지도 못하면서 뜻을 알다니 대관절 어떻게 된 것일까?"

"모르겠어. 나는 글자를 보면 머리에 그 정경이 그림처럼 떠오른단 말이야. 그걸 입으로 설명하고 있을 뿐이야."

괴상한 재주였다.

이 무렵 이런 이야기가 있다.

'양학도 배워야지.'

료마는 대단한 야망을 일으켰던 것이다.

"양학?"

다케치 한페이타도 놀랐다.

다케치는 한학과 국학에는 조예가 깊었으나 서양 학문까지는 하지 않았다. 첫째로 싫었다. 서양 오랑캐 같은 것은 더러운 네발짐승과 다를 것이 없다고 단정하고 있는 것이었다. 이것이 다케치라는 준재(俊才)의 한계였기도 하지만.

그러나 친절한 사나이이므로 료마의 의논 상대는 되어 주었다.

"그것만은 스승이 필요할 거야. 마침 자네 자형(오토메의 남편)은 나가사키에서 양학을 연구한 분이니 거기서 배우게나."

"싫어."

자형인 오카노우에 신스케는 의사였다. 존경할 만한 학자였으나, 료마가 알고 싶은 것을 가르쳐 줄 사람은 아니다.

료마는 세계가 알고 싶었다. 만 리 파도를 헤치고 이 극동의 섬나라까지 흑선을 파견해 오는 '서양'이라는 것이 이상해서 못 견디는 것이다.

그것은 어린아이 같은 천진한 호기심이었다. 이 호기심이 있었기 때문에 다케치 한페이타 같은 완고한 '천황주의의 양이 배척자'가 되지 않았던 것이다.

"그렇다면 누구에게 배운단 말인가. 이 성 아랫거리에는 서양 학자 같은 건 없단 말이야."

"한 사람 있지. 하스이케(蓮池) 거리의 가와다 쇼류(河田小龍) 노인."

"쇼류, 그 사람은 그림쟁이 아닌가?"

"그렇지, 그림쟁이지."

"그림쟁이가 무얼 알겠나."

다케치는 전혀 사람을 가리는 성격이 아니었으나 이 가와다 쇼류 노인만은 싫어했다. 그 집 문전마저 더럽다면서 지나다니지 않았다. 그 방면으로 가더라도 일부러 돌아가곤 했다.

가와다 쇼류는 가노파(狩野派) 화가로 번 직속이었으며 무사 대우를 받고 있었다. 성 아랫거리 시오의 강에 면한 집은 학당을 겸하고 있으나 제자는 그다지 많지 않았다.

쇼류는 좀 이상한 사람이었다.

경세가(經世家)였다. 양이론자를 조롱하고 일본을 개국해서 모름지기 외국의 문물을 받아들여야 한다고 주장하고 있었다.

그런 점에서 급진적인 근왕파와는 배짱이 맞지 않았다. 다케치가 싫어하는 것은 바로 이 점이었다.

쇼류는 뚜렷한 식견이 있었다.

그것은, 이 노인에게 대단한 저서가 있는 것을 보면 알 수 있다. 《표손기략(漂巽紀略)》이라는 책이다. 손(巽)이라는 것은 동남쪽을 가리키는 말인데 일본에서 그 방향은 미국이다.

제목의 뜻은 '미국 표류기'이다.

쇼류가 미국에 간 것이 아니라 도사 어부인 만지로(萬次郎)가 표류하여 12년간 미국을 유랑하다가 귀국했던 것이다. 이 만지로에게 듣고 쓴 것이 이 책이다.

이 쇼류의 저서를 통해 료마 등 도사 사람들은 어렴풋이나마 미국이라는 나라를 알게 되었다.

그것만이 아니다.

쇼류는 번의 명령으로 총포 관리관 이케다 간노스케(池田觀之助), 포술 사범 다도코로 소우지(田所左右次) 등과 함께 그 무렵 일본에서 유일한 선진이었던 사쓰마에 가서 가고시마에 신설된 반사로(反射爐), 유리 공장, 선반(旋盤) 등 공작기계, 대포 공장, 조선소 등을 견학하고 왔다. 새로운 지식이었다.

료마는 화가 가와다 쇼류를 만나러 갔다.

하이스케 거리에 있는 가와다의 집은 작고 옹색했으나 그곳에는 언제나 화생(畵生)들이 대여섯 명은 몰려들어 있었다.

그중 한 사람이 현관으로 나왔다.

"아, 사카모토님!"

큼직한 주먹코가 놀랐다. 납작코가 많은 도사 사람으로서는 보기 드물게 코가 컸다. 스이도 거리(水道町)에 사는 조지로(長次郎)라는 젊은이였다. 만두집 아들인데 코까지 만두를 닮았다. 대단한 준재로서 뒤에 대도(帶刀 : 칼을 차는 것)를 허락받았으나, 다시 탈번하여 료마의 부하로서 해원대원(海援隊員)이 되어 이름도 우에스기 지로(上杉次郎)로 고쳤다. 하나 이것은 몇 년 뒤의 일.

"누구라구, 만두집이로군."

이 젊은이가 쇼류의 제자라는 것은 료마도 알고 있다.

"웬일이십니까?"

"나도 제자가 되고 싶다고 선생께 전해 주게."

"사카모토님께서?"

만두집 아들은 깜짝 놀라 안으로 들어갔다.

스승 쇼류는 무뚝뚝한 사람이었다. 마침 비단을 펼쳐 놓고 화필을 들고 있다가

"뭐라고?"

붓을 멈추었다.

"혼초(本町) 거리의 검술쟁이가 그림쟁이가 되고 싶단 말인가. 그 따위 위험한 놈에게 그림 같은 걸 가르칠 수가 있나. 쫓아 버려!"

그러나 료마는 덮어놓고 현관으로 올라와 느닷없이 장지문을 열었다.

"그림을 가르쳐 달라는 것이 아닙니다. 미국 사정이나 사쓰마의 서양 기계 이야기를 듣고 싶어서 왔습니다."

"이, 이 녀석이."

쇼류는 화필을 놓았다.

"남의 집을 한길인 줄 아나. 조지로, 어째서 못 들어오게 하지 않았나? 여봐, 빨리 이 검술쟁이를 쫓아내라."

"예, 그러나……."

만두집 아들은 난처해서 료마의 얼굴을 힐끗 훔쳐보았다.

"제게는 밀어 낼 힘이 없습니다."

"응……."

료마도 어색해졌다. 자기는 별반 실례라고 여기지 않고 성큼 들어왔는데 쇼류가 이렇게 화낼 줄은 몰랐다.

"만두집, 오늘은 일진이 좋지 않군."

료마는 머리를 긁적이고 나서 현관까지 나갔다.

"또 옴세. 그때까지 어떻게 마음이 가라앉도록 해 주게나."

만두집 아들은 뒤쫓아오며 말했다.

"사카모토님, 선생은 저런 분입니다. 나쁘게 생각하지 마십시오. 그런데 소문으로 들었습니다마는 사카모토님은 난학을 공부하실 참입니까?"

"글쎄, 그럴 생각이네."

"그럼 제가 좋은 선생을 소개해 드리지요. 내일 아침 댁으로 가겠습니다."

"좋아, 그럼 네게 맡겼다."

이튿날 만두집 아들은 하스이케 거리(蓮池町)에 있는, 나가사키에서 돌아온 의사에게 료마를 데리고 갔다. 그도 만두집의 스승이었다.

그는 학문을 좋아해서 무예 이외의 여러 가지 것을 닥치는 대로 배우고 있는 모양이었다.

그 난학자는 생쥐 같은 얼굴을 하고 있었다.

이 하스이케 거리의 난학자의 이름은 유감스럽게도 전해지지 않고 있다.

네덜란드어를 가르쳐서 먹고 살았다.

인물도 대단치 않았던 모양이다.

료마는 별로 스승으로 존경할 기분이 들지 않았던지

―쥐새끼, 쥐새끼.

별명으로 부르고 있었다. 세상에 스승으로서의 품격을 지니지 못한 교사만큼 비참한 것도 없다.

수업 날에는 숨이 막힐 정도로 객실에 학생들이 가득 찼다. 대개는 의사를 지망하는 젊은이들이었다.

료마는 언제나 뒷자리에서 문에 기대고 앉아 마치 새가 지저귀는 것 같은 네덜란드어 강의를 듣고 있었다.

가끔 몸을 뒤로 젖히다가 미닫이가 넘어지는 일이 있었다.

그때마다 선생은 언짢은 표정이었다.

'저 멍텅구리 검술쟁이 놈이.'

선생은 그렇게 생각했을 것이다.

다만 한 가지, 료마의 마음에 든 것은 네덜란드어 교과서로 의학서를 쓰지 않고 법률 개론(法律槪論)을 쓴 점이었다.

그는 단순한 어학 교사였으므로 다른 뜻이 있어서 그런 교과서를 쓴 것은 아닐 것이다. 어쩌다 법률 개론 책이 손에 들어왔기 때문이리라.

　주먹코 같은 열성적인 학생들은 선생이 가지고 있는 단 한 권의 교과서를 베껴 쓰고 있었다.

　료마는 어학자나 통역이 될 생각은 없었으므로 그런 귀찮은 짓은 하지 않았다. 조는 듯이 눈을 반쯤 감고 듣고 있다.

　번역은 상당히 재미있었다.

　네덜란드에는 장군이니 영주니 무사 따위는 없고 의회(議會)라는 것이 있다고 한다.

　헌법이라는 것도 있었다. 이것은 료마의 이 시기보다 10년 전인 1848년에 발표된 것으로 극히 자유주의적인 색채가 짙은 것이었다.

　료마가 가장 놀라웠던 점은 그 헌법이라는 것이 나라의 최고법으로서 국왕이라도 이에 복종해야 하며, 더구나 의회가 국정의 최고 권위가 되어 법률을 정하고 내각을 인선(人選)한다는 것이다. 더구나 그 의회를 만들어내는 것은 국민의 선거에 의한다는 점이었다.

　그것만이 아니다.

　정치라는 것은 국민의 행복을 위해서 행해진다는 주의 주장이 료마를 놀라게 했다.

　일본에서의 정치는, 도쿠가와 집안이나 여러 영주들의 번영과 그들의 자유를 위해 있다는 것을, 위로는 장군에서부터 아래는 농군에 이르기까지 믿어 의심하지 않는다.

　천황주의인 다케치 한페이타나 막부 타도론자인 가쓰라 고고로마저도 농민이나 상인을 위해 분기한다는 마음은 없다.

　'놀랐는걸.'

　정말이냐, 하고 눈이라도 비비고 싶은 심정이었다.

　다른 학생들은 부지런히 철자(綴字)를 기억하려고 하거나 고양이 소리 같은 발음을 되풀이 되풀이 공부하고 있었으나, 료마만은 뒤에서 코털을 뽑으면서 그런 일에만 감탄하고 있었다.

료마에게는 이 시절의 감동이 일본 역사를 움직이게 한 것이다.

이 난학당의 게으름뱅이 청강생이었을 무렵, 료마에게 이런 이야기가 있다.

어느 날, 선생인 생쥐는 네덜란드의 정체론(政體論)에 대한 문장 하나를 축조(逐條) 번역하여 들려주었다.

번역이 끝나 갈 때 늘 하는 버릇대로 조는 듯이 무릎을 안고 있던 료마가 갑자기 얼굴을 쳐들고 큰 소리로 말했다.

"지금 그 번역은 틀렸습니다."

학생들은 모두 놀랐다. 낱말 하나 외우려고도 하지 않는 이 검술 쟁이가 선생의 오역을 지적하고 나선 것이다.

선생인 생쥐는 새빨개져서 반박했다.

"어디가 틀린단 말이냐?"

료마는 딱하다는 듯한 얼굴로 말했다.

"틀렸으니까 틀렸다지요. 어디가 틀렸는지는 모르지만 하여간 많이 틀려 있어요."

"네 말을 알아들을 수가 없다."

"모를 리가 없을 텐데요."

"스승을 놀리는 거냐?"

"천만에요."

료마는 난처한 얼굴로 청했다.

"다시 한 번 원문을 잘 읽어 보십시오."

료마는 몇 번이나 이 생쥐 학당에서 그의 서툰 난문 일역(蘭文日譯)을 듣고 있는 동안에 서양의 의회 제도라는 것을 알게 되었던 것이다. 료마는 자치통감 때에도 그랬던 것처럼 문제의 대강을 파악하고 그 본질을 규명하는 재능이 있었다.

 지금 선생이 한 번역은 료마의 육감으로 해득한 민주 정체의 본뜻에서 벗어나 있었던 것이다. 그런 점에서 오역을 지적한 터이었다.

"뭘, 그렇게 화만 내지 마시고 다시 한 번 그 꼬부랑글씨를 보아 주십시오."

"흠."

선생은 화가 나서 손가락을 떨면서 자신의 번역을 검토했다.

그의 안색이 차츰 창백해졌다.

료마가 말한 대로 분명한 오역이었다. 그는 번쩍 얼굴을 쳐들었다.

"제군, 사과한다. 잘못되어 있었네."

검술쟁이가 이긴 것이다.

그러다가 얼마 뒤 화가인 가와다 쇼류 편에서 만두집 조지로를 료마에게 보내어 '만나고 싶다'는 말을 전해 왔다.

심부름 온 만두집이 쓴웃음을 지으며 말했다.

"사카모토님이 난학통이라는 소문이 거리에 쫙 퍼졌습니다. 가와다 쇼류 선생이 그런 정도의 학자라면 이편에서 만나보겠다는 겁니다. 그 선생님은 검술가를 가장 싫어하고 또 초면 인사를 꺼려 하는데 자청해서 만나자고 하시니 대단한 거지요."

"허, 헛소문이라는 것도 때로는 도움이 되는구나."

"이번에는 예절대로 부탁합니다."

"좋아, 예복을 입고 가지."

다음날 쇼류를 찾아갔다.

쇼류는 사람이 달라진 것처럼 싱글싱글 그를 맞아들였다.

료마를 인물로 인정한 모양인가.

 이 가와다 쇼류와의 대화는 언제였을까.

계절은 한여름이었다. 햇볕이 뜨거운 고치에서는 사람들은 해가 뜨기 전부터 일하기 시작하여 오후에는 낮잠을 잔다.
날이 새기를 기다려 료마는 혼초 일가에 있는 자택에서 마중 온 만두집 조지로와 함께 나섰다.
손에는 유모 오야베 할멈이 싸 준 도시락을 들고 있었다. 종일 쇼류의 이야기를 들을 셈인 모양이다. 사실은 이날이 료마의 생애에서 가장 중요한 하루가 되는 것인데, 료마는 육감으로 아마 어렴풋이나마 알고 있었던 모양이다.
"만두집 오야베가 비빔밥을 싸 주었다. 너 먹을 것도 있어."
어딘가 아직도 어린애 같은 데가 있는 것이 만두집은 우스웠다.
"사카모토님은 어릴 때부터 비빔밥을 좋아하셨다죠?"
"그건 귀찮을 게 없잖아?"
"귀찮다니요?"
"밥과 반찬을 따로따로 먹는 건 귀찮거든."
'옳거니.'
정말 듣기보다도 더 지독한 게으름뱅이였다.
만두집 조지로는 박식해서 서양에도 비빔밥 비슷한 것이 있다는 말을 듣고 있었다.
영국의 귀족인 샌드위치 백작(18세기의 정치가. 외교관과 각부 장관을 역임하고 해군장관으로도 오래 있었다. 영국 역대 정치가 중에서 가장 무능하고 평이 나쁜 인물이었다는데 오직 도박만을 좋아해서, 식사 시간을 아끼기 위해 샌드위치라는 기묘한 식품을 발명하여 이것만으로 후세에 이름을 남겼다)의 발명품인데 나가사키에 온 서양 사람은 이것을 잘 먹는다는 것이다.
"그렇다는 이야기입니다."
"과연 남들이 말하는 것처럼 너는 학자로군."

료마는 감탄했다. 감탄만 한 것이 아니라 이런 유식한 청년을 부하로 삼으면 편리할 것이라고 생각했다.

쇼류와 만났다.

물론 서로 그림 이야기는 하지 않았다. 천하 국가를 어떻게 하느냐는 문제였다.

쇼류는 료마가 놀랄 만큼 바다 밖 다른 나라에 대해 새로운 지식을 풍부히 가지고 있었다(물론 풍월이지만). 쇼류는 서양의 기계문명의 놀라운 발달을 실례를 들어가며 이야기해 주었다.

그 모두가 료마로서는 처음 듣는 일이어서 가만히 있을 수 없는 기분이었다.

'서양은 굉장한 곳이군.'

이것은 다케치가 열중하고 있는 양이(攘夷) 따위의 문제가 아니었다. 함부로 '양이'를 했다가는 일본 무사는 전멸하기 십상이다.

'도사 번도 일본도 우물거리고 있을 때가 아니군. 지금의 도쿠가와 막부나 도사 번이 하는 방법으로는 일본은 망하고 말겠어.'

료마의 두 주먹이 불끈 쥐어졌다.

"쇼류 선생, 합시다."

"나는 한낱 그림쟁이에 지나지 않아."

"그림쟁이고 뭐고가 있나요?"

"아니, 난 그런 것을 알고만 있을 뿐이야. 일할 사람은 당신과 같은 허풍쟁이야."

"음."

별로 달갑지 않다.

"이봐 사카모토 군, 서양과 대항하는 데는 무엇보다도 먼저 산업, 상업을 일으켜야 하네. 그러려면 물건을 운반하는 것이 중요해. 그러니 저 흑선이 필요하단 말일세."

"좋아요. 그 흑선을 내가 마련하지요."

"자네가 흑선을?"
쇼류 선생이 물었다.
"손에 넣겠단 말인가?"
"그렇지요."
쇼류 선생은 실망하고 말았다. 지금까지 진심으로 말해 준 것이 손해를 본 것 같은 생각이 들었다. 역시 이 검객은 어릴 때의 소문처럼 머리가 이상한 것이 아닐까?
"손에 넣고말고요. 몇 척이라도. 증기로 배를 움직이며 대포를 싣고 세계를 돌아다니고 싶군요."
"그래, 자네가 말인가?"
쇼류는 말소리까지 시들해졌다. 한낱 향사의 아들이 무슨 잠꼬대냐, 말해주고 싶었다.

도대체 우라가에 페리의 흑선 함대가 와서, 일본 사람이 처음으로 근대 군함이라는 것을 구경한 것이 아직 6, 7년밖에 되지 않는 것이다.

번에 대해 한마디의 발언권도 없는 향사의 신분인 데다, 가지고 있는 것이라고는 호쿠신 일도류의 칼솜씨와 허리에 찬 칼 한 자루뿐이다. 이것이 함대를 만든다고 호언하는 것이다.

'허풍쟁이 같으니라고!'
쇼류 선생은 불쾌했다.
그러나 그 뒤 반년 동안, 료마는 틈만 있으면 쇼류의 집으로 찾아가 그 꿈을 말했다.
쇼류도 그러는 동안 차츰 료마의 꿈에 휘말려 들어 진지하게 함대 건설 이야기를 나누기 시작했다.

그러나 실현성이 전혀 없었다. 결국 허풍쟁이었다.

"허풍에는 돈이 안 드니까."

료마도 남의 일처럼 말했다. 이렇게 되어

―사카모토의 허풍선이라면 모르는 사람이 없게 되었다.

'때를 기다리는 거다. 두고 보아라.'

료마는 혼자 다짐하고 있었다. 그때까지는 허풍이나 떨면서 세상을 웃기고 있을 수밖에 도리가 없다.

그러는 동안 료마의 신변은 허풍선 따위가 문제가 안 될 만큼 시끄러워졌다. 신변뿐만이 아니라, 도사 번의 정세도 천하의 정세도 몹시 피비린내를 풍기게 되었다. 료마는 그 소용돌이 속에 휘말려 들었다.

3월 4일.

봄 축제인 3월 삼짇날이다.

도사 번에서는 이 축제를 3일에 하지 않고 4일에 하는 풍습이 있었다.

번에서는 이날 영주가 상급 무사를 모두 모아 놓고 주연을 베푸는 관습이 있다.

"그렇군, 오늘이 중삼절이었군."

료마는 아침부터 자기 집 문 앞을 상급 무사들이 종졸(從卒)을 거느리고 속속 지나가는 것을 보고 알았다.

그러나 물론 료마는 등성하지 않는다.

료마뿐만 아니라 향사 등 하급 무사들은 성안에서의 어떤 잔치에도 나갈 자격이 없었다. 같은 번사라고 해도 상급 무사들로부터 인간 취급도 받지 못하는 계급인 것이다.

그날 밤.

오후 8시께였다. 고을이 발칵 뒤집힐 만큼 큰 칼부림이 일어났다.

상급 무사 가운데 '아귀 야마다(山田)'라고 불리는 일도류 검객이 있었다. 이름은 야마다 히로에(山田廣衞)라고 했다.

성안에서 주연이 모두 끝난 것은 밤 7시 30분쯤으로 아귀 야마다는 기분이 좋아서 성을 물러 나왔다. 꽤 취해 있었다. 콧노래를 흥얼거리며 성문을 나와 한참을 걸어가는데 자그마한 사나이가 바싹 다가왔다.

성에서 다도(茶道)를 관장하는 마쓰이 한자이(松井繁齋)라는 사나이였다. 이자는 입 하나로 세상을 살아가는 사나이로 온 성내에서 '떠버리 한자이'라는 별명으로 불리고 있었다. 집이 성 아랫거리 서족에 있어서 니시하라미(西孕)에 저택을 가진 아귀 야마다와 동행하게 되었다.

이 시각—

뒤에 도사 번의 하급 무사들로 하여금 대거 근왕운동으로 치닫게 한 이 사건은 야마다 등이 고다카사 다리를 건너 에이후쿠사 문 앞에 걸려 있는 흙다리에 가까이 왔을 때 일어났다.

별은 있었다.

그러나 길이 간신히 보일 정도였다.

어두운 앞쪽에서 훌쩍 나타나 아귀 야마다에게 부딪친 무사가 있었다.

"어떤 놈이냐!"

야마다가 소리를 질렀다.

"이것 참 미안하오."

검은 그림자가 사과를 하고 지나가려는 것을 야마다가 다시 불러 세웠다.

"이름을 대! 나는 아귀 야마다. 상급 무사를 받아놓고 이름도 대지 않는 것은 무례하지 않은가!"

상대는 말이 없었다. 그 모양을 쏘아보고 있던 야마다는 사뭇 업신여기는 투로 말했다.

"네놈은 졸개놈이로군."

그는 취해 있었다. 게다가 하급 무사의 무례에 대해서는 같은 무사라도 상급 무사는 이를 죽여도 좋다는 차별법이 도사 번에 있었다.

아귀 야마다는 칼을 뽑았다.

아귀 야마다와 부딪친 하급 무사(향사)는 료마도 잘 아는 사람이었다.

나카히라 추이치로(中平忠一郎)라는 젊은 향사였다. 형편없는 바람둥이로 남색에 미쳐 우가(宇賀)라는 미소년을 사랑하고 있었다.

이날 밤에도 우가와 손을 맞잡고 둑을 산책하고 있었던 것이다. 축제날 밤이니까 어둠조차도 마음을 설레게 했다. 말하자면 밀회를 즐기고 있었던 것이다. 될 수 있으면 이름도 대지 않고 일을 시끄럽게 하고 싶지 않았다. 그러나 '졸개놈' 욕설을 듣자 그만 나카히라도 발끈했다.

도사 무사들은 하급 무사들이 훨씬 사납다. 더욱이 미소년 앞에서 체통을 세워야 했다.

나카히라는 훌쩍 뒤로 물러났다.

"야, 야마다님, 무사를 정면으로 모욕하고도 그냥 끝날 것 같소?"

"뭣이, 졸개 주제에."

아귀 야마다는 바짝바짝 앞으로 밀고 나왔다. 검술에 있어서는 상급 무사 가운데서 손꼽히는 솜씨다. 게다가 어쩔 수 없는 계급적인 교만이 있었다.

칼을 상단으로 올렸다.

나카히라는 할 수 없이 하단으로 겨눴다. 하단이라는 겨냥은 거의 방어 태세여서 웬만큼 솜씨에 자신이 없으면 공격으로 나서기가 힘드는 자세였다. 그는 그것을 모른다.

야마다는 더욱 앞으로 밀고 나갔다.

나카히라는 물러난다.

이젠 됐다, 고 야마다는 판단한 모양이다.

"야아!"

처절한 기합 소리. 소리에 끌려 나카히라는 얼결에 날밑을 얼굴 위로 올리면서 몸통을 드러내고 말았다.

그 몸통을 아귀 야마다가 두 동강 내버렸다. 지옥의 소리와도 같은 비명을 지르며 나카히라는 털썩 쓰러졌다.

아귀 야마다는 천천히 목을 찌른 다음 손을 시체의 코에 갖다 대어 숨이 끊어진 것을 확인하고 나자 동행인 떠버리 한자이를 불렀다.

"해치웠다. 겁내지 말고 나오너라."

"예, 예."

한자이는 멀리서 벌벌 떨고 있었다.

"이 녀석, 상판이나 봐 두어야겠다. 저기 절에 가서 불 좀 빌려오너라. 빨리 가라."

"예!"

한자이는 달려갔다.

아귀 야마다는 그를 기다리고 있었다.

그동안—

그 미소년은 급변을 알리기 위해 나카히라의 집으로 달려갔다. 남색가에게는 이케다 도라노신(池田寅之進)이라는 친형이 있었다.
 이자는 칼을 쓸 줄 알았다. 료마와는 옛날 히네야 도장에서 같이 배운 사이였다.
 도라노신은 두 자 일곱 치의 큰 칼을 들고 나와 칼집은 문 앞에 뽑아 버리고 현장으로 달려갔다.
 그때, 야마다는 흙다리 목에서 둑을 내려가 개울에서 손을 씻고 있었다. 그리고 입안을 가시려고 두 손을 내밀어 물을 뜨는 순간, 이케다 도라노신이 달려 내려왔다.
 "원수!"
 대뜸 등을 내려쳤다.
 칼을 맞고 나서도 야마다는 풀을 붙들고 둑으로 달려 올라가 노상에서 칼을 뽑아 들었다. 그러나 첫 칼질로 타격이 컸던지 발이 허공에서 춤추듯 했다.

 도라노신은 계속 쳐들어가며 야마다에게 움직일 틈을 주지 않는다.
 결투는 결국 처음 일격의 승부이다. 아귀 야마다가 아무리 검술이 뛰어나도 등 뒤의 상처에서는 시시각각 생명이 빠져나가고 있었다.
 야마다가 움직일 때마다 피가 날았다. 이윽고 마지막 힘을 다해
 "졸개놈!"
 소리치며 상단에서 쓰러질 듯이 내리쳤을 때, 이케다 도라노신은 중단에서 밀어 올리며 손목을 치고, 다시 칼을 쳐들고 뛰어들면서 야마다의 얼굴 위를 힘껏 내리쳤다. 그리고 다시 한 발 내디뎠을 때 야마다는 이미 시체가 되어 있었다.
 이런 판에 아무것도 모르는 떠버리 한자이가 초롱을 들고 달려왔다.

"야마다님, 초롱을 빌려 왔습니다."

등불을 내밀었다. 불빛으로 그 자리에 서 있는 사람을 보니 아귀 야마다가 아니었다.

"으악!"

도망치려 하자 이케다 도라노신은 금방 사람을 죽인 뒤라 몹시 흥분해 있었다.

"한자이, 이놈, 너도 원수와 한패구나."

그는 한 손으로 칼을 내리쳐 한자이의 가는 목을 날렸다. 한자이의 몸뚱이는 초롱을 든 채 몇 걸음 비틀거리다가 털썩 쓰러졌다.

이튿날 성 아랫거리는 일대 소동이 벌어졌다.

아침이 되자 소문을 들은 성 안팎의 하급 무사들이 속속 사카모토 료마의 집으로 모여 들었다.

료마는 객실에 앉아서 일일이 하급 무사들을 응대하고 있었다.

"흠, 흠."

연방 고개만 끄덕일 뿐, 일체 그 사건에 대해서는 논평이 없었다.

그런데 오후가 되자 성질 사나운 하급 무사들이 뛰어들면서 흥분해서 외쳤다.

"사카모토, 드디어 싸움이다."

"왜 그래?"

"상급 무사 패들이 죽은 야마다 집에 집결해서 이케다 도라노신의 집을 습격하려고 한다네. 곧 이케다의 집으로 와 주게. 총대장인 자네가 그렇게 히죽히죽 웃고만 있으면 하급 무사들이 뭉쳐지지 않는다."

"곧 가지."

료마는 일어섰다.

료마는 집을 나오자 만일을 위해서 에이후쿠사 문 앞 현장에 가 보았다.

"여긴가."

현장에는 야마다의 시체도, 나카히라의 시체도, 떠버리 한자이의 시체도 벌써 치워 버리고 보이지 않았으나 흙다리에서 길 위에까지 많은 피가 흘러 있었다.

한 시간 남짓한 사이에 세 명의 피를 빨아먹은 땅이었다.

풀까지 피로 젖어 있었다.

료마는 이케다 도라노신의 집에 들어갔다. 벌써 집 안에는 향사, 낭사 등 하급 무사들이 가득 모여 있었다.

료마가 들어서자 환성을 질렀다.

"자네가 총대장이야. 부탁하네."

"우선 좀 조용히들 해라."

"흥분을 하지 않을 수가 있나?"

칼을 살피는 자, 창을 들고 달려오는 자, 고물상에서 전복(戰服)을 빌려오는 자 등 마치 전쟁 준비 같았다.

무리도 아니었다.

여기서 서쪽으로 3마장 저편에 '적의 본진'이 있는 것이다.

이케다의 형을 죽이고 그 자리에서 이케다에게 맞아죽은 아귀 야마다의 저택에도 이 집과 마찬가지로 상급 무사들이 모여 있는 것이다.

하급 무사들이 이웃집 상인을 보내 정찰해 본 결과 상급 무사편의 흥분은 이쪽보다 더하다고 한다.

―서른 명가량의 무사들이 살기를 띠고 몰려들어 세 칸짜리 장창, 수창, 두터운 방화복(防火服) 등을 갖추고 언제 밀어닥칠는지 모르는 형세라는 것이다.

"아하하하!"

료마 옆에서 몇 사람이 입을 크게 벌리고 통쾌한 듯이 웃고 있다.

"모두 조용히들 해라. 떠들지 마라."

료마가 소리쳤으나 듣지 않았다.

"이로써 우리 도사 번도 두 동강이다."

그것이 기쁜 모양이었다.

"두 동강이!"

"두 동강이!"

"아하하하하, 두 동강이!"

저마다 외치고 있다. 상급 무사와 하급 무사들이 갈라져서 가신끼리 전쟁이 시작된다는 것이 하급 무사에게는 통렬한 자극인 것이다. 3백 영주 가운데 도사 번처럼 복잡한 사정을 안고 있는 번은 없다.

"못 참겠다, 못 참아!"

소리를 지르면서 뜰로 내려가 창을 잡고 허공을 찌르는 자도 있었고, 칼을 쑥 뽑아들고 외치기도 했다.

"두고 보아라, 세키가하라의 조상의 원한을 풀어 주는 거다. 이 칼은 우리 10대조 할아버지께서 조소카베(長曾我部)님을 따라 참전했을 때의 바로 그 칼이야."

세키가하라 때에 지금 영주인 야마노우치 집안은 도쿠가와 편이었다. 향사들 선조의 주군인 도사의 옛 주인 조소카베 모리치카는 서군(西軍)으로 도사군 4천을 거느리고 참가했다.

서군은 졌다. 그로써 조소카베 집안은 멸망하고 말았다.

허나 그 유신들은 야마노우치 집안으로부터 탄압, 멸시를 받으면서도 도사 7군의 산과 들에서 여지껏 살아 왔다. 이들이 료마들의 도사 향사인 것이다.

그 묵은 감정이 어쩌다가 이 사건으로 폭발한 것이다.

이윽고 상급 무사 측에서도 하급 무사 수령에 료마가 추대되었다는 소식을 듣고 칼에 능한 자를 찾기 시작했다.

그리하여 상급 무사들은 료마와 겨룰 만한 검객으로 무가이류(無外流)의 인가를 얻은 도가지 겐조(戶梶源藏)를 선발하고, 그가 선봉이 되어 쳐들어온다는 소문이 하급 무사 측에 들려왔다.

"료마, 그렇다는 이야기다."

하급 무사 중에서 나이가 많은 이케 구라타(池內藏太)가 말했다.

"그래?"

료마는 벌써 봉당에 내려서서 짚신을 신고 있었다. 일동이 놀라 물었다.

"자네 어딜 가나? 쳐들어가는 건 자네 혼자 안 시킬 테다."

"아니 잠깐 일을 보려고……."

문을 나서니 바깥은 어두웠다.

료마는 안면이 있는 상인 집에서 초롱을 하나 빌려 도랑을 따라 걸어갔다. 바람이 훈훈하다.

야마다의 저택은 그 도랑가에 있는데 가문이 찍힌 긴 초롱이 문 밖에 걸려 있고 상급 무사와 그 하인들이 부산하게 드나들고 있었다.

료마는 문 앞에서 오줌을 갈긴 다음 문안으로 들어갔다.

"누구시오?"

등 뒤에서 누군가가 물었다. 그러나 그때는 이미 료마의 그림자는 현관 디딤돌 앞에 서 있었다.

옆에 녹나무가 있었다. 여의치 않으면 이것을 방패삼아 한바탕 싸우는 것도 재미있겠는데, 하고 료마는 생각하고 있다.

그런데, 여기까지 오기는 했으나 오기까지 료마에게는 별달리 깊은 궁리는 없었다. 궁리는 적인 상급 무사들에게 맡겨 버리자는 생각이었다. 이것이 료마가 늘 하는 버릇이다.

"성 아래 혼초 일가의 향사, 사카모토 곤페이의 동생 료마요. 복잡하신 중에 죄송하오. 아무도 계시지 않습니까?"

"뭐, 료마?"

문에서, 현관에서, 뜰 안에서, 상사들이 칼을 들고 달려왔다.

"초롱, 햇불!"

누군가가 소리 질렀다.

"등을 현관에 모으라. 혼초의 료마놈이 단신 쳐들어왔다."

"떠들지 마십시오."

료마가 말했으나 온갖 아우성 소리에 들리지도 않았다.

상급 무사들은 공포를 느낀 것 같다. 료마의 영상이 괴물처럼 거대하게 비쳤던 모양이다.

두서넛이 겁에 질린 나머지 칼을 뽑았다.

그러면서도 아무도 접근하지 않는다.

"네 이놈!"

목쉰 소리가 한 걸음 앞으로 나섰다. 이 사나이만이 침착했다.

"하급 무사 놈이!"

그 사나이는 그렇게 말했다.

"분수도 모르고 안내도 청하지 않은 채, 상급 무사 저택에 함부로 들어오다니 무례하지 않은가. 아니면 무례인 줄 알고서도 왔는가."

'알고 있다'고 하면 변의에 따라 죽일 수 있는 것이다. 그래서 이 사나이는 다짐을 놓았다. 처음부터 료마를 베어 버릴 셈이었다.

"댁은 뉘시오?"

"도가지 겐조다."

침착하다. 과연 죽은 야마다와 더불어 상급 무사 중에서는 서로 앞을 다투는 검객이라는 말을 들을 만했다.

"아, 당신이오? 이름 높은 도가지 겐조라는 분이?"
료마는 근시안이라 허리를 구부리고 짓궂을 정도로 상대를 훑어보며 물었다.
"정말 하실 셈입니까?"
"뭐라구?"
"점잖지도 못하게……."
료마는 잠시 사이를 둔 다음 말했다.
"내가 여기서 죽으면 온 고을의 2백 명 향사, 낭인들이 칼을 들고 일어날 것이오. 번사들끼리 피투성이가 되어 마주 싸운다면 얻는 것은 야마노우치 24만 섬의 멸망뿐이오."
그런 다음 더욱 큰 소리로 말했다.
"그렇지 않소, 가케가와(掛川)패 여러분."
가케가와패라는 것은 상급 무사의 선조가 번의 조상 야마노우치 가즈토요(山內一豊)를 따라 옛 땅 엔슈(遠州) 가케가와(掛川)에서 건너와 도사를 지배했기 때문에 그렇게 부른다. 그들을 가케가와패라고 한다면, 료마들은 조소카베 패들이다. 이 밖에 상급 무사를 야마노우치 무사라고 하고 향사를 도사 무사라고도 부른다.
"무, 무례한 놈!"
"무슨 무례란 말이오. 당연한 이치를 말하는 건데, 무엇이 나쁘오. 지금 천하는……."
느닷없이 료마는 허리의 칼을 쏙 뽑았다.
으악, 기겁을 하고 그들은 뒤로 물러섰다.
"지금 천하는 이처럼……."
뽑은 칼을 허공에 휘두르면서 말했다.

"흔들리고 있소."

료마는 다시 칼을 거둔 다음 다시 의논조로 말했다.

"그런데 우리 도사 번에서는 상급 무사니 하급 무사니 하고 서로 싸우고 있소. 만일 가쓰라하마에 미국 배가 밀어닥치면 어떻게 하시겠소. 그럴 때도 우리끼리 싸움을 하시겠소?"

"우리끼리?"

누군가가 비웃었다.

"하급 무사 주제에 우리를 보고 우리끼리라니 무슨 무례한 말버릇이냐. 우리가 인정상 말해주는 것은 좋다. 그러나 하급 무사 쪽에서 우리끼리라는 말을 하는 것은 건방진 수작이다. 번법을 혼란케 하는 불온한 생각이야. 상하의 질서를 정한 번법을 혼란케 하는 것은 반역자. 당장에 반역자로 처단하겠다, 알겠나?"

웃을 일이 아니다.

료마는 이 자리에서 반역자가 되고 말았다.

이것이 도사 번의 풍토였다. 하급 무사가 상급 무사에게 '우리끼리'라는 말을 한 것만으로도 건방지다, 반역이다, 등 기묘한 논리가 성립되어 즉석에서 무례자로 몰려 죽어도 상급 무사에게는 허물이 없는 고장인 것이다.

'시시한 번이로군.'

넓은 에도나 교토, 오사카를 보고 온 료마로서는 자기 고향이면서도 온몸의 피가 식을 만큼 어리석은 번이고 냉정한 고장이었다.

물론 도사 자체가 냉정한 것이 아니라, 3백 년 동안 고치 고을에 계속 진주(進駐)하고 있는 야마노우치 무사의 어리석은 점령 의식이 하급 무사에게는 그렇게 느껴지는 것이다.

마침내 칼을 뽑았다.

도가지 겐조는 하단으로 겨누었다.
동시에 현관 앞에서 료마를 둘러싸고 있던 십여 명의 상급 무사들이, 겐조가 칼을 뽑는 것을 보자 모두 쓱쓱 칼을 뽑아들었다.
"가케가와패 여러분!"
료마는 살며시 녹나무 둥치에 어깨를 기대면서 말했다.
"벌써 하실 거요? 좀더 문답을 한 다음, 죽이든지 죽든지 하는 게 어떻겠소?"
"이 녀석!"
도가지 겐조는 훌쩍 달려들었다. 동시에 칼을 상단으로 치켜들어 허공에서 오른손을 크게 휘두르더니 료마의 옆얼굴을 쳐들어왔다.
료마는 슬쩍 녹나무 뒤에 숨었다.
겐조의 칼이 푹 나무둥치에 박혔다.
"달아났다!"
누군가가 소리쳤다.
'무슨 소리야.'
다시 나무 뒤에서 나타난 료마는 재빨리 도가지 겐조의 오른손목을 내리쳤다. 칼등으로 친 것이지만 도가지의 뼈가 울렸다. 댕그랑, 하고 칼을 떨구어 버렸다.
료마는 이미 문 옆으로 물러나 있었다. 너무나 격차가 심한 솜씨였다.
"더 이상 못하겠소, 의논을 말이오."
료마는 칼을 거두었다. 그대로 팔을 흔들며 문으로 나갔다. 아무도 쫓는 자가 없다. 료마의 등에 붙은 도라지꽃 문장만이 그들의 눈에는 따갑도록 뚜렷했다.
그 길로 하급 무사의 본거지인 이케다 도라노신의 집으로 돌아왔다. 그런데 그 사이에 큰 소동이 있었다.

"료마, 금방 이케다 도라노신이 배를 갈랐다."

"뭣이!"

료마는 울부짖었다.

"어째서 말리지 않았느냐?"

"그럴 사이도 없었어. 느닷없이 검으로 찔렀으니까."

안방에 달려가자, 과연 이케다 도라노신은 등을 구부리고 칼을 껴안듯이 하며 고꾸라져 있었다. 괴로운 모양이다.

"부탁이다, 목을 쳐 주게."

이케다 도라노신은 꺼져 가는 소리로 말했다.

허나 모두가 너무도 순간적인 일이어서 아우성만 칠 뿐 목을 쳐주려는 자가 없었다.

그뿐 아니라 의사를 부르러 달려가는 자도 있었다. 목숨을 살려주고 싶었던 것이다. 이케 구라타는 이케다를 끌어안고 울부짖었다.

"너, 왜 배를 갈랐나, 그럴 것까지는 없는데."

그러면서 칼을 뽑으려 들었다.

무리도 아니었다.

이케다 도라노신은 동생의 원수를 그 현장에서 갚은 용사였기 때문이다.

다른 번이라면 무사의 귀감이라고 그 용맹에 칭찬을 보내기는 할망정 죄는 되지 않는다.

하나 도사 번에서는 상급 무사를 쳤다는 것은 번의 질서를 문란케 하는 대죄였다.

그뿐 아니었다.

상급 무사들이 한집에 모여 하급 무사들에게 '이케다를 내어 놓으라'고 하면서 사형(私刑)을 가하려 하고 있었다. 그것을 번의 대감찰 이하 감찰기관이 알고도 모르는 체하고 있는 것이다.

이케다 도라노신은 자기 때문에 동료 하급 무사들이 해를 입을 것을 두려워하여 얼결에 배에 칼을 꽂은 것이라고 한다.

료마는 모든 것을 짐작할 수 있었다.

"구라타, 비켜라."

조용히 말했다.

"목을 날려 주게나."

료마는 역시 가라앉은 목소리로 말했다.

"료마, 자네는 대관절!"

이케 구라타는 울던 얼굴을 쳐들었다.

"이런 용사를 그냥 죽인단 말인가. 다른 번이라면 영예롭게 원수를 갚은 용사야. 아라키 마타에몬(荒木又右衞門), 호리베 야스베(堀部安兵衞)와 비교할 수도 있는 용사란 말일세."

"구라타, 착각하지 말게. 여기는 도사 번이야."

"흑, 흑."

구라타는 이케다 도라노신의 상처를 두 손바닥으로 누르면서 쥐어짜는 듯한 소리로 울기 시작했다.

"구라타, 자네는 무사의 정이 없느냐. 용사를 이 이상 괴롭힌단 말인가?"

"알겠네."

구라타는 일어났다. 칼을 뽑아들고 앞으로 몸을 구부리며 말했다.

"이봐, 이케다. 이케 구라타가 목을 날려 주겠네."

"고맙네."

이케다 도라노신은 괴로운 듯이 말했다. 그러나 구라타는 다시 입을 열었다.

"자네는 그 자리에서 동생의 원수를 갚아 무사의 명예를 떨친 용사일세. 도사 번이 아니라면 두고두고 이야기가 전해질 무사의 명예야. 상급 무사에 대한 원한은 내가 갚아 줌세. 기꺼이 성불하게나."
"오오, 물론……."
"그럼."
목이 앞으로 떨어졌다.
구라타는 예법대로 목을 료마 쪽으로 놓았다.
"분명!"
료마는 말하고 칼끈을 풀어 그것을 피에 적셨다.
'이케다, 자네의 일을 잊지 않으리라.'
그런 마음으로 그렇게 했다. 모두가 료마의 의중을 알았는지 칼끈을 풀었다.
홍건히 이케다의 피로 적셨다. 적시면서 이케 구라타는 또다시 소리를 내어 울었다.
"이케다!"
구라타의 얼굴이 눈물과 피로 마귀 같은 형상이 되어 있었다.
"우리 도사 번의 향사에게는 번은 없다고 작정해 버렸어. 이따위 썩어 빠진 번은 없는 편이 좋아. 언젠가 천하에 변이 일어나도 번을 위해 일어서지는 않겠어. 교토의 천황에게 달려갈 테다."
이케 구라타는 다케치 한페이타의 근왕론에 심취하고 있는 자였다.
이케 구라타뿐만이 아니라 그 자리에 있는 모든 향사들도 똑같은 맹세를 마음속에 다짐했다.
료마는 문을 나섰다.
머리 위에 가득히 별이 반짝이고 있었다.
'언젠가 도사에게 큰일이 벌어지고 말겠군.'

발이 다케치의 저택으로 향했다. 이런 때에 언제나 다케치와 담론하는 것이 버릇이 되어 있었다.

그러나 곧 생각이 났다. 다케치는 요 며칠 검술심의라는 명목으로 외지에 나가고 성 아랫거리에는 없었다.

이때 료마의 나이 스물다섯. 안세이 6년.

이해는 여러 가지 일이 있었으나 료마는 독서로 해를 보냈다.

해가 다시 바뀌어서 만엔(萬延) 원년, 료마 스물여섯 살.

료마에게는 자극이 적은 나날이 계속되고 있었다.

그러나 한가한 것이 싫어서 독서에 싫증이 나면 다케치 한페이타를 찾기도 하고, 성 아랫거리 향사들에게 검술을 가르쳐 주기도 하고, 또 걸핏하면 며칠씩이나 집에서 자취를 감추기도 했다.

"또 산속이나 헤매고 있을 테지."

형 곤페이도 마음을 쓰지 않았다. 사실 며칠씩 지나 돌아올 때면 큼직한 참마 따위를 여남은 개씩이나 들고 오기도 했다.

유모 오야베 할멈이 참마를 좋아하는 것을 료마는 알고 있었다.

그것을 던져 주면 료마를 끌어안은 듯이 말하는 것이었다.

"아이구, 도련님 고맙게도……."

겐 할아범도 이것을 좋아했기 때문에 료마는 겐 할아범 방에도 참마 한 개와 술병을 밀어 넣어 주었다.

할아범은 이것을 생으로 깎아 마늘하고 같이 씹으면서 소주를 마신다. 술맛이 퍽 달라지는 모양이었다.

나머지 몇 개를 들고 반나절이나 시골길을 걸어 오토메 누님 집으로 간다.

이날도 그랬다.

그러나 공교롭게도 오토메 누님이 몹시 화가 나 있었다.

료마는 안내를 청하지도 않고 성큼성큼 집 안으로 들어가 부엌으로 갔다.

뒤뜰에도 가 보았다. 넓은 집 안에는 전혀 인기척이 없는 게 텅 비어 있었다.

마지막으로 부처를 모신 방을 열었다.

그곳에 있었다.

한데 힐끗 료마를 쳐다볼 뿐, 오토메 누님은 생각에 잠겨 있었다.

소문난 큰 여자이면서도 무릎 위에 가지런히 놓인 손이 동생의 눈에도 놀랄 만큼 예쁘다.

"왜, 화가 났나요?"

료마는 목을 움츠렸다.

"누님, 내게 화를 내봤자 별수 없잖아요? 그렇지만 불만이 있으면 얘기를 해 봐요."

"네게 화난 건 아니야."

"그럼 누구에게 화를 내고 있는 거요?"

"애들은 모르는 일이야."

"스물여섯 살이나 된걸요."

"마누라가 없는 사람에겐 말해도 몰라."

'흠, 부부싸움이로군.'

그렇게 짐작은 했으나, 오토메 누님에게도 그럴 때가 있는가 싶어 료마는 은근히 놀랐다.

"누님은 아기가 없어서 언제나 젊기 때문에 그래서 싸우는 거요."

"실없는 소리 마라. 아기가 생겼기 때문에 떠들고 있는 거야."

"거, 잘됐지 뭡니까."

"잘됐다구? 내 자식도 아닌데."

"그러면……."

"신스케님은 저래 봬도 굉장한 난봉꾼이야. 하녀에게 손을 댔단 말이야."

료마는 슬금슬금 장지문 쪽으로 물러앉기 시작했다. 그런 이야기는 질색이었다.

"료마, 왜 그러지?"

"도망가겠어요."

복도 저편에서 자형인 오카노우에 신스케가 풀죽은 얼굴로 다가왔다.

자형인 신스케는 료마의 모습을 보자 자그만 얼굴을 웃음으로 일그러뜨리면서 좋아했다. 지옥에서 부처라도 만난 것 같은 얼굴이다.

"료마."

복도로 불러내더니 나지막한 소리로 말했다.

"들었나, 들었어?"

본인은 심각했으나 이 자형은 어딘지 모르게 우스운 구석이 있다.

"여편네가 화가 나서 굉장한 소동이야. 자네는 좋아하는 동생이니까 제발 좀 잘 달래 주게나."

"형님, 아기는 사내요?"

"공교롭게도 사내야."

"무게는?"

"그게 또 공교롭게도 한 관 가까이나 돼."

"생김새는요?"

"그게 말이지, 또 공교롭게도 그 여자와 똑같아. 구슬처럼 예쁘지. 야단났다."

"저런! 그래요? 그렇다면……."

료마는 오토메 누님에게 들리라고 큰 소리로 말했다.

"승부는 났구먼. 그 여자에게 오토메 누님이 졌어요. 아들은 하늘이 낳은 거요. 설마 형님도 좋아서 낳은 것은 아닐 테지요?"
"그럼, 그럼. 낳으려고 해도 낳을 수야 없지. 하기야 여자는 좋아서 안았지만 말일세."
"그렇다면 그 좋아한 만큼만 오토메 누님에게 매를 맞으시죠. 그 뒷일은 모르겠소."
료마가 복도를 빠져나가려고 하자 오토메는 드르륵 장지문을 열고 신스케를 노려보았다.
"난봉꾼!"
오토메는 호색한이 제일 싫다.
"부정하니까 이 집에 들어오지 못한다고 그렇게 말씀드렸는데 또 돌아왔나요?"
"수문장님, 용서해 줘요."
"안 돼요!"
오토메는 신스케의 목덜미를 낚아채더니 마당 끝에 훌쩍 내던져 버렸다. 여전히 여자로서는 아까운 완력이다.
'이러니 신스케 형님이 딴 여자를 만들 수밖에······.'
이런 생각을 하면서 오토메 누님을 말리려 들었다.
"에잇, 비켜라, 료마."
"못 비켜요. 그것으로 그만 용서해 주시죠."
"료마, 말 듣지 않을 테야. 그렇다면 너도 용서하지 못해."
"형님의 부탁을 받았어요. 그럼 누님하고 한번 씨름이라도 해서 내가 이기면 용서해 주시겠소?"
"뭐라구?"
오토메 누님은 와락 달려들었다. 바로 마루 위에서 말이다.
료마는 간신히 마루 끝에 버디디고 서서 열여덟 관이나 되는 오토메 누님의 허리를 잡아 천천히 들어올렸다. 오토메는 두 다리를 버둥거렸다.

"료마, 료마!"

힘깨나 쓴다는 오토메도 견디다 못해 소리를 질렀다.

그때, 문 앞에서 말굽 소리가 멎더니 뜰 앞에 행장을 갖춘 무사가 달려 들어왔다.

"료마, 큰일났다!"

무사는 다케치 한페이타였다.

훤칠하고 의젓한 체격에 승마용 하오리, 하카마를 차려입고 해맑은 얼굴에 새파란 면도 자국을 보이면서 미소를 짓고 있었다.

―큰일.

이렇게 말한 폭으로는 그 웃는 얼굴이 너무나 밝다.

"뭐야? 자네 그런 행색으로?"

"이거 말이야?"

다케치는 채찍으로 하카마를 툭툭 치면서 말한다.

"에도로 가네."

"갑자기 그게 무슨 소린가?"

"좋은 소식이야. 아마 천하를 근심하는 자들은 모두 야단일걸세."

"보기 드문 일이군."

"뭐가?"

"자네가 그렇게 흥분한 것 말일세."

"아하하, 이걸 기뻐하지 않을 수야 있나."

이런 말을 하고 나서, 다케치는 보기가 민망하여 아까부터 참고 있던 집 안의 이상한 광경으로 서서히 눈을 옮겼다.

거기에 오토메 누님이 있었다.

료마가 마루에서 떨어뜨려 엉덩방아를 찧었는데, 그제야 옷자락을 털며 일어섰다.
오토메가 내던진 남편 신스케도 간신히 일어났다.
"이건 정말 활발하신 부부시군요."
한페이타는 대단히 정중하게 인사를 했다.
오토메 누님은 얼굴이 새빨개졌다. 오토메는 한페이타와 비슷한 또래지만, 옛날 남몰래 사모하고 있었던 것 같다는 이야기를 료마는 유모로부터 들은 적이 있다.
"저어……."
오토메는 그렇게 말했을 뿐, 인사도 제대로 못하고 마루로 뛰어 올라가 장지문 뒤에 숨어 버렸다.
료마는 콧속으로 '크긍 크긍' 야릇한 웃음소리를 내며 생각했다.
'부끄러워하는군.'
어쩌면 한페이타 같은 위장부를 오토메가 이상적인 남성으로 생각했다면, 신스케로서는 부족할 수밖에 없겠구나, 료마는 생각했다.
그렇게 생각하고 보니 오토메의 모습은 우스꽝스럽기도 했지만 가엾기도 했다.
신스케도 침착성을 잃은 몰골로 료마와 한페이타의 얼굴을 번갈아 보고 있더니 잠시 뒤 어디론가 사라지고 말았다.
그 여자의 집으로 갔는지도 모른다.
"우선 앉게나."
료마는 자기가 먼저 마루에 걸터앉았다.
"큰일이라니 무엇인가?"
"최고 집정관 나오스케가 에도 사쿠라다 문 밖에서 미도, 사쓰마의 우국 열사들에게 살해되었어."
"뭣!"

있을 수 없는 일이다.

일본 사상 최대 최강의 권력 총본산인 도쿠가와 막부의 총지배인이, 더구나 35만 섬의 격식에 맞추어 행렬을 짓고 갔을 터인데 백주에 지요다 성(千代田城) 문 밖에서 살해되다니.

'이건 굉장한 세상이 되겠는걸.'

료마는 피가 역류하여 현기증이 날 것 같은 충격이었다. 평생 동안 이처럼 피가 끓은 순간은 없었다.

"그, 그게 정말인가?"

료마는 한페이타의 손을 덥석 잡았다.

"거짓말이 아냐. 보라구, 내 이빨을."

한페이타는 입을 벌렸다. 입안의 살이 찢어져 이에 피가 묻어 있었다.

"이리로 오면서도 그 일을 생각하니 피가 끓어올라 말 위에서 혼자 이를 깨물었다네."

"세상이 뒤집힐 거야."

막부의 수반이 이름도 없는 낭인들 손에 죽은 것이다. 이것은 선례가 될 것이다. 료마는 그렇게 보았다. 앞으로 속론(俗論), 연론(軟論)을 갖는 막부 각료, 각 번의 번청(藩廳) 요인(要人)은 차례차례 죽임을 당하게 될 것이다.

"이로써 초야(草野)에 묻힌 정기가 햇빛을 보게 됐어. 미도와 사쓰마 패들은 한 자루 칼로 천하를 바로잡을 거야. 우리 도사 무사도 어물어물할 때가 아냐."

"음!"

"우리 영주도 기뻐하시겠지."

그럴 것이다.

영주 야마노우치 도요시게는 막부를 위해 미도 도쿠가와 집안에서 장군 후사(後嗣)를 내려고 공작했기 때문에, 미도를 싫어하는 이이의 미움을 사고 은퇴를 강요당해 지금 요도(容堂)라는 이름으로 번정(藩政)에서 손을 떼고 있다. 말하자면 안세이 대옥(大獄) 사건의 바람을 맞은 것이었다.

"물론!"

고을에서 천황주의자라는 별명으로 불리는 다케치는 엄숙한 얼굴로 말했다.

"조정에서도 기뻐하고 계실 거야. 그래서 나는."

다케치는 목소리를 낮추어, 검술 심의라는 명목으로 에도로 간다는 것이다.

"왜 에도로 가나?"

"에도에는 사쓰마, 조슈, 미도의 쟁쟁한 젊은 패들이 모여 있네. 그들의 동정을 살피고 우리 도사 젊은이가 앞으로 나아갈 방향을 가늠해야 하네. 경우에 따라서는……."

"음?"

"사쓰마, 조슈, 도사 등 시코쿠(四國) 3개 번의 연합체를 만들어 천황을 떠받들고 막부를 제압해 볼 생각이네. 그렇지 않으면 지금의 외환에서 일본을 구출해 낼 길이 없어."

"그렇게 하라구!"

료마는 크게 고개를 끄덕였다.

그러나 그렇게 말은 하면서도, 다케치나 료마는 정말 그런 엉뚱한 몽상이 성공할지 실패할지, 강력한 막부 체제 아래 있는 지금으로서는 결국 꿈이 아닐까, 허전한 생각도 아울러 품고 있었다.

"그런데 내가 자네를 찾아온 것은 내가 없는 동안에 우리 학당에 모인 젊은이들을 돌봐 달라는 부탁 때문이야."

"알았어."

"또 한 가지, 도사 7개 군의 초야에는 3백 명의 향사, 지하 낭인들이 있네. 이들을 한 덩이로 묶어 달라는 것일세."

"음."

"상급 무사들은 대대로 물려받는 녹에 안주하고 있어 더불어 대사를 논할 자가 못 되네. 앞으로 시대의 험한 풍운을 견디어내며 목숨을 아끼지 않고 일할 수 있는 것은 우리 하급 무사의 자손들뿐이야."

그리고 잠시 잡담을 나누다가 다케치는 기울어지는 저녁 햇살을 보고 황급히 일어나 한마디를 남기고 말을 달려 가 버렸다.

"부탁하네!"

다케치의 부재중, 혼초 일가의 사카모토 저택은 도사 7개 군 젊은 이들의 집회소로 변했다.

이케다 도라노신 사건이 있은 뒤로 하급 무사들은 더욱 동지적인 유대가 굳어졌다.

그들에게는 '상급 무사 따위 도대체 뭐냐!' 기개가 넘치고 있었다. 3백 년 동안의 압제가 불을 내뿜고 있는 것이다.

게다가 에도의 사쿠라다 문 밖에서 일어난 최고 집정관 암살 사건은 도사 7군의 시골 무사들에게 미묘한 영향을 주고 있었다.

―허, 그런 정도인가, 막부라는 것이.

이런 경멸감을 그들에게 안겨 주었다. 그들의 대화 속에 쓰이는 말까지도 변했다. 지금까지 막부를 '대공의(大公儀)'라고 부르던 것을, 단순히 '막부'라고만 부르게 되었다. 말에는 의식이 따른다. 그 의식 속에 3백 년의 관습을 깨는 그 무엇인가가 움트고 있었다. 또 막부 각료에 대해서 지금까지는 '집정관님'이라고 경칭하고 있었으나, 사쿠라다 문 앞의 사변 뒤로는 다만 '집정관'이라고 불렀다. 장군에 대해서도 '대수(大樹)'라는 존칭을 붙이지 않고 장군이라고만 불렀다.

그렇게까지 변했다.

도사 번뿐이 아니었다. 사쓰마, 조슈, 시코쿠 등 여러 번의 가신들은 사쿠라다 문 사변 이후 그들 자신은 깨닫지 못했으나, 마음속에서 미묘한 변화를 일으키기 시작했다.

그때까지 막부로부터 받던 중압감은 갑자기 흐려지고

—뭐야, 너절한 무대 장치였구나.

이런 느낌을 짙게 해 주었다.

이해부터 3년 뒤, 조슈의 다카스기 신사쿠(高杉晋作)는 교토에서 장군의 행렬을 허리춤에 손을 찌른 채 구경하면서, 마치 연극배우에게 말을 걸듯이 큰 소리로 놀려댔다.

—여어, 정이대장군(征夷大將軍).

이 말을 들은 호위 무사들은 분해서 눈물을 머금었다고 한다.

메이지 유신은 이미 사쿠라다 문 사건에서 시작되었다고 할 수 있고, 또 이 사건이 없었더라면 유신은 몇 년 늦었을는지도, 아니면 전혀 다른 형태의 것이 되었을는지도 모른다.

그러나 같은 영향이라도 도사 번의 경우는 사쓰마, 조슈의 무사와는 다른 점이 있었다. 도사 번의 경우 영주, 중신, 상급 무사는 아무 영향도 받지 않았고, 과민했던 것은 하급 무사였다.

더구나 그 하급 무사들은 막부를 모욕하는 것과 마찬가지로, 번 자체를 가벼이 여기고 모욕적인 태도를 보이기 시작했다.

벚꽃 계절도 지났을 무렵, 도사와 이요(伊豫) 국경의 산간, 다치가와(立川) 어귀에 들어선, 눈매가 날카로운 무사 두 사람이 있었다.

도사는 사쓰마 정도는 아니었으나 그래도 타향인 출입에 대해서 꽤 까다로웠다.

"여보시오!"

촌장의 부하가 발견하고 소리를 질렀다. 이곳에는 검문소가 없고 촌장이 출입 관리 책임을 지고 있었다.

"무사님은 어디 계신 분이며 어디로 가시는지요?"

"나는 미도 번사 스미야 도라노스케(住谷寅之介), 여기 계신 분은 오고 신조(大胡聿藏), 여기서부터 산을 내려가 고치 고을로 갈 참이다."

"증명서는?"

"없어."

관소지기는 겁이 더럭 났다. 인상이나 용모가 도둑놈같이 보였다.

"정말로 가지고 계시지 않습니까?"

"없어!"

"그러면 통과시켜 드릴 수가 없습니다."

벌써 사람들이 모여 들었다. 촌장 측 사람들 말고도 가까운 곳의 향사와 지하 낭인까지 나와서 형세는 자못 불온했다.

격파하고 산을 내려가는 것쯤이야 스미야, 오고의 실력으로는 쉬운 일이었으나 그렇게 되면 그들의 입국 목적을 이룰 수가 없었다.

스미야 도라노스케는, 이 산촌 사람들이야 이름을 몰랐지만 벌써 천하에 이름을 떨친 근왕 운동가였다.

미도 번 경호직 2백 섬. 그보다도 후지다 도코(藤田東湖)가 죽은 뒤 미도의 정치적 이론가로서 그 이름이 높다.

안세이 대옥 사건 이후 갑작스럽게 미도 번의 정계, 언론계에서의 세력이 떨어졌기 때문에 스미야는 이를 크게 개탄, 몸소 여러 고을에 유세 여행을 나섰던 것이다.

그 무렵 미도 번은 이른바 근왕 양이 사상의 총본산으로 사쓰마, 조슈, 도사 세 번의 가신들을 비롯한 여러 고을의 이른바 지사들은 미도를 정신의 고향으로 삼고 있었다.

그 총본산의 이른바 포교승(布教僧)으로서 스미야 도라노스케는 도사 땅에 나타난 것이다.

"그럼 좋다."

스미야는 관소지기에게 말했다.

"입국은 단념하겠다. 그러나 부탁이 두 가지 있다. 들어주겠나?"

"무엇인지요?"

"하나는 오늘 촌장님 댁에 재워 줄 것."

"또 하나는요?"

"이 도사 땅에서 시국을 통탄하고 나라의 장래를 근심하며 이를 담론할 수 있는 인물이 있는가?"

"글쎄요?"

주위의 향사와 지하 낭인들은 수수께끼 같은 이 질문을 둘러싸고 머리를 모아 협의를 했다.

두 사람의 이름이 나왔다.

사카모토 료마와 다케치 한페이타였다.

그러나 다케치는 지금 에도에 나가고 고향에는 없다.

"그렇다면 읍내 혼초 일가의 향사인 사카모토 료마라는 사람이 무사님들이 원하시는 상대가 될 수 있습죠."

"그 사카모토님을 여기까지 불러다 줄 수는 없을까."

아침부터 가랑비가 내리고 있었다. 료마의 방에서 내다보이는 뜰 앞, 산버들의 짙은 초록이 한결 아름다웠다.

'흠, 스미야 도라노스케?'

다치가와 촌장이 보낸 심부름꾼이 돌아간 다음에도 료마는 이상스럽다는 얼굴을 하고 앉아 있었다.
처음 듣는 이름이었다.
'만나자면 가 봐야겠지만, 난처한걸.'
동지 몇 사람을 불러 보았다.
대여섯 명이 모였다.
모두 한결같이 살결이 검은 시골티가 밴 무사들뿐이다.
"자네들, 물어 보겠는데, 미도 번의 지사로서 천하에 그 이름이 높다는 스미야 도라노스케라는 분을 모르나?"
"모르겠는걸."
서로 얼굴만 쳐다본다.
"그렇게 유명한 사람인가?"
"그렇지, 후지다 도코가 죽은 뒤, 제이의 도코라고 불리는 사람인데 명성을 천하에 떨치고 있는 호걸이야."
"료마, 자네는 알고 있나?"
"아니, 이 이야기는 촌장집 심부름꾼에게 들었지."
"심부름꾼도 알고 있는 이름인가?"
"아니, 심부름꾼은 본인에게 들었다고 하더군."
"가짜는 아니겠지?"
"바보 같은 소리, 가짜가 어디 있어."
료마는 이 시골 동지들이 우스워졌다. 진짜 이름도 들은 적이 없는데 가짜가 어디 있겠는가 말이다.
"아무튼 어느 정도의 인물인지 확인하러 가겠다. 동행은 너와 너."
료마는 젊은 무사 가운데에서 어릿광대로 소문난 자와 노래를 잘하는 자를 지명했다.

풍운전야 223

어릿광대는 고토 우마타로(甲藤馬太郞).

노래를 잘 부르는 자는 가와쿠보 다메노스케(用久保爲之介).

"다녀올게."

세 사람은 삿갓과 도롱이로 비를 가리면서 성 아랫거리를 떠났다. '서 되짜리'라는 별명이 붙은 우마타로와 다메노스케는 저마다 닷 되들이 술통을 하나씩 메었다.

성 아랫거리에서 다치가와 산속까지는 1백20리.

보통 사람 같으면 도중에 자고 가야 하겠지만 이 세 사람은 말처럼 다리가 튼튼하다.

다행히 저물기 전에 비가 그쳤기 때문에 진흙 속을 몇 번이나 뒹굴면서 산길을 올라갔다.

"이봐 사카모토형, 미도의 스미야 선생이란 분은 어느 정도 마실까?"

시골 무사의 무지와 순정으로, 어릿광대 우마타로는 술대접할 생각만 하고 있었다.

한편 스미야 도라노스케는 안세이 대옥 사건으로 자기네 미도 근왕파가 궤멸 상태가 되었기 때문에 전국적으로 기운(氣運)을 되찾고, 특히 서부 웅번(雄藩)의 지사들과 유대를 맺어 막부의 정치 노선에 대한 강력한 비판 태세를 만들어내려고 마음먹었다.

이미 에치젠 마쓰다이라 번, 아키(安藝) 히로시마(廣島) 번, 조슈 모리 번 등 웅번의 쟁쟁한 유지들을 설득하고 이제 도사 번을 찾아온 것이다.

스미야에게는 기대가 있었다.

'어느 정도의 논객이 자기 앞에 나타날 것인가.'

료마와 어릿광대 우마타로, 노래 잘하는 다메노스케가 다치가와의 촌장 집에 도착했을 때는 벌써 밤이 깊었다.
우마타로가 문을 마구 두들겨 간신히 하인을 깨우고 이어 촌장을 깨운 다음 말했다.
"고치에서 사카모토 료마를 비롯하여 고토 우마타로, 가와쿠보 다메노스케가 막 도착했소. 미도의 스미야 선생에게 전해 주오."
한밤중이었다. 한밤중에 사람을 깨우다니!
스미야 도라노스케는 깊은 잠에서 깨워져 우선 그것이 못마땅했다.
'시골 놈은 다르군.'
그런 생각이 든 것이었다. 옆에 누워 있던 오고 신조도 투덜대면서 일어났다.
"지금 몇 시나 되었을까?"
"글쎄, 이렇게 으스스한 걸 봐서는 아마 새벽도 다 되지 않았을까?"
"새벽? 숫제 아침에 올 것이지."
그러는데 복도 저편에서 떠들썩하게 지껄이는 소리가 다가오더니 이윽고 시골 무사들이 옆방에 들어온 모양이었다.
스미야와 오고가 양치질을 하고 나가보니 어릿광대 우마타로가 호들갑스럽게 놀라보였다. 도라노스케는 여섯 자 가까운 키가 큰 사나이였기 때문이다.
"야아, 이거 정말?"
"미도 번의 스미야 도라노스케입니다. 이분은 오고 신조."
"인사가 늦었습니다."
도사 번측이 저마다 이름을 댔다. 인사가 끝나자 우마타로는 촌장 집 고용인들을 불러들여 떠벌리며 방 안을 설치고 다메노스케도 일어서서 방을 들랑거렸다.
"자, 준비, 준비!"

이야기고 뭐고 정신이 없다.

"사카모토님."

스미야는 신경질적인 사나이였다. 씁쓰레한 얼굴로 말했다.

"도사 분들은 번잡하시군요."

"그렇습니까?"

료마는 턱을 쓰다듬고 있다.

이윽고 술자리가 마련되었다.

"우선 한 잔."

어릿광대 우마타로가 술을 권했다. 스미야는 술을 못한다.

"못합니다."

사양했으나 우마타로나 다메노스케는 그런 사양 정도로 물러앉을 사나이가 아니었다.

억지로 술잔을 들게 했다. 그 잔이 또 반 되는 들어갈 것 같은 어처구니없이 큰 사발이었다.

"이, 이렇게 큰 잔으론……."

조금은 술을 마신다는 오고도 질린 모양이었다.

"오고 선생은 얼마나 하십니까?"

"약간."

"예, 두 되입니까?"

"아니, 약간입니다."

이런 것이 도사의 악습이었다. 먼 곳에서 온 손이 취해서 곯아떨어져야만

—오늘 밤 대접은 잘되었군.

안심하는 것이었다. 그와 같은 접대법의 광신도(狂信徒) 우마타로와 다메노스케였다.

"자아 자, 한 잔, 한 잔만 더."
우마타로와 다메노스케는 연방 술을 따른다.
술은 도사 사가와(佐川) 마을에서 빚은 쓰카사보탄(司牡丹)이라는 것이다. 도사인 입에 맞는 쓴 술인데 한 되 반을 마셔야 겨우 입속에 아련한 감미가 돌아 더욱 술맛이 나게 된다는 주호용(酒豪用) 술이다.
우마타로, 다메노스케 두 사람은 손님에게 술을 따라 주면서, 주는 잔도 곧잘 받아 알맞게 한 되쯤 들어가자
"자아, 손님에게 노래나 한 곡조 불러 드리죠."
"아니, 그건 고맙지만."
스미야는 아주 불쾌한 표정이었다.
"우리는 술을 마시러 온 것도 아니고 노래를 듣기 위해 온 것도 아닙니다. 국사를 논하기 위해서 왔습니다. 서로 곯아떨어지기 전에 이야기나 합시다."
"아니 원, 점잖기도 하시지……."
어릿광대 우마타로는 벌써 완전히 취태를 드러내고 있다.
"다메노스케, 빨리 노래를 불러. 스미야 선생이 저렇게 말씀하시는 걸 보니 아직 흥이 일지 않았어."
"알았어."
다메노스케가 손뼉을 치면서, 그 얼굴에는 어울리지도 않는 고운 목청으로 노래를 부르기 시작했다.
우마타로는 젓가락을 들고 술사발을 장구삼아 장단을 맞춘다.
'곤란한데.'
스미야는 에도에서 자랐기 때문에 이런 시골 사람의 끈덕진 접대는 질색이었다.
노래가 끝나자 도사 측은 그것도 여흥인 셈인지, 서로 주먹치기

내기를 시작했다.

"허잇!"

기합과 함께 주먹을 내밀면 이것을 친다. 서로의 주먹에 감추고 있는 젓가락 수에 대한 규칙이 있어서 지면 벌주로서 술을 마신다.

"어떠냐!"

"허잇!"

"어떠냐!"

"허잇!"

이런 모양으로 소동이 벌어졌다.

스미야와 오고는 멍하니 앉아 있다.

"사카모토님, 술도 여흥도 그만 이 정도로 합시다."

"이봐, 그만둬."

료마도 쓴웃음을 지으며 말했다.

사실 아닌 게 아니라 료마도 이 동지들의 시끄러운 성의에 차츰 피로를 느끼고 있었던 것이다.

그러나 우마타로와 다메노스케를 위해 한마디 없을 수는 없다.

"아무튼 천하의 스미야와 오고 선생이 오셨다고 해서 이 사람들이 빗속에 술통을 메고 산길을 올라왔습니다. 이것이 도사의 예법이니까 용서하십시오."

"그런데……."

스미야는 다가앉으며 막부의 내막, 여러 번의 사정을 자세히 이야기하기 시작했다. 그의 논설은 명쾌하고 언변은 유창하다.

료마는 싱글벙글 웃으며 고개를 끄덕이고 있다.

그러나 스미야가 '이 점 어떻게 생각하시오?'라든가, '귀번은 어떻소?' 등 반문을 해도 다메노스케, 우마타로는 물론, '도사의 사카모토'라고 일컬어지는 료마도 제대로 대답을 할 수 없었다. 대답을 하려 해도 막부의 내정 같은 것은 전연 모르기 때문이다.
'어처구니없는 시골에 왔군.'
스미야의 얼굴에 실망의 빛이 떠올랐다.

이때 료마 이하 세 사람의 도사 무사가, 스미야에게는 실로 말할 수 없는 촌부(村夫)로 보인 모양이다.
현재 남아 있는 미도 지사(水戶志士) 스미야의 일기(日記)에 '그 밖의 두 사람은 국사에 대해서 전혀 모르고 있었다' 씌어 있다. 날카로운 평이다.
일부러 먼 데서 도사까지 온 것은 허사였다고 자기의 어리석음을 한탄하고 있다.
료마 역시 어지간히 멍청해 있었던 모양이다.
다만 이 일기에는 료마에 대해서 '자못 사랑스러운 인물이다' 써 놓았다. 지사 논객이라기보다도 사랑스러운 인물로 스미야의 눈에는 비쳤다. 이 '사랑스러운 인물'이 뒤에 천하를 상대로 무서운 힘을 발휘하게 될 것이라고는 스미야로서도 꿰뚫어볼 수가 없었던 것이다.

료마도 료마였다.
그는 헤어질 때에 스미야의 좋은 담론 상대가 되어 주지 못한 것을 미안해하며 연방 아쉬워했다.
"이런 때에 다케치 한페이타가 있었더라면 좋았을 것을."
"다케치님의 이름은 듣고 있습니다마는 그토록 탁론(卓論)을 가지신 분입니까?"
"그렇고말고요."
"예?"

"사실 그렇습니다. 그는 고치에서 이름난 천황주의자니까요. 당신하고는 잘 맞을 겁니다."

이러니 스미야도 '사랑스러운'이라고밖에는 인상을 기록할 도리가 없었을 것이다.

사쿠라다 문 사건 뒤에 마침내 소연해진 천하의 정세를 검토하기 위해 에도에서 여러 동지들과 회합하고 있던 다케치 한페이타가 도사로 돌아온 것은 분큐(文久) 원년 8월이었다.

오사카에서 바닷길로 시코쿠(四國)에 들어온 다케치가 아와(阿波) 영지인 오보케의 절경을 구경하면서, 시코쿠 산맥을 넘어 도사령 아나나이 강(穴內川) 계곡을 지나 고치 평야로 들어갔을 때는 문자 그대로 가슴이 뛰는 듯한 감회가 일었다.

'한다.'

가슴속에 비책이 있다.

멀리 서쪽 하늘 아래 고치 성 천수각(天守閣)이 보인다.

다케치는 영석(領石 : 경계비) 고개를 내려가면서 목례를 했다.

근엄한 사나이였다.

다케치가 료마를 비롯한 도사 7개 군 향사의 기질과 다른 점은 번을 존중하고 영주를 존경하고 있는 점이다. 물론 다케치의 근엄한 성격 탓도 있으리라.

그러나 다른 이유가 또 하나 있다.

다케치 집안은 대대로 옛 조소카베파의 향사였으나 조부 한파치(半八) 때에 재물도 좀 생기고 유력한 배경도 있어 향사로서는 파격적인 발탁을 받았다.

집안이 '시로후다(白札)'가 된 것이다. 이 시로후다라는 것은 도사 독특한 계급으로 상급 무사의 최하급 칭호이다.

시로후다가 일반 향사와 다른 점은, 상급 무사와 마찬가지로 군주를 알현할 수 있다는 것이다. 이것은 같은 무사이면서도 향사와는 하늘과 땅의 차이다. 료마 등, 도사 7개 군의 향사로 옛 조소카베 유신(遺臣)들은 세키가하라 전쟁 이후 3백 년 동안 어떤 의미로는 번에서 볼모와도 같은 대우를 받았다고 해도 과언이 아니다.

다케치는 향사이면서도 다른 사람과는 달리 영주에 대한 친근감이 있었다.

그렇기 때문에 영석에서 멀리 고치 성으로 목례까지 보낸 것인데, 동시에 다케치의 이런 처지와 마음은 뒷날 그의 정치적 상황에 미묘한 그림자를 던지게 되는 것이다.

지금 다케치의 가슴에는 불길이 일고 있었다.

이 불길은 장차 온 일본을 태우고, 따라서 막부와 각 번을 태워 버리게 될지도 모르는 것이었으나, 그때에는 그것을 아무도 몰랐다. 오직 다케치와 에도에서 밀회한 사쓰마의 가바야마 산엔(樺山三圓), 조슈의 가쓰라 고고로, 구사카 겐즈이(久坂玄瑞), 다카스기 신사쿠 등을 제외하고서는.

다케치는 바로 고치 시내로 들어가지 않고 아버지 한에몬(半右衞門)이 은거하고 있는 후케(吹井) 집으로 가서 귀국 인사를 드렸다.

그 일대는 고다이 산에서 이어진 구릉이 둘러싼 골짜기로 작은 정원처럼 아름답다. 다케치 한페이타가 태어난 저택은 그 언덕 중턱에 있는데 돌담을 높이 쌓아 올린 줄행랑 솟을대문으로 에워싸여 성채와도 같은 형상을 띠고 있었다.

그 어마어마한 모양은 그야말로 전국 시절의 옛날부터 이 근처에 토착해 온 작은 호족의 위풍을 남기고 있었다.

다케치는 에도에서 사쓰마, 조슈의 유지들과 밀약한, 천하를 뒤엎을 밀모 같은 것은 집안 사람에게 말하지 않고, 에도 선물인 그림엽서 같은 것을 나누어 주고 마루 끝에서 초가을 하늘을 바라보고는 했다.

'내일은 아내를 만나보겠구나.'

그런 것을 생각하고 있다.

이 조용한 사나이에게서 경천동지(驚天動地)의 대음모를 꾸며낸 것 같은 혈기는 조금도 느낄 수 없었다.

다케치는 아내를 위해서 에도 선물로 산호 비녀를 사서 짐꾸러미 밑에 간직해 두었다. 기뻐할 아내의 모습이 눈에 선했고 그것을 생각하니 다케치의 가슴에 아련한 정겨움이 솟아올랐다.

사실을 말하면 도사 번에서는 지금의 참정(參政) 요시다 도요가 취임하기 전까지는 철저한 검약령이 내려져 있어 비녀도 금, 은, 산호로 된 것은 팔지도 못하고 쓰는 것도 금지되어 있었다.

사치를 좋아하는 참정 요시다 도요로 말미암아 검약령은 좀 풀렸다. 그러나 요시다 도요의 정책은 기묘하게도 경제 정책적인 동기에서 나온 것은 아니다.

좀더 우스꽝스러운 동기에서 나왔다.

'상급 무사에게는 체면이 있다. 구겨진 솜옷을 입고 있으면 향사나 서민의 멸시를 받게 된다. 상급 무사에 한해서 위엄을 갖추기 위해 다소의 사치는 하는 것이 옳다.'

검약령을 늦춘 것은 주로 상급 무사와 그 가족에 한해서였고 향사에 대해서는 여전히 엄격했다. 이를테면 도사 번다운 계급 정책이었다.

다케치는 상급 무사의 말단인, 향사의 위라는 시로후다의 신분이므로 아내에게 산호비녀를 꽂아 줄 수 있었던 것이다.

다음날, 시내 다부치 거리의 집으로 돌아갔다.

"그동안 병이나 앓지 않았소?"

이것이 아내 도미코에게 건넨 첫말이었다.

그러나 부부의 은밀한 이야기를 나눌 틈도 없이 친구와 제자들이 속속 모여들어 도미코는 그 접대에 쫓겼다.

다케치 한페이타는 애처가로 유명했다.

그러나 불행하게도 자식이 없었다.

어느 날 제자들이 모였는데, 마침 다케치 집안에 자식이 없는 것이 화제가 되었다.

이것은 그 무렵 무사 가정에서는 중대한 일로 자식이 없으면(양자를 맞지 않는 한) 개역(改易 : 에도 시대의 형벌. 무사의 신분을 박탈하고 영지 등을 몰수했다)이 된다. 즉 가문이 단절되고 가록(家祿)은 몰수당하게 되는 것이다.

그런 이유뿐 아니라 조상의 제사가 끊어지게 된다는 것은 가장 큰 악덕으로 꼽혔다. 당연한 일이다.

무사의 집이란 조상의 공명에 의하여 자자손손 가록을 받고 있는 것이다. 그 보은의 행사가 제사였던 것이다. 따라서 제사를 이어갈 자식이 없다는 것은 부모에 대한 불효가 된다.

―여자가 자식을 못 낳으면 버린다.

칠거지악(七去之惡)의 불문율은 이와 같은 사정으로 생겨난 것이다.

―시새우는 지어미는 버린다.

아내가 자식을 낳지 못할 경우, 영주 이하 무사 가문에서는 실리적인 이유에서 첩을 두는 것이 공인되었으나 아내는 이를 질투하지 못한다는 것이다.

그리하여 제자 중에 장난기가 많은 요시무라 도라타로(吉村寅太郎 : 후에 天誅組의 주모자로 야마토에서 전사)가 한 가지 안을 내어 한페이타의 아내 도미코를

풍운전야 233

꼬드겼다.

"선생님이 첩 같은 것을 두실 리가 없습니다. 그러니 이것은 다케치 선생에게는 비밀입니다마는……."

결국 요시무라의 안(案)이란, 도미코가 병을 핑계로 어디 바닷가 친척집에라도 가 있고 그동안 젊은 하녀 하나를 둔다는 것이다. 아무리 근엄한 다케치 선생이라도 한 달쯤 젊은 여자와 같이 있으면 손을 댈 것이 아닌가 하는 음모였다.

"좋겠지요."

도미코는 이 우스꽝스러운 음모를 함께 재미있어하며 끄덕였다. 그러나 실은 도미코가 어떤 마음으로 이것을 받아들였는지 그녀 자신이 아니고는 알 수 없다.

아무튼 도미코는 전지 요양을 떠났다.

대신 다케치의 시중을 들게 된 것은 요시무라 도라타로가 자기 고향에서 데려온 처녀였다. 고향은 다카오카 군(高岡郡) 쓰노야마(津野山) 기타가와 마을(北川村)로 물론 산골 출신이었지만 갸름한 얼굴의 귀여운 아가씨였다.

때때로 요시무라가 다케치 댁에 형편을 살피러 가서는

"어떻더냐?"

처녀에게 물었으나 전혀 다케치가 손을 댄 기미가 없었다.

끝내 한 달 동안 아무 일 없이 지나 버리고, 요시무라의 장난은 물거품으로 돌아가고 말았다. 이윽고 도미코가 요양지에서 돌아왔을 때 한페이타는 도미코가 눈물겨워할 만큼 기뻐했다고 한다.

이야기는 다시 뒤로 돌아가 다케치가 돌아온 날 밤, 료마가 어슬렁거리며 찾아왔다.

"료마, 기다렸네."

다케치는 도미코를 물러나게 했다. 그렇게 사랑하고 있는 도미코까지 방에서 물리친 것은 그만큼 중대한 일인 것이다.
료마는 앉았다.

"실은 에도에서는 이러했다."
다케치 한페이타가 말했다.
사쓰마, 조슈, 도사 번 유지들의 밀회 장소가 된 것은 아사후(麻布)의 조슈 번저였다. 이 번저 안에 빈 집이 한 채 있어서, 그곳을 줄곧 여러 번의 유지 회합소로 사용했다.
료마도 에도에 있을 때 거기서 가쓰라 고고로와 한두 번 술을 마신 적이 있으므로 충분히 그 정경을 상상할 수 있었다.
"그건 참 더러운 빈 집이었었지."
"지금도 더러워. 그러나 거기서 처음으로 사쿠라다 문 18열사(十八烈士 : 미도인 17명, 사쓰마인 1명)가 쓴 장문의 참간장(斬奸狀)을 보고 온몸의 피가 들끓었다네. 자연히 이야기는 그들의 큰 뜻을 저버려서는 안 된다는 데 낙착되어 이야기를 진행하던 중, 차츰 열이 올라 마침내 막부를 쓰러뜨리자는 데까지 이르렀네. 어떤가?"
"좋겠지."
료마는 코털을 뽑고 있다.
"료마, 그런 짓은 실례 아닌가?"
"그래?"
료마는 손을 떼었다.
"막부 타도는 사쓰마, 조슈, 도사, 세 번에서 해낼 거야. 그러나 그 세 번은 서부를 대표하는 웅번이지만 속론(俗論)이 각각 그 번을 지배하고 있어."
"흠."
사실 그렇다.

어느 번이나 중신들은 영주 집안만을 생각하고 막부를 두려워하는 300년의 전통적 감정이 고질처럼 되어 있으므로 그리 쉽게는 번의 주장을 뒤집을 수가 없다.

아사후 번저의 빈 집에 불과 몇 사람의 유지가 모였다고 해도, 그들이 정권을 쥐고 있는 것도 아니니 결국은 서생의 탁상공론이 되고 말 것이 아닐까.

"어쨌든."

다케치의 얼굴이 달아올랐다.

"막부 타도의 시기는 내년이네. 날을 정한 다음 보무도 당당하게 세 번의 군사를 휘몰아 교토에 집결하여 천황을 받들고 일제히 근왕의 의군을 일으키는 거다. 그러기 위해서는 저마다 자기 번으로 돌아가 중신을 설득하고 영주를 이끌어 번론을 근왕 도막(勤王倒幕)으로 뭉치게 해야 하네."

근왕 도막.

그러한 말이 역사상 실제 운동의 정치 용어로 쓰인 것은 이 아사후 빈 집에서의 밀회 때가 처음이었다. 그때까지는 근왕 양이라는 말을 썼으나

'도막(倒幕).'

이 충격적인 말이 쓰인 것은 아마도 이때가 처음일 것이다.

'그러나 과연 가능한가?'

꿈같은 이야기이다.

사쓰마, 조슈의 정정도 그렇지만 도사 번 같은 곳은 영주, 참정, 상급 무사 모두가 완고한 친막파였다. 그들의 생각을 뒤집는 것은 다케치의 팔 힘으로 고다이 산을 허무는 것보다도 더 어렵다.

"그래서 대중의 힘을 빌리자는 것이네."

"대중의 힘?"

"도사 7군의 산야에 토착하고 있는 향사들을 집결시켜 도사 근왕당을 만드는 거야. 료마, 자네가 그 수령이 되어 주지 않겠나?"

"그건 자네가 하게."

깊은 이유는 없다. 대중의 힘을 믿고 폭동처럼 소란을 피우는 짓은 자기 성격에 맞지 않을 성싶었던 것이다. 료마에게는 료마에게 맞는 길이 있을 것이라고 생각했다.

"그럼 수령은 내가 하겠다. 그러나 료마, 자네가 도와주지 않으면 안 돼."

"물론이지."

"료마, 칼로 맹세하자."

다케치는 미나미 우미타로(南海太郞)가 만든 대도를 무릎 위에 가로놓고 손잡이를 잡았다. 옛날부터 무사가 하는 맹세법이다. 각기 자기의 대도 날밑을 '찰칵' 소리 내어 변함없겠다는 징표로 삼는다.

그런데 료마는 히죽이 웃으며 말했다.

"무슨 맹세야?"

이렇게 나오는 데는 다케치도 어이가 없었다. 방금 설명하지 않았는가.

"료마, 그건 이거야. 나하고 행동을 같이하고 생사를 함께하고 서로 손을 맞잡고 번론을 통일하여 막부 타도의 의군을 일으킨다는 것이다."

"맹세는 않는다."

"어째서?"

"한페이타도 알고 있겠지, 나를 말이야. 어디서 어떻게 마음이 변할는지 모른다. 그런 사나이와 맹세를 한대도 자네 마음이 불안하지 않겠나?"

"이거 놀랐는데!"

"그러나 맹세코 막부는 쓰러뜨리겠어. 이 땅 위에 사카모토 료마가 있는 한 막부는 쓰러뜨리겠다. 하지만 그건 내 방법으로 할 테다."
"어떤 방법이냐?"
"아직 찾아내지 못했어."
"묘한 녀석이로군."
다케치는 웃었다.
그러나 료마는 웃지 않는다.
"그것을 찾아낼 때까지는 자네를 돕겠네."
"이상한 녀석이군."
"이상할 것 없어. 세상에는 함부로 맹세하는 놈이 있지만 그런 자들이 이상하지."
"료마!"
다케치는 정색을 했다.
"자네하고 나하고는 친하지. 사이가 좋지만 사람 됨됨은 흑과 백만큼 다른 모양이야. 성장이 다르면 생각도 달라. 언젠가는 서로 헤어질 때가 올지도 모르지만, 지금 도사 근왕당의 결성만은 찬성해 주게나."
"맹세하지."
료마는 대도의 날밑을 울렸다.
다케치도 자기 칼을 다시 잡고 소리 높이 쇳소리를 울렸다.
"료마."
손을 잡았다. 다케치의 손은 크다. 료마의 손은 그보다 더 컸다. 서로 손을 잡고 있는 동안, 벌써 천하의 일이 반은 다 된 것이 아닌가, 이런 생각이 다케치의 가슴에도, 료마의 가슴에도 밀물처럼 일어났다.

—천하의 영웅, 너와 나다.
그런 감개였다. 과대망상증이라고 웃으려면 웃어라. 료마는 눈썹에 그늘을 지으며 보기 드물게 진지했다.
다케치는 무서운 얼굴을 하고 있었다. 이윽고 다케치의 눈에서 하염없는 눈물이 흘러 내렸다.
"료마, 이 다케치의 생명은 언제 죽어도 한은 없지만, 우리의 일생은 오늘부터 싸움터에 들어서게 되었네."
"한페이타, 침착하게, 침착해."
료마는 큰 소리를 내었다.
이내 웃었다. 이윽고 눈물이 료마의 눈에도 맺히더니 떨어졌다.

다음날부터 료마는 날마다 혼초(本町) 일가(一街)의 집에서 나왔다. 다케치 한페이타의 집으로 그 밀모 의논을 하러 가는 것이다.
더운 철이었다.
열흘쯤 지난 뒤.
료마는 옷깃을 벌려 바람을 넣으면서 이날도 동쪽으로 걸음을 옮기고 있었다.
고치 시내는 시오에 강(潮江川)을 따라 동서로 긴 시가가 이루어져 있다. 료마의 동네는 시가 서쪽, 다케치의 다부치 거리는 동쪽 끝, 그 사이의 거리는 오 리가 넉넉했다.
길을 걷는 동안에 낯익은 향사를 일고여덟 명가량 만났다.
모두 료마를 보면 뜻있는 미소를 지으며 인사를 하고 지나간다.
'흐음, 모두 알고 있는 모양이로군.'
밀모 사건 말이다. 다케치가 돌아온 뒤, 다케치나 료마는 이 밀모에 대해 쓸 만한 젊은 향사들에게는 귀띔을 했는데 모두가 뛸 듯이 기뻐했다.

자연히 입에서 입으로 전해져 지금은 도사 7군의 두메산골 향사의 귀에까지 들어간 모양이었다.
그러므로 거리에서 지나치는 향사들에게 료마가
"정말 덥군그래."
인사를 해주면 모두 갑자기 긴장된 빛을 띠며 다가와서
"사카모토님, 꼭 부탁합니다."
그런 말을 했다. 그런가 하면
"료마, 나는 쓸모없는 인간이야. 그러나 목숨만은 아깝지 않아. 인간 하나의 목숨이 필요하거든 꼭 나를 써 주게."
그런 난폭한 소리를 하는 자도 있었다.
이날 스쳐간 사람 중에서 유신 뒤까지 살아남은 자는 몇몇이나 되었을까.
나스 신고(那須信吾)
야스오카 긴바(安岡金馬)
오리 데이키치(大利鼎吉)
모두 풍운 속에 쓰러져 갔다.
지열(地熱)이 높아져 가고 있다. 도사 7개 군의 초목이 조용히 흔들리기 시작했다. 언젠가는 지동(地動)이 일곱 빛깔 구름을 불러일으켜 천하를 놀라게 할 것이 아닌가.
물론 만난 사람은 이들뿐만이 아니었다. 하리마야 다리를 건너, 채원장(菜園場 : 영주의 식탁용 채원)까지 왔을 때 묘한 사나이를 만났다.
눈매가 사납고 완강한 아래턱이 쑥 튀어나왔으며, 여덟팔자로 다문 입은 더욱 힘껏 악물고 있는 것 같은 얼굴이었다.
"사카모토!"
몸집 큰 사내가 소리를 질렀다. 예의 아키 군 이노쿠치 마을의 지하 낭인 이와사키 야타로였다.

물론 야타로는 벌써 감옥에서 나와 있었다. 그 뒤 마을을 떠나 성 아랫거리 서북쪽 가모다 마을(鴨田村)에 집을 마련하여 글방을 차리고 있었는데, 지금의 참정 요시다 도요가 한때 죄를 얻어 같은 나가하마 마을에서 유배 생활을 하는 동안, 그의 눈에 들어 도요가 복귀된 뒤 '감찰보'로 발탁되었다.

말할 것도 없이 미천한 소임이다. 향사의 동정이나 비위(非違)를 정탐하는 것이 임무이다.

"그때는 신세를 졌었네."

이와사키는 빈틈없는 눈초리로 말했다.

'고약한 놈을 만났구나.'

료마는 내심 난처했다. 어차피 밀모 사건을 얻어듣고 여기저기 냄새를 맡으며 돌아다니는 것이겠지.

"그때는 정말 신세를 졌네."

이와사키 야타로는 같은 말을 되풀이했다.

그러면서도 눈에 감격 같은 것은 없다. 료마의 표정과 차림새 같은 것을 빈틈없이 살펴보고 있었다.

"야타로, 무서운 눈이구나."

료마는 킥킥 웃었다.

"너 감찰보가 되었다지?"

"되었어."

야타로는 빙긋도 않고 끄덕였다. 료마와 같은 계급 출신이면서도 상급 무사의 앞잡이가 되었다.

"대단해졌군. 야타로, 그대로도 험상궂은 얼굴이 더욱 오비야 거리의 염라당에 모셔 놓은 염라대왕을 닮아 가고 있는데."

"할 수 없지. 큰 은혜를 입은 요시다 선생이 모처럼 추천해 주신 거야. 나는 감찰 같은 것은 어떨까 싶었지만 이왕이면 철저히 할 셈이다. 료마, 은혜는 은혜, 직무는 직무야. 자네 지금 어디로 가는 건가?"

물론 다케치 집에 가는 것을 야타로는 잘 알고 있으면서 묻고 있다. 뿐만이 아니라 도사 향사 단결의 밀모도 야타로는 다 듣고 있었다. 그래서 이 며칠을 뛰어다니고 있는 것이다.

"어디로 가는 건가, 료마."

"야타로."

료마는 허리춤에 손을 찌른 채 걷기 시작했다. 야타로도 할 수 없이 어깨를 나란히 걷기 시작했으나 료마의 칼을 조심하여 왼쪽에서 뒤로 약간 처져 걸었다.

"이봐, 야타로!"

고추잠자리가 료마의 머리 위를 날고 있었다. 료마는 그것을 잡으려고 훌쩍 뛰어올랐다.

"이봐, 빨리 말해."

"가는 곳은 다케치 한페이타의 집이야. 거기서 무엇을 하는지 감찰보로서는 알고 싶겠지. 가르쳐 줄까?"

료마는 잠자리를 잡았다.

야타로는 어쩐지 기분이 좋지 않았다. 료마가 거북살스러웠다. 야타로는 야타로대로 자기를 누구보다도 걸출한 인재라고 은근히 자부하고 있다. 학문도 있다. 문장을 쓰라고 하면 참정 요시다 도요가 혀를 내두를 만큼의 명문을 쓴다. 기백도 있다. 정력도 있다. 감찰 노릇을 하면서도 하급 무사의 생활을 집어치우고 기회가 있으면 장사꾼이 되려고 혼자 계획을 짜고 있다. 그런 정도의 자기이다.

허나 료마에게만은 자신이 없다. 이 사나이는 자기만큼 학문도 없다. 그런데 생각하는 것이 전혀 보통 사람과 다른 모양이다. 무엇을 생각하고 무슨 말을 할는지, 야타로 정도의 사람도 전혀 짐작할 수가 없다.
이 순간이 바로 그렇다.
"야타로, 난 모반을 구상하고 있네."
"뭣?"
건방진 녀석이라고 생각했다.
"천하를 전복할 대음모야. 놀라지 마라. 머지않아 이 땅 시골구석에서 새 일본이 생겨날 테니까."
"거짓말 마라."
"거짓말이라니. 야타로! 자네가 지금 서 있는 도사 고치 채원장 앞의 이 땅……."
료마는 허리를 구부려 땅을 쾅 치고
"앞으로 세계를 움직이는 중심이 되는 거야."
거짓말도 이쯤 되면 감찰로서도 손을 쓸 방법이 없다고 생각했다.

신마치 다부치 거리의 다케치 한페이타의 집에는 벌써 열 명이나 모여 있었다.
"료마 늦었구나."
한페이타가 말했다.
"아, 저기서 이와사키를 만나는 바람에."
"뭐, 감찰보 이와사키 녀석을?"
검술이 자랑인 시마무라 에키치(島村衞吉)가 일어서려고 했다. 고노 마스야(河野萬壽彌, 뒤에 도가마(敏鎌)) 등은 벌써 방에서 달려 나갔다. 잡을 셈인 모양이다.
"그만둬, 그놈도 밥벌이야."
료마는 칼을 내던지고 앉았다.

풍운전야 243

한페이타가 두루마리 종이를 펴면서 큼직한 턱을 쳐들었다.
"료마, 혈맹문(血盟文) 초안이 되었네."
"아, 되었나?"
달필이었다.
문장은 성 아랫거리의 국학자 가모치 마사즈미(鹿持雅澄)의 제자인 오이시 야타로(大石彌太郎)가 기초했다.
오이시에게는 국학적 소양이 있었으므로 한문 섞인 명문장이었다. 그러나 글의 뜻은 격렬한 것이었다.
―거룩한 신의 나라, 오랑캐의 욕을 당하매 예부터 내려온 야마토 정신(大和魂)도 바야흐로 끊어질 것 같구나.
이렇게 시작하여 전문 4백여 자, 말 하나하나가 이빨을 드러내어 불같은 숨결을 내뿜고 있다.
―저 야마토 정신을 불러일으켜 이성(異姓)으로 형제를 맺어(중략), 금기(錦旗) 한 번 오를 제 단결하여 물불 속에도 뛰어들리라.
"어떤가, 오이시가 사흘 밤낮을 생각해서 만든 거야."
"좋군."
그렇게 말했지만 료마는 기질상 이런 미문은 별로 좋아하지 않는다. 꾸밈을 싫어하는 성질이다.
그러나 아름다운 글씨가 때에 따라서는 이상한 작용을 한다는 사실을 알고 있다. 그것은 술과 비슷하다. 특히 이런 경우, 이 시와 같은 4백여 자의 격렬한 문장은 7개 군의 무사들을 도취시키기에 족할 것이다.
"그럼 료마, 서명을."
한페이타는 벼루를 밀어 놓았다.
료마는 성큼 붓을 들어 사카모토 료마 나오가게(坂本龍馬直陰)라고 크게 쓴 다음 소도를 뽑았다. 칼끝을 손가락에 세우고 쿡 찔러 충분히 피를 짠 다음, 종이를 갖다 댔다. 혈판(血判)이었다.

그 뒤 혈판 가맹자들이 속속 늘어나 마침내 1백92명에 이르렀다.

그리고 이밖에 사정이 있어 혈판 서명까지는 못했으나 스스로 동지로 자처한 자가 줄잡아 1백 명.

모두 2백여 명이었다.

그 이름 가운데에는 상급 무사 중에서도 몇 사람 동조자가 있었다. 다케치가 교묘히 끌어들인 모양이었다.

이들 2백여 명의 젊은이는 일반적으로 '도사 근왕당'이라고 불렸다.

이제 이렇게 수가 많아졌으니 번청에서도 함부로 손을 댈 수가 없었다.

"뭘까, 료마, 저게?"

다케치 한페이타가 귀를 곤두세웠다.

문 밖에서 연신 욕을 하는 소리가 들렸다. 뭔가 싸움이 시작된 모양이다.

"굉장히 떠들어대는군. 아무래도 시마무라와 고노의 소리 같은데."

"좋아, 가서 보고 오지."

료마가 일어섰다. 대충 짐작은 하고 있었다. 시마무라 에키치, 고노 마스야가 번의 감찰보 이와사키 야타로를 잡은 모양이다.

'야타로도 바보 같은 놈이군. 그냥 돌아갔으면 좋았을걸, 집 안을 기웃거리고 있었던 모양이지.'

밖에 나와 보니 과연 생각한 대로였다.

시마무라 에키치가 이와사키의 멱살을 잡고 고노가 등 뒤에 서 있다.

"이와사키, 실토를 해라. 지금 여기서 뭘 하고 있었나?"
"놔라!"
이와사키가 말했다.
멱살을 잡혀 있으면서도 과연 이자는 침착하다.
"너희들 잘 알아서 해. 관리에게 무례한 짓을 하면 나중에 무서운 화가 미친단 말이야."
"흥, 건방진 수작 마라. 너 같은 더러운 관리를 무서워한대서야 나랏일을 논할 수가 있느냐 말이다."
시마무라가 말했다. 천하 국가를 논하고 있는 기분에 부풀어 있어 번의 관리 따위는 안중에도 없는 모양이다.
료마는 그것을 보고 있자니 우스웠다.
"고노, 시마무라, 놓아 주게."
"아냐, 사카모토의 말이지만 놓아 줄 수가 없어. 이 이와사키 녀석이 쥐새끼처럼 남의 집을 엿보고 있었단 말이야."
"알았어."
료마는 이와사키의 멱살을 잡고 있는 시마무라의 손을 떼쳐 내고 말했다.
"이봐, 이와사키. 너도 직책일 거다. 살피기도 해야겠지. 내가 관리라도 그렇게 하겠다. 그럼 이리와."
"어딜 간다는 거야."
이와사키는 뱃심 좋게 투덜거렸다.
"안으로 들어가자."
"뭐?"
"이 집에 모여 있는 패들은 천지신명에게 부끄럽지 않은 문제를 논하고 있네. 그것을 기록해서 번청에 보고하게나."
"사카모토!"

고노 마스야가 놀랐다.

"이놈은 감찰이야."

"알고 있어. 그러나 이와사키 야타로도 남아야. 보라구, 이 상판을."

이와사키는 불끈 화를 내며 무서운 얼굴을 지었다. 못생긴 바위로 새긴 것 같은 상판이다. 인사로라도 귀엽다고는 말할 수 없다.

"사나이의 얼굴이야. 고노, 시마무라, 너희들이 사내라면 사내로 대접해 주라구. 그렇지 못하면 천하는 차지하지 못해."

"알았네."

고노도 시마무라도 료마에게 반한 자들이다. 조용해졌다.

한데 여전히 가라앉지 않는 것은 당사자인 이와사키 야타로였다.

"사카모토, 고맙게 생각지는 않아."

유유히 채원장 쪽으로 사라졌다.

'고집 센 놈이군.'

우스운 생각이 들었다. 그러나 료마에게는 다케치 댁에 모이는 청년들보다는 이와사키 같은 사나이 쪽이 더 매력이 있다.

료마가 그날 밤 늦게까지 한페이타와 이야기를 하고 일어선 것은 자정도 가까워서였다.

혼초 집에서 겐 할아범이 초롱을 들고 마중 나와 있었다.

할아범은 료마의 발치를 비추고 걸으면서 기분이 좋았다. 료마를 기다리고 있는 동안 다케치 부인에게 술을 대접받은 모양이다.

"다케치 선생의 부인은 참 좋은 분이군요."

겐 할아범이 말했다.

"좋은 사람이지."

"도련님도 빨리 얻으셔야지요."

"얻어야 하나?"
"그럼요. 아니면, 혹시 좋아하는 아가씨라도 있습니까? 그렇다면 이 할아범에게 알려 주십시오."
겐 할아범은 언제나 료마가 어린아이로 생각되는 모양이었다.
"나리(곤페이)에게 슬그머니 말씀드릴 테니까요. 그런데 혹시 도련님은 이룰 수 없는 분을 생각하고 계시진 않나요?"
"누구 말인가?"
"후쿠오카님의 다즈 아가씨."
"무슨 소리야!"
료마는 길바닥의 돌을 하나 걸어찼다.
다즈 아가씨는 이룰 수 없는 인연의 사람이다. 중신의 누이동생과 향사의 차남이 부부가 될 수는 없을 것이다.
"도련님!"
겐 할아범의 목소리는 걱정이 가득하다.
"생각하셔도 소용없는 사람을 언제까지나 생각하면, 남자가 뜻을 잃고 머저리같이 된답니다요."
"내가 머저리같이 보이나?"
"그, 글쎄요……."
아무래도 그렇게 보이는 모양이다.
겐 할아범의 눈으로 보면 모처럼 에도 제일의 도장에서 면허 개전(免許皆傳)을 얻어 왔는데도, 도장도 열지 않고 아내도 얻지 않고 어슬렁거리고 있는 것이 이상하게 보이는 모양이다.
"도련님만은 제가 잘못 봤어요."
매서운 한마디였다.
생각하면 사카모토의 오줌싸개라고 불리던 아둔했던 소년 시절부터, 료마의 어디를 곱게 보았는지 아버지 핫페이나 형 곤페이에게

"아니, 도련님은 희망이 있습니다" 말해 준 것은, 누이 오토메 말고는 겐 할아범뿐이었다.

"어서 참한 아가씨를 얻어서 분가하십쇼. 저도 따라갈랍니다."

"그런 때가 내게 올까?"

료마는 얼굴을 쓱 문질렀다.

"할아범, 난 어쩌면 좁은 도사 땅에는 맞지 않는지도 몰라."

료마는 공연히 그런 생각이 든다. 도사 근왕당도 대찬성이기는 하지만 시마무라나 고노와 같은 단순하고 격렬한 장정들과 함께 같은 구호를 제창하는 것도 어딘지 어울리지 않는다.

'뭐, 얼마 동안 그들과 함께해 보는 거다.'

료마는 또 하나 돌을 찼다.

머리 위에 별이 빛나고 있다.

료마는 별에게라도 묻고 싶은 마음이었다. 무엇을 하면 되겠느냐고. 자기에게 어울리는 천명이 없느냐고.

바람이 한결 거세어졌다.

열나흘 달

그 무렵 고치(高知) 성 아랫거리에는 부상(富商)이라 할 만한 집이 네 집 있었다.
성 아랫거리의 아이들은 그것을 공치기 노래로 만들어 골목골목에서 불렀다.

아사이(淺井)는 돈 부자
가와사키(川崎)는 땅 부자
윗마을 사이타니야(才谷屋)는 살림 부자
아랫마을 사이타니야는 딸부자래요

윗마을의 사이타니야는 장사 집안이라고는 하지만 무사인 료마의,

즉 사카모토 집안의 본가(本家)에 해당된다. 생업은 전당포였다. 그래서 살림 부자라 부른 것 같다.

사카모토네 집과 사이타니야네 집은 같은 혼초(木町) 거리 일가(一街)에 있었으며 대문은 따로 있었지만 뒤꼍은 서로 통하고 있었다.

한쪽은 무사의 집.

한쪽은 상인의 집.

이상한 동족이다. 료마의 사고방식 속에, 다케치 한페이타(武市半平太)와는 달리 자유분방한 서민의 감각이 깃들어 있는 것도 이러한 보기 드문 태생에 관련이 있는 것 같다.

그러나 아랫마을 사이타니야는 동족이 아니라 수년에 윗마을 사이타니야네가 지배인에게 가게를 차려 주어 생긴 가계(家系)로, 역시 성 아랫거리에선 손꼽히는 부상이다. 서민이긴 하지만 료마네 집안에 대해 상전댁으로서의 예의는 지키고 있다.

이 아랫마을 사이타니야 집안에는 이상하게도 대대로 미인 딸이 태어난다.

지금은 딸만 넷을 두었는데 모두 꽃같이 아름다웠다.

"아랫마을 사이타니야네는 꽃밭이로다."

곧잘 성 아랫거리 사람들에게 이런 말을 들었다.

맏사위는 데릴사위로 삼고, 가운데 두 딸도 이미 출가를 시켜 막내딸만 남아 있었다.

오미이(美以)라고 불렀다.

열일곱 살.

오미이가 어릴 적에 료마는 그녀를 몹시 귀여워해서 성 아랫거리의 매화 구경이나 벚꽃 놀이 등에 곧잘 데리고 다녔다.

이 오미이는 형 곤페이(權平)의 외동딸인 하루이(春猪)와 같은 동갑으로 자매처럼 사이가 좋았다.

그러나 성격은 전혀 틀리는 모양이다.

료마의 조카딸인 하루이는 명랑한 처녀로 언제나 집 안에서 대굴대굴 구르듯이 종일 웃고 보낸다. 명랑한 것은 사카모토 가문의 혈통인 모양이다.

오미이는 얌전하다. 게다가 나다니기를 싫어하므로 아랫마을 사이타니야를 찾아가는 것은 언제나 하루이 쪽이다.

어느 날 하루이가 돌아와서 료마의 얼굴을 보자마자 벌써 방글방글 웃었다.

"료마 아저씨……."

"뭐야?"

하루이는 한쪽 눈을 찡긋해 보였다. 무언가 중대한 뉴스가 있는 모양이다.

"료마 아저씨, 내일 한가해요?"

하루이는 어디가 간지럽기라도 한 듯이 웃었.

하루이의 볼에는 약간 얽은 자국이 있다. 가엾게도 이것만 없었다면 이 아가씨도 제법 미인으로 통할 수 있는 얼굴이다.

료마는

—복어야, 복어야.

부르면서 이 조카딸을 귀여워했다.

여담이지만, 뒷날 료마가 나가사키에서 활약하고 있을 때 곧잘 프랑스제 향수와 분을 사서 이 하루이에게 보내 주곤 했었다.

그 귀여운 하루이가 묻는 것이다.

—한가하세요?

"오냐, 한가하다."

료마는 대꾸해 주었다. 한가하기는커녕 이 무렵 도사 근왕당(勤王黨) 결성 이래로 매일 밤늦게까지 다케치네 집에서 아키 군(安藝

郡), 가가미 군(香美郡), 아카와 군(吾川郡), 다카오카 군(高岡郡), 하타 군(幡多郡) 등 각처에서 매일처럼 조상 전래의 칼집의 칠이 벗겨진 칼을 차고 오는 젊은 향사(鄕士)들을 맞이하느라고 눈코 뜰 새가 없었다.

"정말 죽고 싶을 만큼 한가해요?"

"응, 죽고 싶을 만큼."

"그럼 잘됐어요."

영리한 하루이는 료마 아저씨가 한가하기는커녕 다부치 거리(田淵新町)의 다케치 선생과 무언가 중대한 일에 몰두하고 있다는 사실을 알고 있다. 잘 알면서 한 말이다.

"한가하시다면 제가 청이 있어요."

"뭔데?"

"내일 고다이 산(五台山)으로 달구경 데리고 가 주세요."

"아, 벌써 그런 계절인가."

그동안 늘 분주하여 미처 몰랐지만 음력 9월의 밝은 달은 밤마다 커 가고 있었다. 내일이 열나흗날, 모레가 보름. 그런데 하루이는 왜 열나흘 달을 보고 싶어하는 것일까.

"사람이 적으니까."

시치미를 떼고 말한다.

"사람이 적으면 좋은 일이라도 있나?"

"응."

무언가 하루이에게 속셈이 있는 것 같다.

"알았어. 내일 점심때가 지나거든 겐 할아범을 데리고 고다이 산 밑의 모모노키(桃木) 찻집에 가 있거라. 난 나중에 갈 테니까."

"나중에?"

"음, 낮에는 좀 볼일이 있어."

태연히 말하긴 했으나 볼일이란 중대한 일이다. 료마는 다시 여행을 떠나려 하고 있다. 내일 번청(藩廳)에 신고하려는 여행의 표면상의 이유는 "검술 연구를 위해 사누키(讚岐) 마루가메(丸龜)로 가겠다"는 것이었으나, 실은 도사만이 아니라 여러 번의 번사에게 근왕 궐기를 설득하려는 것이었다.

이튿날인 열나흗날.
료마는 사카모토 집안의 주군격인 중신 후쿠오카(福岡) 댁에 가서 청원서를 제출하고 해가 기울 무렵에야 고다이 산기슭의 모모노키 찻집으로 갔다.
도착했을 때는 이미 주위가 어둑어둑했다.
그러나 하루이가 구경하기를 원한 열나흘 달이 돋아 오르기까지 아직 한 시간은 기다려야 할 것 같았다. 현관으로 마중 나온 낯익은 주인 모헤에(茂兵衞)에게 물었다.
"우리집 하루이가 와 있나?"
"예, 아까부터 기다리고 계십니다."
주인은 말하고 나서 허리를 펴며 말했다.
"그런데 말씀입니다. 저희들은 소문만 들었을 뿐 얼굴을 뵌 일은 없었지만 소문 이상으로 예쁜 분이더군요."
'하루이가 예쁘다고?'
주인의 칭찬에 료마는 기가 막혔다. 조카딸 하루이는 귀엽게는 생겼지만 주인의 말처럼 소문날 정도의 미인은 결코 아니다.
"영감도 말솜씨가 제법이로군."
"원 별 말씀을. 저희 집 사람과 하녀들도 눈이 부실 정도라고 했는뎁쇼."
"하루이를 보고 말인가. 그것 참 몰랐는데. 늘 같이 살고 있으니까 난 몰랐는데 그토록 하루이가 예쁘다는 소문이 났나?"
"아뇨, 그게 아니라."
주인 모헤에는 난처한 듯한 표정을 지으며 말했다.
"소문난 분은 함께 오신 손님입지요."
"함께 온 손님?"
하루이의 동행이 있다는 말인가?
"동행이라니 누구 말인가?"
"아랫마을 사이타니야 댁의 막내따님 오미이님 말이지요."
"오미이도 와 있었군."
료마는 피식 웃었다.
"그 애야 예쁘지. 나는 한 5년 동안 못 봤는데 그렇게도 예뻐졌나?"
"예쁘다마다요."
"한데 주인영감, 자네는 우리집 하루이를 모욕했어. 지금 한 이야기를 하루이가 듣는다면 그 애 성미에 발을 동동 구르며 분해할 걸?"
"아니 그건……."
주인도 화를 냈다.
"사카모토님의 지레짐작으로 이야기가 그렇게 되지 않았습니까. 하루이님은 하루이님대로 아름답지요."
"그 애는 그 애대로 라니, 가엾잖은가."
료마는 현관 마루로 올라가 성큼성큼 복도를 걸었다. 하녀가 촛대를 들고 뒤쫓아 왔다.
'오미이가 소문날 만큼 그렇게 예쁜 처녀가 되었구나.'
료마는 기쁜 마음이 들었다. 오미이를 안고 고다이 산의 매화꽃 구경을 한 것이 어제 일처럼 생각되었다.

료마는 미닫이를 드르륵 열었다.

방은 동향이었다. 아깝게도 규코(吸江)의 바다 경치는 보이지 않았으나, 곧 산마루에서 떠오를 달은 한 폭의 그림같이 보일 것이다.

방 안에서는 향을 사르는 냄새가 났다.

하루이 마음속에는, 료마 아저씨에겐 밝힐 수 없는 계략이 있었다. 아니 그 계략은 구 할 가량 성공하고 있다.

어쨌든 그녀는 료마 아저씨를 이 고다이 산기슭의 모모노키 찻집까지 불러내지 않았는가?

먼 현관 쪽에서 료마의 목소리가 들려 왔을 때 하루이는

─휘유

호들갑스런 몸짓을 오미이에게 해 보였다.

"왔어, 드디어……."

오미이는 당황한 듯한 표정으로 힐끗 하루이를 쳐다보더니 곧 고개를 숙여 버렸다. 난처한 것이다.

"기쁘지?"

하루이는 이 연극을 즐기고 있었다.

"오미이, 가만히 있으면 안 돼. 무언가 이야기를 해야 돼."

"응."

고개를 끄덕이기는 했으나 자꾸 움츠러들 것만 같다.

오미이는 아홉 살 때 료마를 따라 매화꽃 구경을 간 일을 또렷이 기억하고 있다. 그 무렵 료마는 에도에서의 첫 검술 수업을 마치고 일단 귀국해 머물던 때인 모양이다. 오미이의 손을 잡아 주기도 하고 물웅덩이를 건너 뛸 때는 안아 주기도 했다.

아무튼 열한 살이나 손위다. 아홉 살이던 오미이와 비교하면 훌륭한 어른이었다.

하지만 계집아이란 아홉 살이라도 방심할 수 없는 존재인 모양이다. 오미이는 스스로도 놀랐다. 그때 분명히 료마를 생각했다.

'좋다.'

그 생각은 어른의 그것과 다름이 없었다. 다만 어렸기 때문에 처녀인 지금과는 달리 행동력이 있었다. 그날 집으로 돌아오자 어머니 오코에게

"엄마, 난 료마 아저씨한테 시집갈래."

이렇게 말하여 당황케 했다.

어머니 오코는 딸이 아직 아홉 살밖에 안 되었지만 계집아이니까 이런 일은 우물쭈물해선 안 되겠다는 생각으로 잘라 말했다.

"안 돼! 사카모토님은 무사님이고 게다가 우리집(아랫마을 사이타니야)으로서는 상전이 되니까 시집갈 수가 없어. 오미이는 장사하는 사람에게 시집을 가야 해"

그것이 어린 마음에도 슬펐던지 오미이는 그날 밤 잠들고 나서도 꿈속에서 울었다.

그런 뒤로 료마를 만나지 못했다.

그러나 열흘에 한 번쯤 놀러 오는 하루이로부터 료마의 소식을 소상하게 듣고 있었다.

며칠 전 일이었다.

하루이는 료마의 실패담이며 이상한 버릇들을 손짓발짓까지 섞어가면서 재미있게 이야기를 하다가 별안간 그녀로선 드물게도 심각한 얼굴이 되었다.

"왜 그러니?"

"너, 료마 아저씨를 좋아하지?"

하루이는 찌르듯이 말했다. 그 때문에 오미이의 속마음이 드러나고 말았던 것이다.

방에 들어온 료마는
"오미이 아냐?"
그러고 나더니 소리 내어 웃기 시작했다.
하루이는 성을 냈다.
"료마 아저씨, 오미이한테 실례가 아니에요?"
"어째서?"
"여러 해 만에 만났는데 인사도 없이 웃다니요."
"그것도 그렇군."
료마도 뉘우쳤던 모양이다. 그러나 이번에는 이상한 짐승이라도 보듯이 오미이를 물끄러미 보면서
"역시 오미이, 너는 사람이었구나."
감탄하듯 말했다.
"자연의 이치는 묘하군. 옛날의 어린애가 이렇게 어른이 됐으니."
"당연하죠."
하루이는 분한 듯이 다다미를 두들겼다.
"당연한 일이에요. 어른이 되었다는 게 어째서 우스워요?"
"그렇지, 별로 우습지 않아. 그러나……."
"그러나?"
"료마가 어정버정하는 동안에도 하늘은 쉬지 않고 운행하고 있거든. 그걸 오미이의 성장으로 알았어."
"늘 저렇다니까."
하루이는 두 손 들고 말았다. 이 아저씨는 도저히 안 되겠다고 생각했다. 모처럼 멋진 연극을 꾸며 주었는데 정작 주인공이 보기 좋게 실수하고 있지 않은가?
이윽고 음식이 나왔다.
'이젠 단념해야지. 음식이나 먹어야지.'

하루이는 배짱을 부렸다.
"오미이, 마셔!"
"네."
료마가 따라 주었다. 얌전하게 보여도 오미이는 과연 도사 아가씨였다. 큰 나무잔에 넘실넘실하는 료마의 술을 받아 쭉 들이켰다.
"훌륭하군."
오미이는 웃었다.
그러는 동안에 방 안이 밝아졌다. 달이 뜬 모양이다. 그 엷은 빛 속에서 오미이의 얼굴이 꿈결마냥 아름답다.
"너 참 예쁘구나."
그제야 깨달았다는 시늉을 했다.
달이 더욱더 밝아졌을 때, 료마는 어지간히 취해 왔다.
"하루이하고 오미이하고 나란히 앉아 봐."
"네?"
"난 달빛을 담뿍 받고 싶다."
"이렇게 말입니까?"
두 처녀는 무릎을 나란히 하고 앉았다.
"더 좀 바싹 다가앉아."
"이렇게?"
"그렇지, 너희들이 어렸을 때 둘 다 내가 업어주었지. 이제는 어른이 됐으니까 나를 위해서 무릎 좀 빌리자."
료마는 벌렁 두 무릎을 베개 삼았다. 이윽고 코를 골면서 잠들고 말았다.

"오미이."
하루이는 무릎 위에 있는 료마의 얼굴을 들여다보며 말했다.

열나흘 달 259

"어쩔 셈일까."

"글쎄……."

오미이도 난처해하고 있다.

난처한 것은 그 체온이다. 료마의 어깨 언저리가 유난히 따뜻해서 이에 대응하듯이 오미이 온몸의 피가 무릎의 그 부분으로 모여드는 것 같은 느낌이 든다.

"이봐, 오미이."

"응."

"남자의 살은 뜨거운가 봐."

하루이가 순진하게 말했다.

오미이는, 그런가 봐, 조그맣게 대답했을 뿐이다.

지그시 무릎으로 료마의 무게를 지탱하고 있다.

달이 높아졌다.

그제야 료마는 잠에서 깨어나 오미이의 하얀 턱을 올려다보았다.

"지금 몇 시냐?"

"저어……."

오미이는 가슴이 두근거렸다.

"8시쯤 됐을 거예요."

"이거 야단났는데."

료마는 벌떡 일어나 칼을 집어 들었다.

두 처녀가 놀라고 어쩌고 할 사이도 없이 료마는 밖으로 나가 버렸다.

'취기가 가시니까 갑자기 부끄러운 모양이야.'

하루이만이 이 젊은 아저씨의 심정을 알고 속으로 우스웠다.

그러나 오미이의 마음은 다를 것이다.

료마는 현관으로 나갔다.

겐 할아범이 달려 나왔다.
"아씨들은 어쩌시고요?"
"곧 나올 테니, 할아범, 그 애들을 가마로 바래다줘."
"그건 너무 하신데요."
겐 할아범은 참견을 잘한다.
"도련님이 좀 바래다주시지 않고……."
료마는 보기 무서운 얼굴로 겐 할아범을 노려보았다.
"하루이한테 남의 집 아가씨를 장난감으로 삼지 말라고 일러 둬!"
"장난감이라뇨?"
"그러면 알아. 난 급한 일이 있어서 서둘러 내려가야겠어. 안 그러면 늦겠는걸."

사실은 다케치의 집에서 사람이 기다리고 있다. 나스 신고(那須信吾)라는 다카오카 군(高岡郡) 유스하라(檮原)의 향사이다. 볼일만 있으면 첩첩 산속에서 먼 고치 성 아랫거리까지 밤낮으로 한달음에 달려온다는 도깨비 같은 사나이인데, 무언가 료마에게 할 말이 있는 모양이었다. 만날 시간을 한밤중으로 정한 것을 보면 심상치 않은 이야기가 있는 것이 틀림없다.

"그럼 도련님, 등불을 갖고 가시지요."
"필요 없어."
달밤이다. 이만큼 밝다면 근시인 료마라도 걸을 수 있다.
산길을 달려 내려갔다.
여우가 두세 마리 놀라 도망쳤다.
성 아랫거리까지 서쪽으로 십 리 남짓.
산길이 끝나자 짚신이 축축이 젖었다. 습지인 것이다.
억새밭이 시작된다.

료마는 헤엄치듯 억새를 헤쳐 나간다.

그때 별안간 눈앞의 억새밭이 둘로 쫙 갈라졌다.

료마는 반사적으로 뒹굴었다.

3개의 칼날이 그 뒤를 쫓았다. 여우 놈일까, 장난을 치는 게. 뒹굴면서도 료마는 그렇게 생각했다.

억새밭을 뒹굴고 있는 동안 습지에 빠져 들어가 버렸다. 오른쪽 어깨에서 얼굴까지 철퍼덕 진흙이 묻었다.

료마는 간신히 일어나서 말했다.

"설마 너희들이 여우는 아닐 테지?"

"아니다."

그림자 하나가 대답했다.

"그러면 사람을 잘못 봤군. 나는 혼초에 사는 사카모토 료마다."

"알고 있어."

향사 말씨가 아니고 상급 무사의 말씨다.

그림자는 셋. 상대가 상급 무사라면 에이후쿠 사(永福寺) 문앞 사건의 보복일까?

아니면 배후가 더 큰 것인지도 모른다. 상급 무사들은 대체로 보수적이다. 향사의 도사 근왕당 결성에 강렬한 반감을 품고 있음을 료마는 알고 있다. 혈기왕성한 상급 무사들 중에는 이렇게 큰소리를 치는 놈들도 있다고 한다.

'사카모토와 다케치를 베고 말겠다.'

'그런 녀석들일까?'

습지를 등지고선 료마는 귀찮은 듯이 칼을 뽑았다.

달이 구름 사이로 얼굴을 내밀었다.

바람이 인다.

억새풀이 은가루를 뿜어내듯 한들거린다.

"······?"

료마는 상대방 얼굴을 보려고 했으나 근시라서 볼 수가 없었다.

그러는 동안 한 사람이 왼편으로 돌았다.

그 사나이가 큰 칼을 서서히 상단으로 올리며 허리를 석 자쯤 전진시켰다. 칼 자세로 보아 노공(老公) 요도(容堂)와 같은 무가이류(無外流)인 모양이다.

얏, 하고 쳐들어왔다.

"······."

료마는 훌쩍 물러났다. 동시에 상대의 칼을 때렸다. 반짝, 불꽃이 튕겼다. 그대로 돌려 치면 넉넉히 벨 수 있었으나 료마는 칼을 거두었다.

"그만두자."

솜씨가 하늘과 땅 차이다. 약한 자를 베어 무엇하랴, 생각이 들었던 것이다. 료마의 왼발이 젖어 있다. 등 뒤는 습지(濕地)라 깊이 두세 치가량의 웅덩이가 몇 마장이나 계속되어 있다. 늪이라고 해도 좋았다.

열나흘 달이 그 늪에 그림자를 비치고 있었다. 료마는 수면의 달을 가르며 몇 걸음 늪 속으로 후퇴했다.

"너희들, 그렇게도 향사가 미우냐?"

상대방은 늪을 앞에 두고 있어서 함부로 들어오지 못한다.

"남자라면 이름을 떳떳하게 대는 게 좋을 거다. 너희들은 이름도 없는 놈들인가?"

료마는 슬슬 유도한다.

"······."

"이름도 없는 자라면 나도 사양하지 않겠다. 모조리 베어 버릴 테다."

화가 났던 모양인지, 하나가 철벙, 늪으로 뛰어들었다. 동시에 료마의 발이 세 걸음 물을 치고 들어갔다.

상대의 칼이 머리 위로 왔다.

그보다 빨리 료마의 칼이 상대방의 오른편 주먹을 탁, 치고 성큼 물러났다.

"으악!"

상대는 칼을 떨어뜨렸다. 엄지손가락이 잘려 나갔다. 엄지손가락 베기는 호쿠신 일도류(北辰一刀流)의 비기(秘技)의 하나로, 지바 슈사쿠(千葉周作)가 젊었을 때 실제로 진검 승부를 하면서 연구한 수법이다.

진검에는 면(面), 동(胴), 팔목 따위의 힘든 기법보다도 손가락 자르기가 더욱 실제적이라는 것을 료마도 알고 있다. 손가락을 자르고 지체 없이 재차 쳐들어가면 세워놓은 물건을 베듯이 손쉽다. 그러나 료마는 밀고 들어가지 않았다.

검을 하단으로 내리고 말했다.

"승부는 났다."

료마는 다시 뒤로 성큼 물러나며 홱 돌아서서 늪 속을 걷기 시작했다.

"더 이상 해 봐야 소용없겠지."

"비겁한 놈!"

하나가 첨벙첨벙 쫓아오며 외쳤다.

"쫓아오지 마라. 우리 도사 향사는 너희들처럼 대대로 높은 녹에 물든 패들보다도 좀더 큰일을 생각하고 있다. 사카모토 료마, 비록 보잘것없는 몸이지만 이런 데서 바보 놈들을 상대로 죽이기도 싫고, 죽기도 싫다."

료마의 그림자는 달빛 아래 차츰 작아져 갔다.
상급 무사들은 멍하니 서 있다.
"졌다."
그림자 하나가 말했다. 눈은 날카로왔지만 귀공자 같은 모습의 사나이다. 이름을 이누이 다이스케(乾退助)라고 했다. 뒷날의 이다가키 다이스케(板垣退助)이다.

료마는 그 길로 다부치 거리의 다케치 한페이타를 찾아가 문을 두들겼다.
지체 없이 문이 열렸다.
료마는 뜰을 돌아 서재로 갔다. 장지문에 불이 비치고 있다. 이 밤중에 불이 켜져 있는 곳은 고치 성 아랫거리에서 다케치의 서재 정도였을 것이다.
"료마야."
장지문의 그림자가 움직였다.
료마는 방으로 들어갔다. 방에는 몸집이 장대한 다케치가 앉아 있다. 그 앞에 눈이 부리부리한, 얼굴이 벌건 거한이 도사리고 앉아 있었다.
유스하라의 향사 나스 신고였다. 료마보다 대여섯 살이나 더 먹었을까. 무사 풍속도에서 금방 빠져나온 것 같은, 보기에도 호걸다운 느낌을 주는 사나이였다.
검법은 료마의 첫 스승이었던 히네야 벤지에게 배웠고 창술은 이와사키 진자에몬(岩崎甚左衞門)에게 배워, 수준 이상의 실력을 얻었지만 무엇보다 천성적으로 팔다리의 힘이 초인적이다.
"료마, 중대사를 이야기해야겠어."
다케치가 말했다. 호탕한 사나이가 얼굴이 파랗게 질려 있다.

다가앉은 나스의 얼굴도 이미 아까처럼 벌겋지는 않다. 어지간히 중대한 일인 모양이다.
"지금부터 하는 말은 절대로 누설하지 마라."
"잠깐."
료마는 일어났다.
"어딜 가나?"
"우물에."
"뭘하러?"
"목이 말라."
료마는 나가 버렸다. 그런 침통한 분위기라든가 비통한 안색 따위가 원래부터 료마에게는 질색이었다. 성격이니까 할 수 없다.
'무슨 일인지는 모르나, 좀더 밝고 명랑하게 할 수 없을까?'
비장해하는 것은 다케치의 나쁜 버릇이며 도사 향사의 고약한 버릇이라고 생각하고 있다. 료마가 자리에서 일어선 것은 그들의 기세를 좀 꺾어 보자고 한 것이었다. 검법의 한 수단이기도 하다. 기세를 꺾어 놓으면 그 다음엔 냉정하게 사물을 보고 또한 말도 할 수 있겠지.
그러나 서재에 남은 두 사람은 료마가 기대한 예측과는 다른 기분이 돼 있었다.
"건방져, 료마란 놈."
나스는 내뱉듯이 말했다. 모처럼의 말허리를 꺾인 것 같은 기분이 들어 그 점에서도 불쾌했고, 사나이가 중대사를 털어놓으려고 말문을 여는 순간, 잠깐만, 하고 일어서다니 도대체 무슨 배짱이란 말인가.
"화내지 말게. 녀석은 그런 사나이야."
다케치는 료마가 불성실하다고는 생각하지 않으나 료마같이 건들 건들 구름을 잡는 것 같은 사나이에게, 이런 의논을 하려고 한 것은 잘못이 아니었던가, 다른 뜻에서 후회하기 시작했다.

'이 의논은 료마에게 어울리지 않는다.'

그러나 이미 부르고 말았다. 털어놓을 수밖에 없지 않은가.

료마가 물을 마시고 돌아오자 다케치와 나스 두 사람이 아까와는 좀 다르게 굳은 표정으로 앉아 있었다.

'뭐야, 의기를 꺾어놓은 보람이 없지 않은가?'

천천히 방구석에 가 앉았다.

그러한 료마를 놀라게 한 것은 나스 신고의 첫마디였다.

"료마, 나는 동지들을 대표해서 참정(參政 : 수석중신) 요시다 도요(吉田東洋)를 베겠다."

그리고 이어 말하기 시작했다.

"료마, 내게 일임하겠지? 설마 이의는 없겠지. 나는 베겠어. 벌써 동지도 얻어 놓았어. 야스오카 가스케(安岡嘉助), 오이시 단조(大石團藏)."

모두 전국시대의 도사 장수를 연상케 하는, 죽음도 두려워하지 않는 사납기 그지없는 자들이다.

"한페이타, 자네도 동의하나?"

"동의하지 않는다. 그러나 잠자코 있을 셈이야."

"마찬가지지. 돼먹지 않았어."

"베는 일 말인가?"

"베는 거나, 그걸 묵인하고 있는 자네 태도나, 모두 그렇지. 이 일을 내가 검술 연구 여행에서 돌아올 때까지 참아 줄 수 없겠나?"

"참을 수 없어. 료마, 자네 태도도 참을 수 없어!"

나스는 굵직한 목소리로 말했다.

료마는 그만둬, 하듯이 무서운 표정을 지었다.

참정 요시다 도요를 베겠다는 일념에 나스는 열중하고 있는 모양이다.
'베겠다'는 말투에 광기가 깃들어 있다. 친막부파(親幕府派)의 총수를 죽이는 길밖에는 도사를 근왕편으로 전환시킬 방법이 없다고 나스는 믿고 있는 모양이다.
사람을 벤다는 것은 보통 일이 아니다.
벤다는 생각만으로도 벌써 본인의 정신은 정상적이 아닌 것이다. 광신자의 그것과 비슷해진 것이다. 어떤 말도 받아들이지 않는다. 이 경우의 나스 신고가 그렇다.
"두 사람!"
나스는 핏발이 선 눈으로 다케치와 료마를 번갈아보면서 말했다.
"그대들이 무슨 소리로 얼버무리려 해도 내 뜻은 변치 않는다. 도사 유스하라의 향사 나스 신고는 비록 가난하고 재주도 없고 사람 축에 끼지 못할망정 한 조각 붉은 마음은 있다. 밤마다 나라의 앞일을 생각하면 날이 샐 때까지 잠 못 이룰 때가 많아. 요시다 도요가 번정(藩政)의 우두머리에 앉아 있는 한 도사 번은 움직일 수가 없어."
도사 번을 어떻게 하겠다는 것인지.
다케치 등 근왕당의 목적은 이 도사 24만 섬을 통틀어 조정에 바치겠다는 것이다. 즉 교토를 중심으로 근왕 양이(勤王攘夷)의 의군을 일으키겠다는 것이다.
―바보 같은.
요시다 도요가 아니더라도 의당 번의 책임자라면 누구나 그렇게 생각할 것이다.

도사 야마노우치(山內) 가문의 24만 섬 영주의 지위는 조정에서 받은 것이 아니다. 번조(藩祖) 야마노우치 가즈토요(山內一豊)가 세키가하라 싸움의 공로로 도쿠가와 이에야스(德川家康)에게서 받은 것이다.

사쓰마나 조슈와는 다르다.

사쓰마의 시마쓰(島津) 가문은 가마쿠라(鎌倉) 시대부터의 영주였고, 조슈의 모리(毛利) 가문은 전국시대 초기에 영웅 모토나리(元就)가 이웃 나라를 정복하여 세운 집안이다. 두 가문 모두 한 치의 땅도 도쿠가와 가문에서 얻은 것이 없다. 이 두 번이 막부에 대하여 냉정한 것은 당연하다.

그러나 같은 방계(傍系)라 하더라도 도사 야마노우치 가문이 세키가하라의 논공행상(論功行賞)으로 가케가와(掛川) 5만 섬에서 일약 도사 24만 섬으로 봉해진 것은 역시 요시다 도요의 말마따나, '오로지 장군 가문의 은덕'인 것이다.

"은의를 잊는데서야 인도(人道)가 아니다. 사쓰마나 조슈와는 사정이 다르다. 그들과 함께 어울려 경거망동할 수는 없다."

요시다는 누구에게나 내뱉듯 이렇게 말한다.

거의 예술적이라고 해도 좋을 만큼 완고한 사나이다.

"사나이에게도 아름다움이 있다. 스스로의 생각에 대해 죽음을 걸고서라도 고집한다는 바로 그것이다."

스스로를 그렇게 교육시키고 있는 인물이다.

"도요는 재간이 있다."

좀처럼 남을 칭찬하지 않는 후지다 도코(藤田東湖)가 말했을 정도니까 상당히 학문의 재능이 있었을 것이다.

'베기에는 너무나 아깝다.'

다케치 한페이타의 고민도 여기에 있었다.

완고중신(頑固重臣)

호적부터 살펴보자.

이름은 모도키치(元吉).

호는 도요(東洋).

분카(文化) 13년(1816년) 태생이니까 료마보다도 열아홉 살 손위이다.

이른바 '쟁쟁한' 상급 무사 가문 출신이지만 중신 가문은 아니다. 발탁되어 참정(參政)이 된 인물이다.

지금도 오비야(帶屋) 거리의 생가에 살고 있다.

이 요시다(吉田)의 완고성은 조용하고 고식적인 완고가 아니라 극히 공격적인 완고였다.

열여덟 살에 이미 그 조짐이 보였었다.

집안의 하인을 죽인 일이 있다.

어째서 하인을 죽였는지 도요는 끝내 이유를 밝히지 않아 성 아랫거리 사람들도 자세히 몰랐으나, 짐작컨대 이 하인은 경박하고 나이 어린 도요를 멸시했던 것 같다.

물론 죄는 되지 않는다.

주인이 가신을 무례하다고 죽이는 일은 이 시대의 형법으로 인정받고 있었기 때문이다.

그러나 이 사건은 도요의 일생을 결정한 모양으로, 그 뒤 문을 닫고 근신하며 학문과 무예에 열중했다. 뉘우쳤던 모양이다. 물론 호방한 사나이였기 때문에 문학청년처럼 고민하지는 않았으며 이 하인을 죽인 해에 결혼했다. 아내는 동격인 상급 무사 고토 마사즈미(後藤正澄)의 셋째딸 고도코(琴子).

일남 일녀를 낳았다.

도요는 스물여덟 살에 군행정관이 되었으나 그는 평범한 관리가 아니었다. 이때 벌써 번정개혁(藩政改革)의 건의서를 올렸던 것이다. 그 내용을 살펴보면 경제, 인사, 교육의 여러 면에서 비범한 재능이 엿보인다. 이 무렵, 학문에 있어서는 이미 번의 유학자가 도요에게 당하지 못했으며 검술에 있어서는 문중에서 일류라는 평을 들었고, 논쟁을 벌이면 도요의 혓바닥을 당해내는 자가 없었다고 한다. 게다가 예사 재사가 아니었다.

서른두 살에 선박 감독관이 되었다.

도사는 바다를 끼고 있는 나라이므로 전시용 번선(藩船)을 많이 가지고 있었으나 오랫동안의 태평세월로 돛이 찢어지고 밧줄은 낡아 끊어진 데다가, 키잡이나 사공 등은 대대로 녹봉을 물려받는 안일한 생활에 젖어 전혀 기술을 닦지 않고 있었다.

도요는 배나 바다에 대해서는 아무것도 몰랐으나, 이들에게 맹렬한 재훈련을 실시하여 몇 해 사이에 배나 선원을 쓸 만하게 만들어 놓았다. 무서운 실천력이라고 할 만하다.

얼마 뒤 직책을 물러나 영주로부터 전국 순방의 허가를 얻어 천하의 이름난 학자들과 사귀면서 견문을 넓혔다.

서른여덟에 참정으로 발탁.

번주 도요시게(豊信)가 가신 도요에게 도요 선생이라고 불렀을 정도니까 여간한 총신(寵臣)이 아니었던 모양이다.

요시다 도요는 참정으로 발탁되자 곧 영주의 에도 근무를 따라가 에도 일류의 명사들과 교제했다. 이해가 안세이(安政) 원년이니 료마의 첫 에도 수업시대이다.

그러나 도요는 24만 섬의 재상이다. 한낱 검술학도인 료마에게는 아득히 높은 신분이었으므로, 단 한 번 가지바시(鍛治橋)의 번저에서 복도를 지나가는 도요의 모습을 보았을 뿐이었다.

그때는 마침 페리의 흑선 소동으로 온 에도 땅이 내일이라도 전쟁이 터지는 게 아닌가 하고 긴장했던 때였다.

'허어, 저 친구가 도사의 무사대장이로군.'

료마는 믿음직하게 생각했던 것을 기억하고 있다.

그처럼 도요는 신뢰감을 줄 만한 모습을 하고 있었다.

큰 바위를 연상케 하는 선이 굵고 이목구비가 큰 얼굴에, 두 눈이 우람하게 번뜩였고 입술은 좀처럼 웃음기를 머금을 줄 몰랐다. 그 입술을 굵고 짧은 목과 넓은 어깨가 떠받치고 있어 위풍이 당당했다. 게다가 대단한 멋쟁이로 비단이 아니면 옷을 입지 않았고, 빨간 비단 소매가 달린 긴 속옷을 입었다. 품 안에는 늘 사향을 지녔으며 칼도 값비싼 것만 애용했다.

이 무렵 도요는 번저를 발칵 뒤집어 놓을 만한 대사건을 일으켰다.

안세이 원년 6월 10일의 일이었다.

이날은 에도 근무 영주의 관습대로 야마노우치 집안의 친척되는 직속 무장 세 사람을 불러 영주가 직접 술을 대접하게 되었다.

친척인 직속 무장은 야마노우치 도요카미(山內豊督), 고미 도요나리(五味豊濟), 그리고 마쓰시다 가헤에(松下嘉兵衞) 세 사람이었다.

마쓰시다 가헤에와 동명 동성의 무사가 다이코 기(太閤記 : 도요토미 히데요시의 전기) 등에 나온다. 히데요시가 젊었을 적에 섬긴 스루가(駿河) 이마가와(今川) 집안의 무장 이름이다. 히데요시가 천하를 차지한 뒤에 그를 찾아내어 높은 녹봉을 주었으나, 도요토미 집안이 쓰러진 뒤에 막부 신하가 되어 도사 영주와 대대로 혼인 관계를 맺고 있는 터였다.

현재의 가헤에는 서투른 시 따위를 지어 제법 으스대는 풍류 재사인데 술버릇이 좋지 못해 취하면 공연히 시비를 걸고 흥이 깨어질 정도로 우롱하는 버릇이 있었다.

이날 밤, 도요는 영주의 명으로 같은 중신인 시부야 쓰다우(澁谷傳)와 함께 '주연 배석(酒宴陪席)'을 분부받아 야마노우치 일가들 틈에 끼어 있었다.

그런데 문제는 이 마쓰시다였다. 술잔치가 끝날 무렵 의식이 없을 정도로 곤드레가 되어, 버릇인 술주정이 나왔다.

"시부야!"

도요의 동료를 반말지거리로 부르며 주정을 부린 끝에 부채로 머리를 때렸다. 시부야는 상대가 영주의 친척이므로 그저 황송해하며 맞고만 있었다.

가헤에는 다음에 도요 옆으로 와서 어깨를 안고 머리를 쓰다듬으며 말했다.

"아무 쓸모도 없는 모가지로군."

"아차!"

좌중이 긴장했을 때는, 도요는 이미 가혜에를 들어 내던졌다. 뿐만이 아니다. 가혜에를 타고 앉아 힘껏 두들겨 패는 것이었다.

가혜에는 우는 소리를 내며 빌었으나 도요는 여전히 때리기를 그치지 않았다. 마침내 영주가 몸소 자리에서 내려와, 덮어 누르고 있는 도요를 잡아떼어야 하는 소동이 벌어졌다.

사건 뒤 도요의 처벌에 대해서는 할복설까지 나왔으나 결국 직책이 박탈된 다음, 고향으로 쫓겨가 고치 성 아랫거리에서 네 마을 밖에는 금족, 녹봉 삭감이라는 심한 벌을 받았다.

도요가 죄를 저지르고 에도 번저를 쓸쓸히 떠난 것은 안세이 원년 6월 14일이었다.

료마는 이 무렵 스무 살의 젊은 나이라 오히려 도요의 호방한 행위에 호의를 가졌었다. 영주의 친척인 직속 무장을 때리다니 오늘날의 썩어 빠진 무사들로 보아 장한 일이 아닌가.

칩거(蟄居) 4년.

성 밖 아사쿠라 마을(朝倉村)에 살다가 뒤에 바다 경치가 아름다운 나가하마 마을(長濱村)로 옮겨 여기서 독서와 시작(詩作)에 열중하는 한편 명성을 사모하여 찾아오는 상급 무사들의 자제들을 교육했다. 뒷날 다시 참정으로 되돌아갔을 때는 이 나가하마 마을 시대의 제자들을 일제히 요직에 기용함으로써 강력한 파벌을 형성하고 다른 계통의 사람들을 단단히 배척했다.

그러나 료마 등 향사들은 거들떠보지도 않았다. 귀족 의식이 강한 인물이었던 것이다.

요시다가 참정 자리에 다시 앉은 것은 안세이 5년, 마흔세 살 때의 일이다.

그 뒤 그는 놀라운 행동력으로 참신한 정책을 착착 펴갔다. 이른바 부국강병책(富國强兵策)을 추진했다.

뿐만 아니다.

동시에 서재에서는 탐욕스러운 지식욕을 만족시켰다. 서양 지식을 얻으려고 했으나 서양 문자를 읽지 못해 중국에서 발간된 번역서를 나가사키로부터 사들였고, 또 상해(上海)에서 그때 발행되고 있던 〈중외신보(中外新報)〉까지 구독하여 그것을 통해 서양의 사정을 알려고 했다. 또한 이화학(理化學)까지 섭렵했다고 한다.

유학적 교양을 지니고 있으면서도 사상은 철저한 개국론(開國論) 입장을 취했다. 그 점 막부의 외교 방침과 같아 다케치 한페이타 등 근왕파 양이론자(攘夷論者)의 입장에서 본다면 신(神)의 나라를 더럽히는 자로서 양이(洋夷)에게 굴하려는 쓸개 빠진 무사이고, 막부에 편드는 반 조정파(反朝廷派)이며, 얼마 전 사쿠라다 문(櫻田門) 밖에서 근왕 양이론자에 의해 암살된 막부 최고 집정관 이이 나오스케(井伊直弼)와 같은 인물이었다.

'도사의 이이'라고 하면서 그를 가장 미워한 자가 도요를 베겠다는 나스 신고이다. 물론 당수격인 다케치 한페이타도 이와 의견이 같았다.

분큐(文久) 원년, 도요의 나이 마흔여섯.

이해, 다케치는 에도에서 사쓰마와 조슈의 과격지사(過激志士)들과 비밀히 밀회를 하고, 서로 자기 번으로 돌아가 번론(藩論)을 근왕으로 통일시켜 세 번의 군사로 하여금 교토에서 의군을 일으키자는 웅대한 밀모(密謀)를 짠 다음 도사로 돌아왔다. 귀국 뒤 도사 근왕당을 결성하고 그 압력을 배경으로 끈덕지게 요시다 도요를 설득하기 시작했다.

다케치는 날마다 반청으로 나가 도요에게 면회를 신청했다.
향사들 중에서는 다케치만이 등청하여 참정과 만날 수 있는 신분인 것이다. 다케치 집안이 향사이면서도 상급 무사 대우를 받는 신분임은 앞에서 말했다.
요시다도 평소 다케치의 학식만은 인정하고 있었다.
'미즈야마 선생(瑞山先生).'
요시다는 반은 존경, 반은 친밀감을 가지고 다케치를 이렇게 불렀다.
그런데 다케치와 사쓰마, 조슈, 도사 삼번 동맹론에는 절대 반대인 것이다.
"다케치군, 사쓰마와 조슈는 사쓰마와 조슈이고, 도사는 도사란 말이야."
도요는 어디까지나 친막부적인 태도를 버리지 않았고 교토 조정에 대해서도 다케치와는 전적으로 사상을 달리하고 있었다.
"허허, 천황이나 공경(公卿)들이 나라를 지킬 수가 있나."
"미즈야마 선생은 역사를 모르는군. 일본 역사에서 천황이나 공경이 시끄럽게 굴었을 때는 반드시 세상이 어지러웠어. 호겐 헤이지(保元平治)의 난, 남북조(南北朝)의 난, 모두가 천황과 공경의 권력욕에서 나온 것이야. 지금 다시 그들은 세상을 시끄럽게 만들려 하고 있어. 일본을 태평성세로 만든 공로자는 미나모토 요리토모(源賴朝), 아시카가 다카우지(足利尊氏), 도쿠가와 이에야스, 이 세 사람의 막부 창설자이며 역대의 무사란 말이야."
도요는 특히 호조 야스토키(北條泰時)와 아시카가 다카우지를 좋아하여 이를 역적으로 보고 있는 근왕론자들과는 정반대였다.
더욱이 무서울 만큼 이론이 명쾌하여 논쟁에 있어서는 다케치라 할지라도 상대가 안 되었다. 다케치는 초조했다. 사쓰마와 조슈와의 밀약을 도요의 고집 때문에 끝내 이루지 못할 것인가 하는 초조감이었다.

"분명히……."
료마는 나스에게 말했다.
"자네가 말하듯이 참정 요시다 도요를 죽이면 도사도 상당히 변하겠지. 그러나 죽이는 것만이 능사일까."
"나는 죽일 뿐이야. 나머지 계책은 다케치형 가슴속에 있어."
"한페이타, 어쩔 작정인가."
"그건 이렇다."
다케치는 목소리를 낮췄다.
료마가 듣고 나서 다케치의 얼굴을 새삼스럽게 쳐다보았을 정도의 큰 음모였다. 이 턱주가리에게 그만한 음모의 재능이 있었던가 싶어 료마는 착잡한 심정이었다.
솔직히 말해서 요시다를 쓰러뜨린다 해도 도사의 정권을 근왕당이 장악한다는 따위의 안이한 생각은 할 수 없다. 왜냐하면 근왕당의 구할 구푼까지가 향사라서 번정에 참가할 자격이 없기 때문이다.
근왕당 안에서 번정(藩政)에 참여할 자격자가 있다고 하면 다케치 한페이타, 그리고 상급 무사 중에서 근왕당에 가담하고 있는 히라이 슈지로(平井收二郎), 마사키 데쓰마(間崎哲馬), 히지카타 구스에몬(土方楠左衞門) 등 극소수뿐이다.
다만 애석하게도, 이 사람들은 나이도 젊고 번정을 장악하여 상하의 질서를 바로잡을 만한 관록을 아직 갖추지 못했다.
그래서 다케치가 생각한 것은 수구파(守舊派)의 중신과 손을 잡는 일이었다.
수구파라고 하면 요시다 도요에 의해서 '무능하고 거만하여 쓸모가 없다'고 정치 일선에서 배척당한 영주의 일가친척과 원로, 중신들을 말한다.

그들은 대대로 물려받은 중신으로 능력도 없거니와 기개도 없다. 게다가 대대로 높은 녹봉으로 편하게 살아 온 자들이기 때문에, 조금이라도 현상태를 개혁하는 일에 대해서는 생리적으로 공포감을 갖고 있다. 요시다 도요의 강력한 내정 개혁 방침이 불쾌하기 짝이 없는 것이다.

"그 따위 문벌 패들과 손을 잡는단 말인가."

"그렇지."

다케치는 어두운 얼굴이다.

"그것밖엔 방법이 없겠지. 독을 삼키는 거야. 요시다에게 배척받은 후카오 가나에(深尾鼎) 이하 여러 중신들의 격을 회복시켜 주고 지위를 보장한다고 하면 기꺼이 협력할 거야."

"그야 그럴 테지만……"

"염려할 건 없어. 독도 쓰기에 따라서는 약이 되는 법이니까."

"글쎄, 약이 될까."

수구파들은 사상이라고 말할 것까지는 없지만 한결같이 강력한 막부 지지파이다. 다케치는 그들을 배후에서 조종하여 온 번이 근왕이라는, 3백 년 동안 어느 번에도 없었던 새로운 횃불을 쳐드는 데까지 몰고 가겠다는 것이다.

"그러나 공경들은 모두 쓸모없는 돌대가리뿐이야."

"그러니까 우리 마음대로 조종할 수가 있다. 마음대로 주무를 수가 있어."

"물론 우두머리로는 그들을 앉히지 않는다. 고미나미 고로우에몬(小南五郞右衞門)을 앉히겠어."

고미나미는 료마도 잘 알고 있다. 상급 무사 중에서도 유일한 근왕 양이파다. 다케치의 구상은 극우나 극좌의 연립 내각이라고나 할까. 그러나 그 방법이 어쩐지 요술 같아서 료마는 위태위태하게 여겨졌다.
"그런 연극을 생각해 내다니 한페이타도 사람이 꽤 나빠졌는데."

"확실히 나빠졌어."
다케치 한페이타가 말했다.
"그러나 료마, 착한 사람으로서는 이 정도의 큰 도박은 할 수가 없어."
"악인이면 더욱 못할걸."
료마는 히죽히죽 웃고 있다.
"한페이타, 자네가 악한 음모자라고 한다면 이미 사람은 모여들지 않을 걸세. 사람들이 모여들지 않으면 큰일을 할 수가 없어. 그러니까 악인이란 결국 조그마한 일밖에 할 수 없는 사내를 말하는 걸세."
"잠깐!"
가늘게 뜬 다케치의 눈빛이 날카로워졌다.
"내가 악인이란 말인가?"
"아니."
"지금, 그러지 않았나."
"악한 음모자가 되지 말라고 했을 뿐이지, 자네가 악인이라곤 하지 않았어."
"음모는 평생에 이번 한 번뿐이다. 그것도 사사로운 마음으로 하는 것이 아니다. 도사 24만 섬을 송두리째 조정에 바치기 위해서야. 그 때문에 돌대가리 중신들과도 손을 잡는 거다. 참정 요시다도 암살한다. 한페이타는 뭐든지 할 테다!"
"한페이타는 미쳤구나."

"뭐라구?"

"자네가 꾸미고 있는 것은 억지 연극이야."

"어째서?"

"전 번을 들어 근왕하겠다는 것은 이상이긴 하나 불가능한 일이야. 옛날부터 자네는 이상론자였어. 완전을 바라고 이상을 지나치게 쫓는다. 그것을 현실화시키려고 드니까 마음이 초조해지고, 그래서 억지 연극을 하게 되는 거야. 반드시 실패하게 될 거야."

"불길한 소릴!"

"한페이타, 차라리 이 썩어빠진 번 따위는 내던져 버려. 온 번을 들어 근왕으로 돌린다는 것은 도대체가 무리야."

"번을 내버리라고?"

"그렇지. 이쪽에서 차 버리는 거다. 동지들이 모두 탈번하여 교토로 올라가 적당한 소번(小藩)을 빼앗아 산채(山砦)를 만들고 천황을 옹위하여 천하를 호령하는 거야. 재미있지 않을까?"

"이 허풍쟁이 같으니라고!"

다케치는 정말로 화를 냈다.

"가만히 듣고 있자니까 기가 나서 그따위 허풍을 떨다니. 그런 짓보다는 차라리 내 번 전체의 근왕이 현실성이 있네."

"없어, 그림의 떡이다."

료마는 딴청을 부렸다.

"자네는 산적이 돼라. 나는 해적이 되겠다. 산과 바다에서 서로 호응하여 천하를 흔들게 되면 차츰 천하의 지사들이 모여들겠지. 그러면 무력이 생기고 도사 번도 자연히 따라오게 된다."

"허풍떨지 마."

"난 말이야, 한페이타, 들어 보게."

료마는 정색을 했다.

"번 체제를 무너뜨리지 않으면 일을 이룩할 수 없다고 생각해. 걸핏하면 체통이니 격식이니 그런 것만으로 움직이고 있는 무반(武班) 조직으로는 아무것도 할 수 없어. 예컨대 도요를 죽이고 자네 음모가 성공했다고 하더라도 영주라는 자가 그 위에 있다. 그러면 그의 의사에 따라 단번에 무너질 것 아닌가. 그렇게 되면 마지막에 가서는 영주님까지 죽여야 하지 않나."
"여, 영주님을. 무엄하다, 료마!"
"도사 영주는 유명한 고집쟁이다. 그러니까 세상을 바로잡는 데는 근왕이란 그야말로 허공이고, 낭인군(浪人軍)을 만드는 편이 빠른 길이다."
료마는 일어나 문을 나왔다.

하기(萩)로 가다

번청에 제출해 두었던 료마의 여행 신청이 뜻밖에도 빨리 결재되었다.

여행 목적은 검술 연구를 위해 산슈(讚州) 마루가메(丸龜)로 간다는 내용이다.

물론 이것은 어디까지나 표면적인 이유다. 참목적은 마루가메에서 조슈 땅 하기(萩)로 가서 조슈 번의 근왕파 지사들과 만나고 그곳의 막부 타도 운동 현황을 본다는 데에 있다.

'모든 일은 직접 보아야 한다.'

이것이 학문을 싫어하는 료마가 몸에 익힌 주의(主義)였다.

'다케치가 염불처럼 조슈, 조슈 하는데, 그 조슈의 움직임을 보지 않고서야……'

다케치의 책략대로 도사 번이 한 덩어리가 되어 막부를 쓰러뜨릴 결정을 내렸다고 하더라도, 조슈 번이 꾸물거리고 있어서는 막부의 손에 의해 저마다 격파당하고 말 것이 아닌가.

사누키 마루가메에 들어선 것은 10월 중순의 일이다.

마루가메는 교고쿠(京極) 집안 5만 1천5백 섬 성읍(城邑)으로, 이름은 호라이 성(蓬萊城)이라 하여, 작지만 여간 모양이 좋지 않다.

거리에 늘어선 집들의 형체가 도사와 비교하면 어딘가 우아했다.

'5만 섬이라지만, 과연 영주 중에서도 명문이라고 일컫는 교고쿠 집안의 영지답구나.'

한길을 걸어가면서 료마는 감탄했다.

'같은 시코쿠이면서도 도사는 역시 뒤떨어졌구나.'

묘한 일이다. 24만 섬의 큰 고장에서 와서는 오히려 도사가 촌스럽게 여겨지는 것은 이 고장이 교토 풍속의 영향을 많이 받았기 때문일까.

료마는 술집에 들어갔다.

술을 주문해 놓고 물었다.

"주인 있소?"

"글쎄요."

지저분한 술집치고는 드물게 똑똑해 보이는 소녀이다.

"넌 이름이 뭐냐?"

"오하쓰예요."

또렷또렷하게 말한다.

"어른께서는 도사 무사님이시군요."

"어떻게 알지?"

"사투리 억양으로 알 수 있고 얼굴로도 알아요."

"얼굴로?"
"네, 모두 다랑어 같은 얼굴이시거든요."
"고약한 놈이로군."
료마는 이 오하쓰가 마음에 들었다.
"주인이 있으면 물어 볼까 하는데, 이 마루가메 성 아랫거리에서 검술이 뛰어난 선생이 누구누구냐?"
"병법 말이죠?"
옛날식 말로 물었다.
"첫째는 도이 거리(土居町)에 계신 후지사와 겐사이(藤澤玄齋) 선생님, 다음에는 마루가메 번의 사범이신 야노 이치노조(矢野市之丞) 선생님. 그 밖에는 엉터리들이지요."
"넌 입버릇이 고약하구나. 나도 도사의 엉터리 검객이지만 그들에게 시합을 신청할 수 있을까?"
"참, 딱하시네요. 그런 일을 선술집 소녀가 어떻게 알아요?"
"그것도 그렇구나."
료마는 크게 웃었다.
"그럼 주인에게 물어 보자. 주인은 언제 돌아오니?"
"제가 주인이에요."
오하쓰는 침착하게 대답했다.

"아니 네가?"
보기에는 아직도 열예닐곱 정도가 아닌가. 그러나 마구 생겨 먹은 처녀는 아니고 눈매가 바르고 몸가짐도 민첩한 것 같았다. 얼굴만 조금 가무스름하면 에도 미인이라고 해도 되겠다.
료마는 누님 오토메의 감화가 컸던 탓인지 이렇게 시원시원한 여인이 좋았다.

'난 이런 여자에게는 맥을 추지 못한단 말이야.'
료마는 히죽히죽 웃었다.
"무엇이 우스워요. 부모님이 일찍 돌아가셨기 때문에, 이런 가게지만 버리기가 아까워서 하고 있는 거예요."
"아냐, 좋은 가게다."
"그래요?"
역시 소녀라 기쁜 모양이다. 빈틈없이 보이면서도 어딘가 천진한 성품이 웃는 얼굴에 드러나 있다. 그 얼굴에는 닳아빠진 연배의 여인네에게서는 볼 수 없는 청순한 미태가 있었다.
'안 되겠는걸.'
잠깐 사이에 좋아진 게 틀림없다.
술이 나왔다.
"이 사누키라는 고장은······."
료마는 한 모금 마시고 말했다.
"교토 방면과 무역을 해서 장사를 썩 잘하는 고장이라더군. 장사꾼들 얘기에도 '사누키 사나이에 아와(阿波) 여자'라고 한다면서?"
"사누키 사나이에 아와 여자, '이요(伊豫) 학자에 도사 고치(高知)의 망나니 무사'라고도 하죠."
"그렇지. 그런데 도사는 망나니 무사라니 그건 너무한데."
료마는 씁쓸하게 웃었다.
"자, 한 잔 하지."
"네."
오하쓰는 순순히 잔을 받았다.
다행히 한낮이라 가게에 다른 손님은 없었다.
"술 좋아하나?"

"네, 좋아해요."

"그럼 한 되쯤 데워 오너라."

"한 되나요? 역시 망나니 무사시군요."

해질 무렵까지 오하쓰는 다리가 휘청거릴 정도로 마시고 말았다. 장사에 열심인 이 처녀가 낮술을 이렇게 마신 적은 없었다. 상대인 망나니 무사가 어지간히 마음에 들었던 모양이다.

손님이 붐비는 시간이 되자 검술 도장에서 돌아오는 길인 듯한 젊은 무사들이 우르르 몰려 들어왔다.

그리고 뒤이어 목수, 미장이, 나그네 행색의 사나이들도 들어온다. 모두 오하쓰가 목적인 것이다.

"오하쓰!"

"오하쓰!"

여기저기서 오하쓰를 부르는 소리가 들렸다. 이 가게에서는 첫잔만은 오하쓰가 따라 주는 것이 관례인 모양이다. 손님의 태반이 그것을 낙으로 삼고 찾아온다.

그런데 당사자 오하쓰는 헛대답만 할 뿐 료마의 곁을 떠나려고 하지 않는다.

"네, 지금 가요."

─뭐야, 저 녀석은?

가게 안의 눈총들이 타관 사람인 듯한 료마에게로 쏠렸다.

"뭣하는 놈일까?"

옷엔 먼지가 뽀얗게 앉아 있다. 머리는 며칠씩이나 빗질을 하지 않은 것 같고, 귀밑머리는 더부룩한 것이 헐어 빠진 부동명왕(不動明王) 같으나 웃는 얼굴은 사나이들이 보기에도 짜릿할 만큼 매력이 있다.

―도사 놈인 모양인데.

료마의 사투리로 짐작을 한다.

"나그네 무사님!"

건달인 듯한 사나이가 오른손을 품에 넣은 채 다가왔다.

"설마 무사님이 오하쓰 아가씨를 산 건 아니겠죠?"

료마는 사나이의 품에 손을 쑥 넣었다.

"아야!"

손목을 잡혔다. 나온 것은 하얀 칼잡이가 손때로 검어진 단도이다.

"이런 걸 쥐고 남에게 말을 걸어오는 천치가 어디 있나!"

"이 새끼!"

"큰소리 치지 말게. 사누키 마루가메라고 하면 인정이 후한 고장이라고 들었네. 나는 지금 막 이곳에 발을 들여 놓은 나그네야. 댓바람부터 그러면 쓰나?"

료마는 손목을 잡고 있을 뿐이다. 그런데 사나이는 꽤나 아픈 모양으로 몸을 뒤틀었다.

"놔, 놔라!"

"목소리가 너무 커."

료마는 왼손으로 술잔을 비워 사나이의 왼손에 쥐어 주었다.

"어때, 한 잔?"

잔을 받자마자 사나이는 그것을 료마의 얼굴에 던졌다.

료마는 얼굴을 슬쩍 돌렸다. 술잔은 뒷벽에 맞아 깨어졌다.

그 사이에 사나이의 손목을 놓았다. 사나이는 반동으로 비틀비틀 뒤로 물러나다가 마침 거기 몰려 앉아 있는, 검술 도장에서 돌아오는 길이던 젊은 무사의 몸에 '쿵' 하고 부딪쳤다.

"뭐냐?"

젊은 무사들이 우르르 일어났다. 싸울 계기를 기다리고 있었다는 표정이다.
"실례가 아닌가, 사람을 내던지다니?"
"놓아 준 것이 그만, 미안하오."
"이름을 밝혀라!"
"도사의 사카모토 료마."
"뭐?"
모두 새파래졌다. 검술을 논하는 자라면 도사의 료마 이름쯤은 알고 있다.
하지만, 상대방은 수를 믿고 있다. 사리를 아는 자가 한 사람이라도 있었다면 이런 일은 벌어지지 않았을 텐데.
"뭐, 도사의 사카모토?"
무사 체통에 팔을 걷어붙이고 나서려는 녀석도 있다. 이런 패들은 으레 집단 속에 있게 마련이다. 게다가 건달들도 섞여 있었다.
"나리들, 저도 이곳에선 도키토쿠(土器德)라고 불리는 사나이죠. 한번 해 볼 테니 도와주십쇼."
'도키토쿠라······.'
료마는 우스운 생각이 들었다. 하긴 이 거리에 도키(土器)라는 강이 흐르고 있다. 그 강변에서 태어난 도쿠시치(德七)쯤 되는 모양인가.
"그만두지, 도키토쿠."
도키토쿠란 놈, 꽤 애교 있는 낯짝을 가졌구나, 료마는 묘한 호감을 느꼈다. 한껏 위협을 하는데도 어딘가 토기 주전자 주둥이의 이가 빠진 것 같은 얼굴이었다.
"해라, 해. 도키토쿠!"
뒤쪽의 젊은 무사들이 부추겼다. 품위가 없는 것으로 보아서 하급 무사의 자식들인 모양이다.

"참게나, 도키토쿠. 남자 체면에 이제 물러서자니 체면이 안 서겠지만, 공연히 다치기나 하면 더욱 창피한 꼴이 될 거야."

"입 닥쳐!"

도키토쿠는 단도를 뽑아들고 확 덤벼들었다. 료마는 그 손을 붙잡아 밖으로 끌어냈다.

"도키토쿠."

료마는 말했다.

"돈을 줄게 얌전하게 굴어."

"싫다."

료마가 왼손에 쥐어 주려는 은전을 도키토쿠는 내던졌다.

"싫단 말인가. 돈보다 이걸 원한다면 실컷 안겨 주지."

홱 손을 놓자마자 우그러들 만큼 손바닥으로 오른뺨을 갈겼다.

도키토쿠는 두 칸이나 저쪽으로 나가 떨어졌다. 무지무지한 완력이다.

"무사에게 대드는 놈이 어디 있어! 자, 매 맞은 값이다. 그 은전 갖고 가!"

료마는 가게 안으로 들어갔다.

젊은 무사들은 숨을 죽이고 있다. 그런데 단 한 사람 검술깨나 한 듯한 사나이가 아직도 기세가 꺾이지 않은 듯했다.

"흥, 하찮은 놈을 때리고 으스대는군."

료마는 기가 막혔다. 웬만한 번의 무사라면 좀더 품위가 있을 법하다. 교고쿠 집안의 가신들 중에서도 이 패들은 아주 질이 나쁜 놈들인 모양이다.

료마는 앉으며

"오하쓰, 술이 식었다. 좀 데워 줘."

이렇게 일러 놓고 옆에 있는 젊은 무사들을 흘끔 노려보며 말했다.
"칼을 뽑지 말게. 무사가 칼을 뽑으면 결국 죽을 때까지 해야 하네. 이겨도 저도 손해야. 조상으로부터 물려받은 녹봉을 실없는 싸움으로 잃을 건 없잖아."
료마는 한 잔 쭉 들이켜고 다시 말을 이었다.
"어때, 도사의 얼뜨기 술잔을 받아 보지 않겠나?"
무섭게 눈알을 굴리며 훑어보았다. 잘못 건드렸다간 베어 버릴 것 같은 눈초리이다. 젊은 무사들은 파랗게 질려 떨기 시작한다.

"아하하하!"
료마는 태도를 바꾸었다.
"무사란 정말 어려운 거다. 섣불리 싸움질을 했다간 할복, 제적(除籍)!"
말은 무시무시했으나 눈초리는 그렇지도 않다. 마치 사랑스러운 동생을 바라보는 듯한 정다운 눈으로 젊은 무사들을 둘러본다.
젊은 무사들은 고개를 숙였다.
압도된 것이다.
'어머, 저 눈.'
오하쓰는 반해 버렸다. 남자들 상대로 장사를 하며 물리도록 사내란 것을 보아 왔지만 이런 눈을 가진 남자는 처음이다.
"무사라는 것은 전국에 3백여 번으로 갈라져 저마다 실없는 체면을 내세우며 으스대고 있다. 그러니 정체도 모를 도사 번사의 잔 같은 건 받지 못하겠다는 것이겠지. 마루가메의 교고쿠 집안이니, 도사의 야마노우치 집안이니를 따지는 동안에 나라는 망하고 말 거야."
"사, 사카모토 선생!"

젊은 무사 한 사람이 일어섰다.
"잔을 받겠습니다."
"그만둬, 기분 나쁘다. 그대처럼 그렇게 쉽사리 꺾이는 것도 기분 나쁜 거다. 잔은 못 주겠네."
젊은 무사의 입장에서 볼 때 조롱당하는 것과 다름없다.
"보아하니……"
료마는 정말 즐거워 보였다.
"당신네들 가운데서 아직도 어깨를 들먹거리며 나를 노려보는 사람이 있군. 저런 사람이 장차 뭔가 일을 할 사람이야."
"예?"
"그러나 술자리에서 저렇게 노려보고 있으니 모처럼 좋은 사누키 술이 목구멍에 넘어가지 않는군. 저 눈 흘기는 사람과 잘 의논해 보게. 생각만 있다면 오늘 이 자리를 통째로 사서 기분 좋게 마시자."
"어디로 가세요?"
"오하쓰, 한잠 잤으면 좋겠는데 네가 덮는 이불 없나? 내가 한잠 자고 있는 동안에 마루가메 번과 도사 번이 사이좋게 지낼 의논을 여러분들이 하도록 하고."
"이층으로 안내하겠어요."
오하쓰가 앞장섰다.
—건방진 놈이다.
어깨를 들먹거리던 무사가 작은 소리로 내뱉듯이 한마디 했다. 이 사나이는 마루가메 번의 기마대장 마쓰키 주로자에몬(松木十郞左衞門)의 둘째아들인 마쓰키 젠주로(松木善十郞).
번의 사범인 야노 이치노조의 수제자로 사범 대리를 보며, 칼 솜씨는 스승보다 앞서 있다는 말을 듣고 있다. 이 젊은이들의 대장격이며 실력도 있다. 이 젠주로만이 싸울 기세였다.
 료마는 이층에 올라가 오하쓰에게 이불을 깔도록 하고 벌렁 드러누웠다.
 곧 드르렁드르렁 코를 골기 시작했다.
 '묘한 분이지만 무언가 속셈이 있는 모양이야.'
 영리한 오하쓰는 그렇게 생각했다.
 오하쓰가 아래층으로 내려가니 마쓰키 젠주로가 무서운 얼굴로 대들듯 말했다.
 "그 녀석, 무슨 목적으로 마루가메에 왔대?"
 "검술 연구차 왔대요."
 오하쓰도 물론 그것이 표면상의 이유라는 것을 짐작하고 있었다.

 료마는 뒤에 일이 나면 마루가메 번을 끌어들일 생각이었다.
 이번 길에는 그러한 속셈이 있었다. 다케치가 하고 있듯이 도사 번의 향사들만 떠들어댄다고 천하 일이 어떻게 되는 것은 아니다.
 다른 번에 둥지를 만들어 두어야 한다.
 이를테면 유세(遊說)이다.
 유세라고 하지만 료마는 말재간이 없으므로 자기 나름의 방법으로 동지를 만들 작정이다.
 '5만 남짓밖에 안 되지만 이런 작은 번에도 쓸모 있는 인간들은 있겠지.'
 료마가 눈독을 들인 것은 어깨를 으스대고 있는 청년이다. 분명 마쓰키 젠주로라고 했겠다.
 '그놈이면 쓸 만하겠어.'
 한참 푹 자고 일어났을 때는 방 안이 캄캄했다.
 '허, 벌써 밤이 되어 버렸군.'

일어나려 하자 방 한구석에 인기척이 있었다.
"누구야?"
"오하쓰예요. 지금 등잔불을 켜겠어요. 죽은 줄만 알고 와 보니 굉장히 코를 고시더군요."
"그래?"
료마는 쓴웃음을 짓고 일어났다.
"아래층 패들은 기다리고 있겠지?"
"어머, 무슨 말씀을."
오하쓰는 코먹은 듯한 소리로 웃었다.
"기다리다니요. 타향 사람인 주제에 사람을 기다리게 해 놓고 자기는 취해서 잠을 주무시니, 아무리 마루가메의 무사들이 바보지만 그렇게 태평스럽지는 않아요."
"그래?"
킬킬 웃고 있다.
"모두들 화를 내시던걸요. 보복을 해야겠다고 하면서."
"거짓말 마라. 그따위 녀석들에게 그런 용기가 있을라구. 모두 우물쭈물하다가 돌아갔겠지. 화를 냈다면 겨우 마쓰키 젠주로 정도일 거야."
"맞았어요."
오하쓰는 찰깍, 부싯돌을 쳤다. 습기가 있어 불이 잘 붙지 않는다.
"잘 붙지 않는군."
"그전엔 불을 잘 일으켰는데."
사실 오하쓰의 손은 지금 떨고 있는 것이다.
이 어둠이 그냥 계속되었으면 싶었다.
"오하쓰, 그 마쓰키라는 녀석은 이곳 무사들 중에서 인기가 있나?"

"글쎄요."

오하쓰는 별로 탐탁지 않은 목소리다.

"좋은 집안 도련님인 데도 어릴 때부터 지독한 장난꾸러기여서 이미 성인식을 끝내고서도 저 건너 도키 강변의 졸개 자식들 따위하고 전쟁놀이나 하고 있지요. 지금도 하급 무사들 사이에 인기가 좋아 저렇게 함께 마시고 다닌답니다."

"그래? 제발 그 친구가 나를 베어 주었으면 좋겠군."

료마는 손뼉을 쳤다. 그 마쓰키 젠주로만 동지로 삼아 두면 일단 유사시에 마루가메 번에서 수십 명의 인원은 동원할 수 있겠지.

'이분 머리가 좀 돈 것이 아닐까.'

그러는 사이 불이 부싯깃에 옮겨 붙고, 오하쓰는 등에 불을 켰다. 방 안이 밝아졌다.

"잘됐군. 어둠 속에 젊은 아가씨하고 함께 있으면 갑갑해서 숨이 막혀."

'그래서 이분이 그렇게도 열심히 지껄이고 있었구나……'

오하쓰는 맥이 풀려 버렸다. 사나이가 언제 자기를 끌어안을 것인가, 온 몸이 떨리는 것 같던 기대가 송두리째 사라지고 말았다.

"시장하지 않으세요?"

"시장해."

"지금 준비할게요."

오하쓰는 화난 얼굴로 일어섰다.

숫처녀는 아니다. 오하쓰는 이런 장사를 하고 있기 때문에 남자와의 관계는 두어 번 있었다. 그러나 남자들이 한결같이 못나고 어리석어 정말 사내다운 사내에게 안겨 본 적이 없었다.

"오하쓰, 어디든 여인숙 하나 구해 줘."

"어차피 오래 묵으시겠죠?"
"글쎄, 도장을 찾아다닐 셈이니까 한 네댓새는 걸리겠지."
"차라리 여기를 숙소로 삼으시면?"
오하쓰는 대담하게 그런 말을 던지고 살며시 료마의 눈치를 살폈다.
코를 풀고 있다.
이윽고 통 밑바닥이 빠지는 듯한 소리를 내고 나서
"아, 그러지."
료마는 말했다.
"한데, 이 집에 남자는 있나?"
"없어요. 집에서 다니는 하녀가 있을 뿐이에요."
"집단속이 허술한데. 미리 일러두지만 나는 별로 품행이 좋지 않아."
"어머……."
'대단치도 않으면서. 아까 단둘이 어둠 속에 있을 때 그렇게도 어두운 걸 싫어했으면서도.'
거리는 벌써 조용했다.
고치와는 달리 마루가메에서는 해가 저문 뒤의 나들이를 거의 금하고 있다.
"몇 시쯤 됐지?"
"아까 8시를 쳤어요. 그래서 벌써 가게는……."
"문을 닫았나. 허허 참, 사누키 마루가메의 교고쿠님 성 아랫거리는 밤이 긴 거리로군."
"고치는요?"
"아, 거긴 그렇지 않아. 술을 마시고 소리 높여 논쟁을 하기도 하고 장사치들까지 책을 읽는가 하면 젊은 패들은 조개잡이 가기도 하지. 그러니 사람들의 혈기만 왕성해질 뿐야. 머지않아 그 나라는 소동을 일으킬 거야."
"조개잡이가 뭐예요?"
"넌 고치 사정을 잘 알고 있구나."
"어머, 그런 말씀을! 방금 조개잡이 간다고 말씀하시길래 물어본 거죠."
"아, 그랬던가?"
술기가 아직도 몸 한구석에 남아 있는 모양이다.

오하쓰가 상을 차려 왔다.
"너도 좀 먹지. 이렇게 옆에서 시중을 들어주면 갑갑해서 견딜 수가 없어."
"그럼 저도 먹겠어요."
오하쓰도 밥상에 다가앉았다.
몸집이 작으면서도 상당한 대식가이다. 단무지를 씹는 소리가 시원스럽다.
"참, 아까 말씀하신 조개잡이가 뭐예요?"
"그거?"
남녀칠세부동석(男女七歲不同席)이란 유교의 가르침이 방방곡곡에 미치고 있던 이 무렵에 도사 고치에서만은 비교적 자유스러웠다.
결혼하지 않은 딸이 있는 집에, 젊은 남녀가 서로 약속하고 조개잡이꾼이 되어 놀러 오는 것이다.
처녀의 부모들은 조개잡이꾼을 잘 대접한다. 그중에서 사위가 되는 사람도 있고 또 조개잡이꾼끼리 연애를 해서 결혼하는 일도 많다.
기묘한 풍습인데 이들은 반드시 변장을 하고 온다. 상급 무사나 향사의 아들이 상인으로 가장하거나 큰 가게의 주인이 소방부(消防

夫)로 둔갑하기도 한다. 그런가 하면 처녀들은 춤추는 무희(舞姬)로 변장하고 오기도 한다.

"초저녁에 온다."

그리고 새벽 첫닭이 울 때까지 떠들고 논다. 여러 가지 놀이를 하기도 하고 번갈아 노래를 부르기도 한다.

"즐겁겠군요."

오하쓰는 무뚝뚝하게 말했다.

"사카모토님의 부인도 조개잡이를 해서 맞으셨나요?"

"아냐, 난 마누라가 없어."

료마도 무뚝뚝하게 대답했다.

그날 밤은 이부자리를 나란히 깔고 잤다. 료마가 가물가물 잠이 들 무렵, 오하쓰는 료마의 이불 속으로 들어오며 성난 듯이 말했다.

─저를 사카모토님의 아내로 삼아 주세요.

조그맣고 단단한 몸집이 놀라울 만큼 뜨거웠다.

"아니, 감기 들었나?"

"네?"

"몸이 이렇게 뜨거우니."

"또 그런 말씀을."

다 알면서, 말하며 혀를 차듯이 오하쓰는 료마의 가슴을 힘껏 꼬집었다. 어지간히 심하게 꼬집은 모양으로 다음날 보니 시퍼렇게 멍이 들어 있었다.

"아파."

"더 꼬집히고 싶어요?"

"아냐."

얼결에 도사 사투리가 튀어나왔다.

그날 밤 오하쓰는 끝내 자기 이불로 돌아가지 않았다.

다음날 료마가 잠에서 깨어났을 때 벌써 오하쓰의 이불은 깨끗이 치워져 있었다.

아래층에서 분주하게 돌아가는 소리가 들려 왔다. 벌써 일어나 가게 청소를 하고 있는 모양이다.

'좋은 여자야.'

이날 아침나절, 예의 마쓰키 젠주로가 심부름꾼을 보내왔다.

"도장에 초청하고 싶소."

이런 말을 전해 왔다. 이 도사 검객을 두들겨 줄 속셈인 모양이다.

료마는 곧 준비를 하고 야노 이치노조의 도장으로 갔다.

곧 제자의 안내를 받아 객실로 들어갔다. 작은 뜰에 멋있게 핀 백일홍이 늦가을의 햇살을 받고 있다.

'이제 머지않아 겨울이로구나.'

이렇게 생각하고 있는데, 야노 이치노조가 나타났다. 예상한 것보다 늙었으며 퍽 거만한 태도였다.

"당신이 도사의 사카모토님이오?"

"……."

료마는 무뚝뚝하게 고개를 끄덕였을 뿐이다. 이것이 이 사내의 천성이었으나 야노는 그 태도에 화가 난 모양이었다.

"도장 순례(巡禮)요?"

역력히 얕보는 눈치를 보였다. 도장을 찾아와 시합을 청하는 것은 궁색한 검객들이 흔히 하는 짓으로, 어느 도장에서나 푼돈을 주어서 쫓아 보내는 것이 통례로 되어 있었다.

"아니, 틀림없는 초청으로 알고 있는데요. 사범 대리인 마쓰키 젠주로님의 전갈로는 그랬습니다만."

"실례지만 마루가메의 무예는 좀 사납소. 온전한 몸으로는 도장 밖을 나갈 수가 없을 텐데."
"……."
"제자들도 난폭한 자들이 많아 사범인 나도 난처한 때가 많소."
야노는 교활하게 웃었다.
"괜찮겠소?"
"뭐 말입니까?"
"우리 도장에서는 타류(他流)와의 시합은 금하고 있지만, 부득이한 경우에는 청원자에게 다치키리(立切) 승부라는 것을 하오."
"다치키리?"
료마는 기가 막혔다. 시합 청원자에 대하여 제자 전원이 한 사람씩 쉴 새 없이 덤벼들어 본인이 피로해서 쓰러질 때까지 시키는 것이다.
"설마."
료마는 생각에 잠긴 듯한 태도로 말했다.
"싸움하실 셈은 아니겠지요?"
"우리 유파의 참 가치를 알려 주기 위해서요. 귀공의 유파가 호쿠신 일도류(北辰一刀流)라는 유행하는 검술이므로 그 좋은 점을 우리도 배우고 싶소."
잠시 뒤 마쓰키가 나타났다. 사범에게 인사하자 료마에게도 가볍게 눈인사를 보낸 다음 말했다.
"도장 준비가 됐습니다."
료마는 일어섰다.
"도구와 죽도를 빌려 주실 수 있겠소?"
"물론이죠. 우리 유파가 아무리 거칠다고는 하지만 설마 맨손으로 하라고야 하겠소."

'맨손이라면 씨름이지.'

료마는 도장에 섰다.

주위를 둘러보고 놀랐다. 이 유파는 구식 훈련법을 쓰고 있다. 도구를 보면 단번에 알 수 있는 것이다. 면구와 팔덮개는 있으나 동구(胴具)도 없다. 원래 검도 도구란 료마의 스승인 지바 슈사쿠의 스승이었던 나카니시 주베에(中西忠兵衛)가 고안한 것으로, 유파에 따라서는 이를 거부하여 엷게 누빈 검도복을 만들어 죽도로 맞으면 죽도 자국이 남는 것을 쓴다.

이 도장도 그런 모양이었다.

'이건 진검 승부와 같구나.'

잘못하다가 기절하거나 죽을는지도 모르겠다고 생각했다.

이윽고 마쓰키 젠주로가 료마에게 죽도를 고르게 했다. 료마는 아무렇게나 긴 죽도를 잡았다.

이윽고 료마는 이 유파식대로 면구와 팔덮개만을 하고 도장 중앙으로 나갔다.

심판은 이 도장 고참인 간다 가헤에(神田嘉兵衛)라는 초로의 인물이다.

"그럼 사카모토님, 다짐을 해둡니다. 시합은 전원 상대의 다치키리 승부, 괜찮겠지요?"

"좋습니다."

대답은 했으나 쉬운 일이 아니다. 상대는 서른 명 가깝다.

그것이 한 사람씩이라고는 하지만 끊임없이 덤벼드는 방법이다.

게다가 도구가 호쿠신 일도류와는 달리 불완전하기 때문에 상대의 죽도가 약간 닿기만 하면 그만큼 몸에 영향이 미친다. 피로도 빨리 온다. 쓰러지면 모두 달려들어 두들겨 패겠다는 속셈인 모양이다.

료마는 죽도를 겨누고 인사했다.
첫 상대가 나와 인사했다.
홱! 얼굴로 들어왔다.
순간 허리를 때려 료마의 승리. 상대는 방어구가 없는 허리를 얻어맞아 기절해 버렸다.
한데 그 사나이가 마룻바닥에 미처 쓰러지기도 전에 벌써 다음 사나이가 료마에게 덤벼들었다.
이 상대는 중단(中段)의 자세.
그가 상단으로 추켜올리려는 순간, 료마의 오른발이 크게 밀고 들어가 쳐든 손목을 쳤다.
죽도가 뎅그렁 날아갔다.
다음 사나이의 죽도가 벌써 들어오고 있다.
그자의 죽도를 감아올리듯이 하여 다시 살짝 손목을 쳤다.
이자도 죽도가 날아갔다.
'보잘것없군.'
요령을 터득하자 료마의 검은 여유 있게 움직이기 시작했다.
열 사람 정도까지는 손쉽게 마룻바닥에 쓰러뜨렸으나 열한 사람부터는 훨씬 강해졌다.
우선 기합부터 달랐다.
"면!"
들어오는 것을 간신히 막았으나 그 때문에 료마의 허리가 비었다.
쳐들어온 상대는 획 료마의 뒤로 돌아가고 허술한 료마의 허리를 새로운 상대가 노리는 교활한 전법이다.
이 전법에는 료마도 애먹었다. 자꾸 후퇴를 했다.
사실상 두 사람 상대였다. 그러나 이들을 교묘하게 상대하면서 료마는 허리와 손목을 노렸다. 이 검도 도구로서는 그것이 가장 효과

적이었다.
 열다섯 번째 사나이는 일부러 죽도를 떨어뜨리고 맨손으로 덤벼들었다.
 료마는 슬쩍 피하면서 그놈의 목 언저리를 철썩 쳤다.
 그러나 여전히 덤빈다. 다시 피하려 했으나 그 때문에 료마의 자세가 그만 허물어졌다.
 그 틈을 노려 다른 놈이 공격해 들어왔다. 그 옆구리를 추켜올리면서 때려 기절시켰으나 씨름을 걸어 온 녀석은 아직도 주위를 돌면서 료마의 허리를 붙잡으려고 한다. 위법이다. 심판은 잠자코 있다. 그만 료마도 화가 나서 발길로 걷어찼다.
 난전.
 이미 이쯤 되면 싸움이나 다름이 없지 않은가.

 스물다섯 사람까지 쓰러뜨렸을 때, 료마도 그만 숨이 찼다.
 손발의 관절이 피로로 뻣뻣해졌다.
 '이때다.'
 정면 아랫자리에 앉아 있던 사범 대리 마쓰키 젠주로가 일어섰다.
 "내가 나간다!"
 다음 차례인 사람을 눈짓으로 막았다. 이윽고 스승인 야노에게 일례하고 스스로 죽도를 들고 나왔다.
 한편 료마의 표정은 태연자약하다고는 할 수 없었다. 힘은 충분히 남겨 두었으나 벌써 스물다섯 사람을 상대했기 때문에 숨이 턱에 닿아 있다. 이 피로로는 마쓰키 젠주로를 이겨 낼 수가 없다.
 "이번에는 마쓰키님이군."
 얼굴가리개 속에서 웃어 보이고 부탁의 말을 했다.
 "그럼 도장을 깨끗이 치워 주실까?"

시간을 끌 속셈이다. 료마의 발아래에 갈비뼈를 얻어맞아 움직이지 못하는 자가 둘, 기절한 자가 하나 웅크리고 있다. 그것을 치워 달라고 한 것이다.

"아니."

마쓰키는 말했다.

"이것이 이 도장의 다치키리 법이오. 그대로."

"인정머리 없군! 내버려 두면 죽을지도 모를 텐데."

료마는 쉴새없이 왔다 갔다 하고 있다. 가만히 서 있으면 피가 다리로 몰려 손발이 굳어져서 몸의 동작이 무거워질까 봐 두려워서였다.

"뭣하면 내가 치워 드릴까."

말하면서 료마는 도장을 유유히 반쯤 돌고 있다. 그러나 마쓰키 가까이는 가지 않는다.

"아니 그대로."

마쓰키는 나지막한 목소리로 말했다. 공격의 기회를 노리고 있다. 그러나 료마는 열 걸음쯤 거리를 두고 원을 그리면서 걷는다.

쌍방 사이에 쓰러진 몸뚱이가 셋.

마쓰키가 그것을 뛰어넘지 않는 한 료마를 칠 수가 없다.

료마는 숨을 가다듬으며 걷는다. 몸에 차츰 기운이 되살아나고 숨소리도 고르게 되었다.

〈검자순식(劍者瞬息)〉

이것은 료마의 호쿠신 일도류 창시자 지바 슈사쿠의 비법이다. 검의 승부는 순간에 결정지어야 한다는 뜻이다.

'그러자면'

지바 슈사쿠는 일찍이 말한 적이 있었다.

〈심기력 일치(心氣力一致)〉

이런 말을 남기고 있다. 즉 마음(思考)과 기(氣)와 기술이 시공(時空) 속에서 일치했을 때에만 승부를 결정해야 한다는 것이다.

료마는 자기를 그런 상태로 상승시키고 있었다. 오직 걷는다. 걷기만 하는 것이다.

그러나 마쓰키 젠주로는 그것을 용납하지 않는다.

성큼, 간격을 좁혀 왔다.

마쓰키는 쓰러져 있는 몸뚱이를 뛰어넘었다.

또 하나 넘었다.

"얏!"

유도(誘導)의 기합을 걸었으나, 료마는 하단을 겨눈 채 까딱도 않는다.

마쓰키는 상단, 허리를 깊숙이 낮추었다.

훌쩍, 또 하나의 몸뚱이를 뛰어넘었다. 넘으려고 두 발이 허공에 떴을 때, 료마의 죽도가 날카롭게 울렸다.

〈검자순식〉

마쓰키는 허리를 여지없이 맞고 도장 마룻바닥에 나가 떨어졌다.

마쓰키를 넘어뜨리자 료마는 죽도를 휙 내던졌다.

"보시오, 마쓰키님!"

마쓰키는 갈비뼈가 부러진 모양인지 일어나지를 못한다.

"검술이란 건 결국 이것이 고작이오."

마쓰키는 고개를 들었다. 눈앞을 료마의 맨발이 지나간다.

"재미는 있지만 말이오. 나도 한때는 검술에 미쳤었지. 그러나 이기는 것도 하찮고, 지는 것도 하찮은 노릇. 이런 승부 따위로 1백 년을 지새워도 세상이나 나라가 나아지지는 않소."

'타류와 시합 하러 온 주제에 저 따위 소리를 하는군.'

묘한 사나이다, 생각이 들어 대꾸를 하려고 해도 숨이 차서 말이 나오지 않는다.

료마는 대기실로 돌아와 옷을 갈아입고 붓통에서 붓을 뽑아 선 채 짧은 편지를 썼다.

"이걸 마쓰키님에게. 아니, 이따가 한숨 돌린 뒤에 전해도 좋소."

소년에게 건네주고 도장을 나섰다. 물론 전송하는 문하생도 없는 차디찬 대접이다.

그 길로 오하쓰의 가게로 돌아갔다.

가게에는 손님이 많았다. 오하쓰는 굽 높은 게다 소리를 달그락거리며 날렵하게 일을 하고 있었다.

료마는 이층으로 올라갔다.

두어 시간쯤 잤을까, 오하쓰가 흔들어 깨우는 바람에 잠이 깨었다.

"큰일 났어요."

오하쓰는 짤막하게 말했다.

"야노 도장에서의 일이 좁은 고을 안에 쫙 소문났어요."

"허, 그래서?"

"그 장본인인 도사의 호걸이 오하쓰네 가게에 와 있다고 해서 숱한 사람들이 몰려왔어요."

"내가 오하쓰네 가게의 선전원이 되었군. 장사가 잘돼서 좋겠지."

"놀리지 마세요."

오하쓰는 눈을 흘겼다.

"단골손님이 모두 화를 내고 있어요."

"아, 그렇다면."

료마는 벌떡 일어나 계단 쪽으로 기어갔다.

"어디 가세요?"

"네 가게에 방해가 되었다면 가만히 있을 수 없지. 밑에 내려가서 타일러 주어야지."

"안 돼요."

딱 잘라 버리는 듯한 말투였다.

"제 가게 일은 제가 알아서 처리하겠어요."

줏대가 서 있다.

"다만, 야노 도장 제자들이 당신을 살려서는 돌려보내지 않겠다고 야단들입니다."

"음?"

료마는 벌렁 드러누웠다. 조금 심각한 얼굴로 눈을 감았다.

"무서우세요?"

"무섭지."

"그럼 오늘 밤 도망가세요."

오하쓰는 료마의 얼굴을 들여다보았다.

'내가 좀 지나쳤나?'

실없이 칼 솜씨를 보여 남의 명예를 빼앗고 말았다. 마루가메 교고쿠 집안의 젊은 무사를 동지로 끌어들일 셈이었던 검술 연구가 오히려 적을 만들어 버렸다.

'어리구나, 료마여.'

오하쓰가 소름이 끼칠 만큼, 씁쓰레한 표정이 료마의 얼굴에 떠올랐다.

그날 밤 달이 떠오른 뒤 바깥문을 조심스럽게 두들기는 자가 있었다.

―앗!

오하쓰는 벌떡 일어났다. 틀림없이 야노 도장패들이 몰려왔다고 생각했다. 재빨리 옷을 주워 입고 료마에게 칼을 건네주며 말했다.
"이층 덧문을 열겠어요. 저희 집은 추녀가 낮아서 뒤꼍으로 뛰어내려도 돼요."
"아니 내가 도망간단 말인가?"
"물론이죠. 그러니까 초저녁부터 이곳을 떠나시라고 그렇듯 권하지 않았어요?"
오하쓰는 훌쩍훌쩍 울기 시작했다.
료마는 일어섰다.
"울지 마. 난 눈물이 질색이야."
"바보, 누가 좋아서 우는 줄 알고."
"그건 그렇군."
"고집쟁이."
오하쓰는 울면서 료마의 가슴을 때렸다.
안겨 왔다.
몸집이 작으니까 료마의 목에 매달린 것처럼 보인다.
"그러나 오하쓰, 저 두들기는 폼으로 봐서는 어쩐지 습격해 온 패들은 아닌 것 같은데."
"소리로 알 수 있나요?"
오하쓰는 울음을 그쳤다.
"알 수 있지. 저 소리라면 글쎄 뭐라고 할까, 마음이 흔들리고 있는 유령일 거다."
"예?"
"다리는 2개가 달려 있을 거다. 열어 줘라. 나를 찾거든 이층에 있다고 해."
오하쓰는 아래층으로 내려갔다. 덧문을 반쯤 열자 어둠 속에서 바람이 휙 밀어닥쳤다.

"누구시죠?"

불을 들어 비춰 보았다.

그 불빛 속에서 몹시 초췌한 무사의 얼굴이 나타났다. 마쓰키 젠주로였다.

"사카모토 선생 계신가?"

"마쓰키님, 설마 복수하러 오신 건 아니겠지요?"

"아니야."

편지를 내보였다. 료마의 필적이다. 오하쓰가 혹시나, 하여 들여다보았더니

—국가 다난한 이때, 귀하가 만일 한 몸을 나라에 바치려는 뜻이 있다면 오늘 밤 오하쓰의 가게까지 왕림해 주기 바라오.

이렇게 씌어 있었다.

'—오하쓰의 가게.'

편지의 그 구절을 기쁜 듯이 소리 내어 읽었다.

"그래서 왔다."

"그러세요?"

편지를 되돌려 주었다.

"계실 테지?"

"네."

오하쓰는 천장을 올려다보았다. 천장 마루가 울릴 정도로 코고는 소리가 요란스럽다.

"저 코고는 소리가?"

마쓰키는 가게 안 걸상에 걸터앉았다.

"깰 때까지 기다리지."

'두들겨 깨워야지. 내가 잠을 못 자겠다.'

일이 이쯤 되니, 오하쓰는 현실주의자였다.

곧 이층으로 올라가 잠자는 료마를 깨워 옷을 갈아입히고 아래층으로 내려 보냈다.

료마는 마쓰키에게 천하의 대세를 소상히 설명했다.
이 시절에는 물론, 신문 라디오 같은 것이 없었다. 세상 사람들은 지금 우리가 상상할 수 없을 만큼 시국의 뉴스라고 할 만한 것에 어두웠다.
하물며 사누키 마루가메 5만 섬 성 아랫거리에 살고 있는 마쓰키 젠주로로서는 에도 막부의 무력함이나 외국 사신들의 강압적인 외교 정책, 또한 미도 번(水戶藩) 양이파의 활동을 알 까닭이 없었다.
알게 되면 불이 붙은 것이나 마찬가지이다. 원래 불붙기 쉬운 천성인 것을 료마는 벌써 꿰뚫어보고 있었다.
"이건 가만히 있을 수 없는 일입니다."
마쓰키는 흥분해서 외쳤다.
"우선 한 잔 하시오."
술을 따라 준다. 생각해 보건대, 마쓰키는 낮에는 료마에게 얻어맞고 밤에는 일본 미증유의 국난이 닥쳐왔다는 사실을 듣고, 또 술을 대접받았다. 이러고서도 정신이 이상해지지 않는다면 그야말로 머리가 이상하다고 하겠다.
"하겠습니다."
마쓰이는 어깨를 부르르 떨면서 말했다.
"무엇을 하겠다는 거요?"
료마는 짓궂은 소리는 하지 않는다. 사실 무엇을 해야 좋을지 료마 자신도 잘 모르고 있다. 그 때문에 조슈로 가는 것이다.
그러나 이 무렵의 무사들은 지금의 우리와는 다르다. 무사이다. 그들 무사들이 '하겠다'고 하면 목숨을 버린다는 뜻이다. 할복하라고 하면 마쓰키는 당장 배를 갈랐을 것이다. 이 무사들의 이상한 에너지가 메이지 유신이라는 대역사극을 전개시켰던 것이다.

여기서 필자는 보충해야 할 것이 있다. 이때의 료마 역할이다.

그때엔 신문도 라디오도 없이 사람들은 세상일에 상상 이상으로 어두웠다고 이미 말했다. 료마의 이 무렵 역할은 이를테면 신문기자와 같은 것이었다.

다케치가 에도에서 취재해 온 이야기를 마루가메에 전해 주고, 그리고 이제부터 조슈 하기 땅에서의 정세를 취재하여, 이를 고치에 가지고 돌아가 동지들에게 전하려는 것이다.

이 무렵의 이름난 근왕 지사는 모두 이러했다. 요시다 쇼인(吉田松陰)도, 기요카와 하치로(淸河八郎)도, 사이고 다카모리도, 가쓰라 고고로도, 또 료마도 쉴 새 없이 여러 나라를 돌아다니며 그 고장의 유명한 인사들과 만나 중앙의 정세를 전파하며 전국의 동지들을 하나의 기개와 흥분으로 이끌어 갔다. 요컨대 역사상 이름을 남긴 지사라는 사람은 발로 취재하고 발로 전파한 여행가였다는 것이 된다.

"지금 당장 무엇을 하라고 하는 건 아니오. 앞으로 일이 생기면 호응해 달라는 것뿐이오."

"알았습니다. 사누키 마루가메에는 언제라도 버릴 목숨이 하나 뒹굴고 있다는 것을 기억해 두십시오."

그로부터 며칠이 지나서 료마는 마루가메를 떠나게 되었다.

떠나는 날 오하쓰는 새벽 2시부터 일어나 료마를 위해 준비를 했다.

오하쓰의 집에는 분수에 어울리지 않는 설비가 하나 있다. 목욕통이다.

물을 끓여 료마를 목욕하게 하고 오하쓰는 소매와 옷자락을 걷어 붙이고 료마의 여행을 위해 등을 밀고 손톱까지 씻어 주었다.

그러면서도 오하쓰는 끝내 화난 듯한 얼굴이다.

"신세를 졌군."

료마는 목욕통 안에서 말했다.

"고맙다는 말은 않겠다. 섣부른 인사말은 차라리 거짓말이 되겠지. 인간 일생의 행복이란 이런 것을 두고 말하는 모양이야."

"무슨 뜻이죠?"

"잘 표현할 수가 없군."

료마는 잘 알고 있다.

꽃은 피고 또 진다. 그 짧은 시간을 사랑이라고 한다. 영글면 사랑이 아니다. 다른 것이 되겠지.

이것으로 좋다고 료마는 생각하고 있다. 영리한 오하쓰도 그걸 알고 있는 것이다.

그러나 알고 있으면서도 애원하듯 말했다.

"똑똑히 말씀해 주세요. 여자는 확실히 말해 주지 않으면 몰라요. 말씀해 주시면 그 말씀을 평생의 보물로 삼겠어요."

오하쓰는 무언가 간신히 참고 있었으나 이윽고 료마의 등에 놓인 두 주먹이 떨렸다. 울기 시작했다.

그러나 곧 울음을 그쳤다.

"아니, 슬퍼서 운 것이 아니에요. 요 며칠 너무 행복했기 때문에."

"그래서 울었나?"

"너무 행복했던 증거지요. 이별의 인사 같은 거죠."

"그렇다면 나도 울까?"

"어머!"

하기로 가다 311

오하쓰는 기뻐했다.
"하지만 사카모토님은 우는 게 서투르시겠죠."
"이래봬도 어릴 적에는 잘 울었지."
"그야 어린애라면 누구라도."
"그러나 오래 울기로 마을에서 제일이었어. 하지만 울보였을 뿐, 유감스럽게도 남을 울린 적은 없어."
"그렇지만 지금은 저를 울리고 있잖아요."
그렇게 말을 하면서도 오하쓰는 료마의 뒤에 시커멓게 난 터럭을 슬슬 어루만지고 있다.
"가슴 털뿐인 줄 알았더니 등에도 있네요."
"응."
료마는 이에 대한 말만은 듣기 싫어한다. 오하쓰는 그 터럭에 정성껏 더운 물을 끼얹어 주면서 말한다.
"당신, 꼭 훌륭하게 되실 거예요."
"훌륭하게 되지는 않아. 하지만 1백 년 뒤에 료마라는 사나이는 이런 일을 했다, 기억해 주는 사람은 있을 거야. 그런 사나이가 되겠어."
"그 사카모토 료마의 연인으로 마루가메의 오하쓰가 있었다는 것도?"
오하쓰는 천진난만하게 말했으나, 문득 생각해 내고 투정조로 말했다.
"참 그래요, 아까 그 약속. 우셔야죠."
"울어야 하나?"
료마는 싫었으나 오하쓰가 하도 조르는 바람에 그럼, 어릴 때의 재주를 보여 주지, 하고 우는 흉내를 내었다.
그런데 흉내를 내고 있는 동안 점점 슬퍼져서 정말 울기 시작했다. 자신도 어리둥절할 만큼 동심으로 돌아가고 말았다.
 오하쓰는 감탄했다.

희망

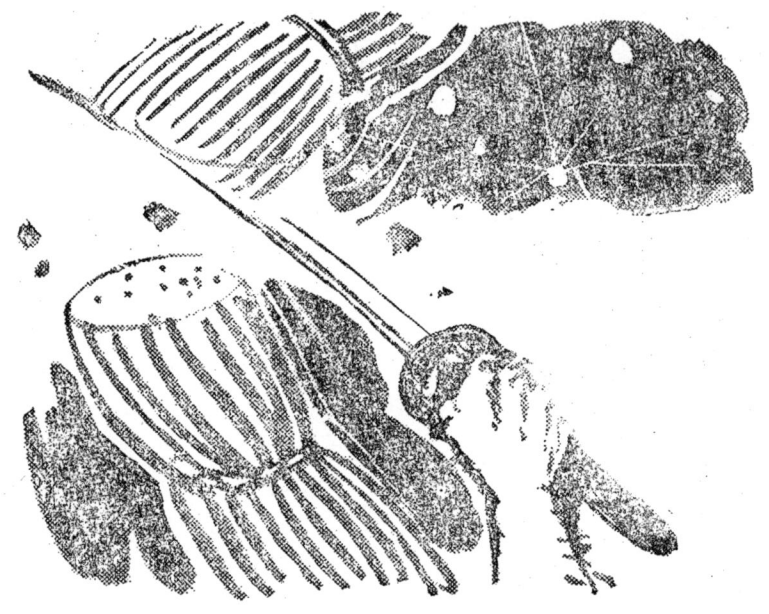

 료마는 일단 이요 마쓰야마(伊豫松山) 성하로 들어가 거기서 고향 고치(高知)로 급파발을 띄웠다. 검술 연구 여행의 연기를 청원했다. 요는 조슈에 잠입할 시간을 얻기 위해서였다.
 그 회답이 오기까지 마쓰야마 성 아랫거리의 여관에 묵었다.
 자유롭지 못한 시대이다. 료마와 같은 직책 없는 번사라도 타국 타번으로 나갈 때는 일일이 번의 허가가 필요했다.
 이것을 게을리하면 자동적으로 탈번자(脫潘者)가 된다.
 게다가 타국 영지에 묵는 일이 또한 여간 어려운 일이 아니었다. 어느 영지에서나 여행자는 원칙적으로 일박만 허락될 뿐 장기체류는 안 된다. 도적과 모반자 따위가 눌어붙는 것을 경계해서였다. 체류에는 관가의 허가가 필요했다.

마쓰야마에서는 지기리야라는 여관에 묵었다.

숙박부에 이름을 적고 주인인 야헤에(彌兵衛)의 인사를 받은 다음 체류 절차를 부탁하고 시내 구경을 나갔다.

이요 마쓰야마는 막부의 친척인 히사마쓰(久松) 집안 15만 섬의 고을이다.

동네가 71가구. 호수 1천7백.

지명이 말해주듯 푸른 소나무가 우거진 경치 좋은 곳이어서 료마도

'소나무란 이렇게 아름다운 나무였던가.'

다시 볼 정도였다.

거리 중앙의 둔덕에 삼층 천수각이 높이 솟은 마쓰야마 성이 있다.

전국시대였던 옛날, 도요토미 히데요시의 심복 맹장이었던 가토 요시아키라(加藤嘉明)가 쌓은 성이다. 그 무렵, 반 단에몬(塙團右衛門)이 가토 집안의 휘하 대장으로 일한 적이 있었다.

하지만 료마의 눈앞에 있는 천수각은 요시아키라가 만든 오층짜리 대천수각이 아니라 그 뒤 다시 세운 사치스러운 삼층 누각이다.

성주는 히사마쓰 가문.

이에야스의 이부(異父) 아우 히사마쓰 사다카쓰(久松定勝)를 시조로 하는 가계로 대대로 15만 섬을 상속해 왔다.

'여기서 검술은 말아야지.'

료마는 마음속으로 그렇게 다짐하고 있다. 설마하니 막부 친번(親藩)의 영지에서 막부 타도 운동의 동지를 모집할 수는 없지 않은가.

그러나 숙소에 돌아와 보고 놀랐다. 추녀 밑에 '사카모토 료마님의 숙소'라는 종이가 나붙어 있지 않은가.

"주인, 저건 떼버려!"

료마는 얼굴이 빨개져서 말했다.

그러나 주인 야헤에는 막무가내로 듣지 않는다. 아마도 숙박 관리로부터 어마어마한 검술 선생이라고 들은 모양이다.

그 이튿날, 성 아랫거리의 도장이란 도장에서 모두 심부름꾼을 보내어 청해 왔다.

─꼭 저희 도장에 오시어 시범을 보여 주십시오.

료마는 모조리 거절했다. 친번 무사와는 상관이 없다고 생각했던 것이다.

열흘쯤 지나서 고치에서 소식이 왔다.

체류 기일 연장을 허락한다는 것이다.

료마는 마쓰야마(三津濱)에서 배를 타기로 했다.

이요 마쓰야마에서 조슈 영지까지 가는 세토우치(瀨戶內) 횡단 정기 연락선은 없다.

그런데 마침 오사카를 왕래하는 조슈 미다지리(三田尻) 항의 5백 섬짜리 무역선이 들어와 있다고 하므로 그것을 교섭하기로 했다.

교섭은 여관 주인이 대행해 주었다. 그런데 조슈 배의 뒷바라지를 하고 있는 마쓰야마의 무역상은 짐배여서 도저히 안 되겠다고 한다.

부득이 직접 배 있는 데로 가서 교섭했더니 스미요시마루(住吉丸)라는 배의 선장이 첫마디에 승낙해 주었다.

"도사의 사카모토님이라면 잘 알고 있지요."

주인이 마쓰야마로 돌아와 료마에게 이 말을 전했다.

"조슈 배의 선장이?"

어떻게 알고 있을까?

"이름은 뭐라고 하든가?"

"산슈 니오(仁尾) 태생인 시치조(七藏)라더군요."
"오오!"
료마는 흥분한 나머지 넓적다리를 쳤다.
"알고말고. 알다뿐인가, 시치조는 나의 선생이야."
"검술 말입니까?"
"아니, 배 말이야."
반갑다.
열아홉 살 때, 감색 통소매 옷에 무명 하카마를 걸치고 에도로 떠날 때 아와에서 탄 배의 키잡이가 바로 시치조였던 것이다. 그때 배의 조종법을 알고 싶다고 한 료마의 철없는 요구를 받아들여 여러 가지로 가르쳐 주었다.
"아, 그 영감이 아직도 몸 성히 있었구나."
아마 그동안 오사카행 연락선의 키잡이에서 조슈 번 미다지리 무역선의 선장으로 출세한 모양이다.
료마는 마쓰야마로 갔다.
무역상을 찾아갔더니 벌써 시치조가 말을 해 둔 모양으로 호의를 보여 주었다.
"조슈의 스미요시마루라면 앞바다에 있습니다. 전마선으로 모셔다 드리지요."
도중 노젓는 젊은이가 말했다.
"손님은 시치조님의 제자분이라면서요."
"시치조가 그러던가?"
"아주 뽐내고 있더군요. 무사님을 제자로 둔 뱃사공은 일본 전국에 나밖에 없다면서."
"아하하하, 시치조가 자랑을 하더란 말이지."
료마도 가슴이 설렌다. 인생살이에 있어 옛 친구를 만나는 것만큼 즐거운 일은 없다.

전마선이 5백 섬을 실을 수 있는 스미요시마루의 옆구리에 닿자 시치조가 선미(船尾)에서 기다리고 있었다.

"빨리 올라오구려, 제자."

"아, 스승."

료마도 온통 웃음으로 얼굴에 주름을 잡고, 뱃전에 달린 사다리를 타고 올라갔다.

그들은 얼싸안았다.

"그로부터 벌써 9년이 흘렀구려. 그때 나리는 일본에서 제일가는 검객이 되겠다고 했기에, 그 뒤 곳곳의 검객들에게 물어보았었지. 에도에서 지바 도장의 사범까지 올라갔다는 말을 듣고 얼마나 기뻐했는지."

시치조는 자기 아들을 만나기라도 한 듯 기뻐하는 것이었다.

조슈 배 스미요시마루는 이튿날 새벽, 바람을 돛에 함빡 받으며 출범했다.

배는 나는 듯이 달린다.

"시치조, 선원복을 빌려 줘."

"암, 빌려 주고말고."

시치조는 솜을 두둑이 둔 옷을 료마에게 입혀 주었다. 의젓한 선원이다.

료마도 이제는 열아홉 살 때의 료마가 아니다. 여행 중 배를 탈 적마다 여러 가지 배에 대한 지식을 얻어들었고, 번의 선박부 선원에게서 조종법도 배웠으며, 또 그 무렵 선장이면 반드시 읽어 둬야 할 일본 선로 세견기(日本船路細見記), 일본 조류지기(日本潮流之記), 회선 안승록(廻船安乘錄) 등도 줄줄 외우다시피 익히고 있어

서툰 선장보다는 훨씬 유식했다.
　이것에는 시치조도 놀라서
　"마침 잘됐군. 이 배가 미다지리에 도착할 때까지 선장 노릇을 해 보구려."
　말해 주었다.
　이 무렵 1천 섬짜리 배의 승무원은 열네댓 명, 5백 섬짜리 배는 열 명 안팎이다. 스미요시는 료마를 포함해서 열한 명이었다.
　배에는 삼역(三役)이라는 것이 있다. 요즘으로 말하면 제복에 금줄이 달린 고급 선원이다.
　센도(船頭 : 선장)
　마카나이카타(賄方 : 사무장)
　오야지(親父 : 항해장)
　이것보다 한 계급 아래의 간부들은
　도마(胴間 : 돛대지기)
　간도리(梶取 : 키잡이)라고 한다.
　나머지는 일반 선원.
　이런 까다로운 자들이 하루가 지나자 료마를 젊은 선장, 젊은 선장 하며 따르게 되었다. 료마는 천성적으로 사람의 우두머리가 되는데 소질이 있는지도 모른다.
　이튿날 아직도 캄캄할 때 벌써 흔들어 깨운다.
　"젊은 선장, 따라오십시오."
　사무장이 안내한다. 대단한 위세였다.
　배에서는 매일 아침 행사가 있다. 그날 하루의 항해에 대한 안전을 빌고 선내의 단결을 맹세하는 의식 같은 것이다.
　시작은 새벽 4시.
　이 시간이 되면 배 안 여기저기에 불이 켜지는 것이다.

선장이 배 중앙에 앉는다.
원칙적으로는 비단 겉옷을 입는다. 그러나 료마는 무늬 있는 무사의 예복을 입고 시치조는 명주 하오리를 입었다.
간도리는 배 고물에 앉는다.
사무장은 이와 반대로 선원 모두를 거느리고 뱃머리에 앉는다.
그런 다음, 큰 소리로 일제히
"모두 안녕합니다."
오늘도 모두 평안하게 지내고 싶다는 뜻이리라. 그리고 간도리가 외친다.
"오비키!"
그러면 뱃머리에 있는 패들이 회답한다.
"어여차, 어여차!"
다시 간도리가 묻는다.
"그런데 오늘의 뱃길은?"
그러면 이 말을 받아 뱃머리 패들이
"어여차, 잘 나간다"
다시 대답한다.
이 대답이 끝나면 모두들 뱃전을 탕탕 두들긴다. 료마도 두들겼다.
상쾌한 기분이다.

배는 섬 사이를 누비며 나간다.
섬이 많은 지역이다.
"옛날, 이 근처 섬들은 이요 수군의 근거지였었지. 멀리는 명나라, 필리핀, 자카르타까지 몰려가서 마구 노략질을 했었지."
시치조는 그런 소리도 했다.

선장의 방은 배 위에 지은 집 안에 있다.

료마는 그 방에서 항해 지휘를 했다.

하지만 그때의 항해술이란 매우 유치한 것이었다.

서양식과는 달리 콤파스나 해도(海圖)가 없었기 때문에 주로 연안을 따라 항해한다. 연안의 산 모습 따위를 보고

'아, 여기는 어디어디로구나.'

짐작으로 자기 배의 위치를 알게 된다.

밤에는 연안 풍경을 볼 수 없기 때문에 항해를 못했고, 바깥 바다로 떠밀려나 육지가 보이지 않으면 미아(迷兒)나 마찬가지이다. 불편하기 짝이 없다.

물론 너무 연안으로 가까이 가면 암초라는 배의 큰 적이 있다.

바다 밑에는 산도 있고 골짜기도 있다. 그 기복을 잘 알아보고 항해를 해야 한다.

그 때문에 '두레박질'이라는 작업도 한다. 바다 밑의 모래를 채취하여 그 모래 모양으로 바다 밑의 형편을 알아내는 것이다.

료마도 두레박질을 했다. 모래의 식별법은 시치조가 가르쳐 주었다.

배에는 또 큰 적이 있다. 일기의 변동이 그것인데, 이것을 미리 알아내는 것이 선장의 가장 큰 일의 하나이다.

"사카모토 나리, 어때요, 저 구름이?"

구름이 토막토막이 되어 날아가고 있다. 이것은 폭풍의 징조라고 료마는 《회선 안승록》에서 배워 익히고 있다.

"지금 형편으로는 오늘 밤은 바람이 크게 일겠는걸."

료마의 이 말에 시치조는 감탄하면서 말했다.

"맞았어. 밤이 깊기 전에 쓰와지 섬(津和地島)까지 피해야 한다네."

료마는 곧 누와 섬(怒和島)과 후타가미 섬(二神島) 사이를 지나가도록 키잡이에게 명했다.

쓰와지 섬에서 이틀 밤을 묵고 파도가 가라앉기를 기다려 사흘째 되는 새벽에 닻을 올렸다.

닻은 문어발 모양의 쇠갈고리였다. 8개를 바다에 던졌는데 모두 올리자면 거의 한 시간은 걸린다.

다음에는 스무 폭짜리 돛을 올렸다.

다행히도 바람은 순풍이다.

배는 미끄러지듯 섬을 돌아 나아갔다. 료마의 지휘도 제법이었다.

그런데 몬주 산(文珠山)이 솟아 있는 야시로 섬(屋代島)을 오른쪽에 끼고 서쪽을 향하여 달리고 있을 때, 별안간 굉장한 괴물이 서쪽 바다에 나타났다.

"뭐야, 저게?"

항해장이 선장실로 뛰어 들어왔다.

료마와 시치조가 뱃머리로 나가 보았다.

시치조도 그 괴물이 무엇인지 모른다.

바다에 흰 파도가 일렁이고 있다. 거대하고 시커먼 선체(船體)가 다가오고 있는 것이다.

그 검은 괴물이 다가옴에 따라 정체가 뚜렷해졌다.

흑선이었다.

"선장, 흑선입니다."

선원들도 처음 보는 물체인 모양이다. 이때 선원들의 놀라움은 오늘날 우리가 우주선을 보는 것보다도 더 큰 놀라움이었을 것이다.

모두들 뱃머리로 몰려들었다.

"어느 나라 배지?"

세 번째 돛대에 국기가 펄럭이고 있다. 료마는 언젠가 가와다 쇼류에게서 들어 그 국기가 어느 나라를 나타낸 것인지 알고 있었다.

3개의 십자를 조립한 것이다. 즉 흰 바탕에 빨간 세인트조지 십자와 남색 바탕에 흰 세인트앤드루스 십자와, 흰 바탕에 붉은 세인트패트릭 십자이다. 잉글랜드, 스코틀랜드, 아일랜드, 세 주의 합방을 나타내는 대영 제국의 깃발이다.

"저건 영국 배야."

료마는 정신없이 중얼거렸다. 그의 몸이 흥분으로 떨고 있었다.

크다.

엄청나게 크다.

마치 괴물과 같은 굉장한 힘으로 파도를 박차고 있다.

돛대가 셋, 료마가 알기로는 외륜 증기선(外輪蒸氣船)이라는 것인 모양이다. 굴뚝에서 시꺼먼 연기를 토해 내고 있다. 뱃전에 대포가 즐비하게 늘어서 있다. 톤수는 2천 톤임에 틀림없을 것이다.

"오랑캐 놈들!"

다케치라면 이렇게 뇌까렸을 것이다. 다케치가 아니더라도 천하를 휩쓸고 있는 양이파의 지사들이라면 당장이라도 습격할 기세를 보였을 것이다. 실제로 이해 5월, 열네 명의 미도 낭인들이 에도 다카나와(高輪) 도젠 사(東禪寺) 경내에 있는 영국 공사관을 습격하여 서기관 올리판트, 영사 모리슨에게 부상을 입혔다.

그러나 5백 섬짜리 스미요시마루의 선원들은 무사들처럼 신들린 것 같은 국수 양이(國粹攘夷)주의자는 아니다. 뱃사람이라는 직업인으로서의 탄성을 지르고 있었다.

"오랑캐라고들 하지만 저놈들은 대단한걸."

시치조가 말했다.

"저 선원들은 땅 끝처럼 먼 영국이란 나라에서 만 리 바닷길을 건너 일본까지 와 있어. 우리는 정말 저 뱃사람다운 용기에 머리를 수그리지 않을 수 없어."

"시치조!"

료마는 말했다.

"나는 언젠가는 저런 배를 몇 척이나 이끌고 일본을 바로잡을 테다."

"꼭 그렇게 하게."

그러나 시치조는 곧이듣지 않는다.

큰 배는 스미요시마루 오른편을 지나갔다. 그 때문에 일어난 큰 파도, 작은 파도가 작은 스미요시마루를 쪽배처럼 흔들었다.

"지금 내가 한 말을 믿어 줘."

료마는 말했다.

"내가 저런 큰 배의 선장이 되었을 때 시치조는 나를 도와주겠나?"

"도와 드리고말고. 그때까지 죽지 않고 살아 있고 싶군."

배는 야시로 섬 오즈미(大積) 앞바다를 지나간다.

그 뒤 스미요시마루는 다도해(多島海)를 지나며 여러 섬에서 바람을 피했기 때문에 의외로 날짜가 걸려 조슈 미다지리 항구에 닿았을 때는 정월 초하룻날이었다.

료마는 미다지리의 무역상에서 하룻밤을 잤다.

거기서 선장 시치조 등 열한 사람의 승무원들이 료마의 송별 잔치를 베풀어 주었다.

모두들 이 이색적인 무사가 좋아서 눈물을 흘리며 작별을 아쉬워했다.

이튿날 아침, 료마는 하기(萩)로 출발했다.

"재미있는 분이야."

시치조는 뒤에 말했다.

"다만 걱정인 것은 저분이 정권을 교토 천황께 바친다는 등, 허풍을 떠는데 그것만이 결점이야. 막부의 세상이 뒤집혀질 리가 있나."

료마가 조슈의 도성인 하기로 들어간 것은 정월 열나흘이다. 날짜가 오래 걸린 것은 하기로 가는 도중에 지방의 인정과 기풍을 알려고 했기 때문이었다. 그 번의 무사와 서민들의 성격, 사고방식, 일반적인 재력 등을 알아두지 않으면 후일 조슈 사람과 손을 잡고 일하는 데 있어서 불편하리라고 생각했다. 이런 일은 료마뿐만 아니라 그 무렵의 유세형(遊說型) 근왕 양이론자들의 상식이었다.

'과연 조슈 형 얼굴이라는 것이 있긴 있었군.'

료마는 감탄했다.

조슈 사람들이 일반적으로 용모가 단정하고 두뇌가 명석하다는 것은 그때 일본에 와 있던 외국인들 사이에서도 오가는 말이었다. 각 번의 지사들도 '조슈 사람' 하면 우선 용모가 수려하고 머리가 지나치게 좋아서 방심할 수 없다고 일부에서 논의되고 있었다.

'방심할 수는 없다고 하지만 막부를 쓰러뜨릴 실력과 열의는 조슈가 제일 아닌가.'

료마는 그렇게 생각하고 있다. 료마는 이 무렵, 자기 번인 도사 번의 보수성에 싫증이 나 있었다. 모름지기 천하를 뒤바꾸는 대업은 조슈 번을 중심으로 추진해야 한다고 믿고 있다.

료마가 찾아간 조슈 번이란 도대체 어떤 번인가.

번거롭더라도 이 소설을 읽기 위해서는 이것만은 알아두어야 한다. 왜냐하면 막부 말기에 이 번은 극단적인 과격주의가 되어 정치적으로 폭주를 거듭하여 마침내 역사를 메이지 유신까지 몰고 간 주도적인 번이었기 때문이다.

번의 시조는 전국시대의 영웅 모리 모토나리(毛利元就)다. 모토나리는 아키(安藝) 다지히 사루카케(多治比猿掛)라는 산간 벽촌의 한낱 영주에서 몸을 일으켜 일흔다섯에 죽을 때까지, 크고 작은 2백여 차례의 싸움에 승리를 거두고 산요 산인(山陽山陰) 11개국의 거대한 세력을 구축하기에 이르렀다. 모토나리가 죽은 겐키(元龜) 2년이라고 하면 도쿠가와 막부의 시조인 이에야스가 아직 서른 살 정도의 젊은이로서 미카와(三河)와 도토우미(遠江)의 일부를 겨우 평정했을 무렵이었다.

요컨대 도쿠가와 집안보다도 모리 집안이 더 오래된 집안인 것이다.

그리고 히데요시의 시대에 도쿠가와 이에야스는 간토(關東) 8개 주 2백40여만 섬의 영주였다. 모리 집안(데루모토 : 輝元)은 이에야스와 더불어 다섯 명의 최고 집정관의 한 사람으로서 그의 동료였던 것이다.

히데요시가 죽고 세키가하라의 전쟁이 일어났다.

모리 데루모토는 어쩌다 이시다 미쓰나리(石田三成)에게 업혀 서군(西軍)의 형식상 대장이 되어 오사카 성에 있었으나, 군사를 움직이지는 않았다. 단지 분가인 모리 히데모토(毛利秀元)의 부대만이 세키가하라에 출전했으나 전투에는 참가하지 않았다. 이에야스의 천하가 올 것을 내다보고 있었기 때문이다.

그러나 전후, 이에야스는 모리 집안에 대하여 너무 가혹할 정도의 처벌을 내렸다.

1백70만 섬의 모리 영토를 대폭적으로 깎아내려 나가토(長門), 스오(周防) 두 나라의 36만 섬으로 줄이고 거성도 히로시마(廣島)에서 일본해 쪽인 하기로 몰아넣었다. 이유는 모리 집안 정도의 강대한 영주를 그냥 둔다는 것은 도쿠가와 집안의 안전을 위협하는 일이기 때문이며, 또 그 큰 영토를 줄이지 않으면 자기 편 제후에게 줄 땅이 없었기 때문이기도 했다.

모리 집안의 영지는 5분의 1로 줄어들었다.

영토는 깎이었으나 모리 집안에서는 가신들의 수를 정리하지 않았다. 37만 섬으로 수많은 가신들을 먹여 살리기 위해 에도 초기에 벌써 '산업국가'로 전환하고 있었다.

즉 막부나 여러 영주가 미곡 경제(米穀經濟)를 일삼고 있을 때, 제지(製紙)며 제랍(製蠟) 등의 경공업으로 전환했고, 또 새로운 전답을 개간하여 막부 말기에 와서는 1백만 섬의 부력(富力)을 갖기에 이르렀다. 막부 말기, 다른 번이 농업 국가로서 궁핍에 허덕이고 있을 때, 조슈 번에는 충분한 돈이 있었다. 그 재력으로 서양식 군대를 편성하고 마찬가지로 경공업 번인 사쓰마와 더불어 막부에 대항하는 2대 군사 세력이 된 것이다.

이윽고

"도쿠가와를 쳐야 한다!"

모리 3백 년의 반도쿠가와 감정은 근왕양이라는 모습으로 변모하여 젊은 가신들 사이에서 불타올랐다. 그 불을 지른 사람이 요시다 쇼인이었다.

료마가 하기에 도착했을 무렵, 이미 쇼인은 형사(刑死)하고 없었으나, 그가 사랑한 제자들은 있었다. 구사카 겐즈이(久坂玄瑞)가 그 대표이다.

료마는 하기에 이르자 곧장 구사카의 저택을 찾았다.

부재중이었으나, 아내인 듯한 젊은 부인이 벌써 알아차리고 료마를 객실로 안내해 주었다.

"이웃에 가 계십니다. 지금 사람을 보냈으니……."
갸름한 얼굴의 부인이 말했다.
'이 부인이 고(故) 요시다 쇼인의 누이동생이로군.'
총명하게 생긴 부인이구나, 료마는 생각했다.
쇼인은 제자들 중에서 구사카를 가장 사랑하여 그의 막내누이를 주었다는 이야기는 듣고 있다.
구사카는 가쓰라 고고로와 마찬가지로 의사 가문 출신이었다. 아버지 료테키(良迪)는 25섬 봉록을 받는 번의(藩醫)였다. 그러나 구사카가 어렸을 때 죽어 구사카가 가계를 잇고 있다.
구사카는 나이 스물셋.
료마보다 다섯 살 아래이다.
어려서 쇼카(松下) 서원에 들어가 가장 학문이 뛰어났다는 말을 들었다. 그러나 쇼인이 구사카에게 기대한 것은 그 불길 같은 성격과 실행력이었다. 뒷날 조슈의 막부 타도 운동은 동문인 가쓰라 고고로, 다카스기 신사쿠보다도 오히려 구사카의 기백이 성공을 이룩하리라고 쇼인은 기대하고 있었다.
유신 뒤, 사이고 다카모리가 조슈 사람에게 한 말이 있다.
—귀번에 구사카 선생이 살아 계셨더라면 나 같은 것이 참의(參議)니 뭐니 하고 뽐낼 수도 없었죠.
다케치도 평소에 말했다.
'조슈의 구사카는 어쩌면 사이고보다 나은 인물일 것이다.'
그러나 구사카가 그만한 인물이었는지 아닌지는 이 청년이 너무나 단명했기 때문에 잘 알 수가 없다. 료마와 만난 2년 후인 겐지(元治) 6년 7월, 하마구리 궁문 사건 때 죽고 말았다.
이윽고 현관에서 몹시 성급한 발소리가 나더니 구사카가 돌아왔다.

"사카모토님."

인사도 하는둥 마는둥 빠른 말투로 말했다.

"안 되겠소. 조슈는 틀렸소. 나가이 우타(長井雅樂)라는 교토 저택 근무 중신이 굉장한 막부파로, 이자가 근왕론을 압박하고 있소. 우리를 이해해 주던 스후 마사노스케(周布政之助)라는 에도 근무 중신도 나가이 때문에 세력을 잃고 지금 본국으로 쫓겨 오게 되었소."

구사카가 말하는 '틀렸다'라는 말은 에도에서 다케치 등과 약속한 사쓰마, 다케치, 도사 세 번에 의한 교토 거병을 두고 한 말이다.

"가쓰라도 에도에서 이를 갈고 있소. 나가이 때문에 번의 공기가 홱 돌아가고 말았소."

"여기, 다케치의 편지가 있습니다."

료마는 보따리를 풀었다.

구사카는 그것을 허겁지겁 읽고 나더니

"아, 도사 번도 틀렸구나."

내던졌다. 도사는 완고한 막부파 중신 요시다 도요의 독재 체제가 더욱더 굳어져서 번의 총력으로 근왕한다는 것은 한낱 꿈으로 돌아가고 있었다.

"사쓰마 번도 틀린 모양이오. 영주의 아버지 히사미쓰(久光)공이 정권을 잡고 근왕파의 행동을 누르고 있소."

구사카가 말했다. 도저히 세 번의 수뇌를 움직여 교토로 올라가 천황을 옹립하고 근왕군(勤王軍)을 일으킬 만한 사태가 아니다.

"사카모토님, 당신은 목숨이 아깝소?"

"아깝지 않소."

"나도 필요 없소. 그렇다면 한 가지 안이 있소."

"그렇다면 한 가지 안이 있소."

구사카는 이 말을 해놓고 그 이상 아무 말 없이 옷자락을 털고 일어났다.

료마도 하는 수 없이 일어났다.

"우선 당신을 여관에 안내해야지."

'성급한 친구로군.'

료마는 넌지시 이 사나이를 관찰했다. 묘하다. 처음에 이 사람의 이름으로 미루어 조그마한 재사형(才子型)을 상상했는데 실물은 전혀 다르다.

키는 다섯 자 여덟 치, 허리둘레도 이것과 맞먹는 거인으로 얼굴은 동안(童顔)이며 눈썹이 무섭게 추켜올라가 있고, 눈이 길게 찢어져 있다. 그러면서도 피부는 여자처럼 희다. 말하자면 당당한 미남자였다.

이 미남자가 의외로 불덩어리처럼 성급한 것이다.

'이 친구가 조슈에서 제일가는 인물인가.'

료마로서는 아직 모른다. 서두는 구사카를 따라 여관으로 갔다.

"술, 술을 가져와."

구사카는 앉자마자 하녀에게 일렀다. 료마는 그 옆에서

"그리고 기생도."

말했다. 이렇게 성급한 불덩어리 같은 사나이와 단둘이 얼굴을 맞대고 있으면 숨이 막힐 것 같은 생각이 들었던 것이다.

"하기에는 기녀가 없소."

구사카는 무뚝뚝하게 말했다. 벙긋도 하지 않는다. 구사카는 구사카대로 이 도사 무사를 대단한 인물로 여기지 않는 모양이다.

"사카모토님은 검술을 꽤 한다지요. 당신이 온다고 해서 젊은 무사들이 좋아하고 있어요. 내일 그 녀석들을 위해 문무수업관(文

武修業館)에서 칼솜씨를 보여주시오."

"뭐, 형편없는 솜씨입니다."

료마는 쓸쓸한 얼굴이었다.

이윽고 술이 나왔다.

"사카모토님, 조슈 번의 정세를 들려드리지요. 아까도 말했듯이 중신 나가이 우타……."

이놈이 제일 간물(奸物)이라고 단언했다.

간물이란 이 시대에서는 유능한 인물이라는 뜻으로 보아도 좋다. 제일급의 정치력, 학력, 언변을 지니고 있으면서 사상적으로는 막부를 편들고 있는 자를 두고 말했다.

나가이 우타는 모리 집안 중에서도 명문 출신으로 처음에는 모리 집안의 장남 모리 모도노리(毛利元德)의 친위대장으로, 그 무렵 아직 살아 있던 요시다 쇼인과 더불어 가문 중의 두 수재라는 말을 들었다. 더구나 강직한 무사였다.

그 자질은 쇼인과 비슷했다. 혈연관계도 있었던 모양이다. 사람들은 쇼인과 나가이야말로 번의 장래를 짊어질 것이라고 기대가 컸다. 그러나 그렇게 보였던 것이 두 사람에게는 불행한 일이었다.

쇼인은 일찍부터 나가이를 싫어하여 구사카, 다카스기, 시나가와 등 쇼카 서원의 제자들에게 그놈은 간물이다, 가르치고 있었다. 혈기왕성한 제자들은 나가이를 간악한 인물이라고 믿고 성장했다.

이윽고 나가이는 영주 다카치카(敬親)와 그의 아들 모도노리의 신임을 얻어 에도와 교토에서 번론 통일과 외교를 도맡아 활약하기 시작했다. 언변이 명쾌하고 또한 태도에 사람을 압도하는 위용이 있다.

물론 그의 주장은 막부 지지론이며, 그것이 도사 번의 요시다 도요와 닮은 점이었다.

그런 다음, 구사카는 계속 격렬한 어조로 조슈 번의 보수성에 대해 욕했다. 료마는 묵묵히 술만 마시고 있을 뿐이다.
'이 녀석 바보가 아닌가?'
젊은 구사카는 내심 그런 생각을 한 모양이다.
'세 번의 밀약이 위기에 처해 있는 이때 다케치 한페이타는 괴상한 사나이를 보냈군.'
료마는 연방 술잔을 거듭하고 있다. 료마도 내심 구사카에게 실망하고 있었기 때문에 이를테면 피장파장이다.
'송곳 같은 사나이군.'
날카롭다.
차나무도 꿰뚫을 것 같다. 그러나 그것뿐이다. 혈기만으로 천하일을 하겠다는 인물에 지나지 않는다. 근왕 양이의 광신자라는, 그 정도의 인상만큼 구사카에게서 받았다.
'이 정도의 지사라면 구사카만큼의 학문은 없더라도 도사에는 얼마든지 있다. 차라리 장사형(壯士型)은 도사 번의 특산물이라고 해도 좋다.'
조슈에는 인재가 많다는 것이 천하의 평판이었던 만큼 료마는 실망했다. 이런 인물은 귀하지도 않은 것이다. 이것이 조슈 제일의 인물인가, 몇 번이나 구사카의 얼굴을 쳐다보았다.
'그러나 잘생긴 사나이로군.'
료마는 유유히 술잔을 입으로 옮겼다.
구사카는 순수한 격정가(激情家)였다.
게다가 마차(馬車)의 말 같은 양이주의자였다. 외국이라면 덮어놓고 마귀처럼 생각하고 있다. 이 무렵의 '천하'와 '지사'의 이름이 붙는 모든 사람은 구사카와 마찬가지라고 해도 좋았다. 도사에서는 다케치가 그 두목이다.

그런데 구사카가 말하는 간물이라는 나가이 우타의 의견은 이렇다.
"막부를 도와 활발하게 개국 무역주의를 채택하여 서양 문물을 끌어들이고 배를 많이 건조하여 오대주(五大洲)를 휩쓸고 다니며 나라를 부강하게 한 다음 일본의 무위를 떨친다."
'사실이 그렇다.'
료마는 그렇게 생각하는 것이었다. 크게 오대주에 위세를 떨친다는 말은 료마가 반할 만한 명론 탁설(名論卓說)이다.
다만 나가이 우타의 주장 중에서 '막부를 도와'라고 하는 것이 좋지 않다. 료마는 무조건 막부를 쓰러뜨리자는 주장이다. 막부뿐만 아니라, 모든 영주 제도를 없애 일본을 하나로 만들고 싶은 것이었다. 하나로 만드는 데는 중심이 필요하다. 그 중심을 요리토모(賴朝)가 가마쿠라 정권 수립 이래, 6백여 년 동안이나 내버려 두었던 교토의 천황에게 둔다는 것이다.
본심을 털어놓는다면 그것이 료마의 근왕 사상의 골자였다. 다케치에게 꾸중을 들을지는 모르나 료마는 지금 유행하고 있는 종교적인 천황 지지자는 아니다.
아무튼 구사카가 '간물의 속론(俗論)'이라고 외치는 나가이의 주장이 료마에게는 매력적이었다.
그러나 료마는 표면상 어디까지나 양이론자를 가장하고 있었다. 천하의 지사는 모두 광신적인 양이론자이다. 료마가 혼자 이의를 내세운다면 지사와의 교제를 할 수 없다.
구사카는 아직도 장광설을 늘어놓는다.
료마는 일일이 끄덕이고 있었다. 눈을 가느다랗게 뜨고 말이다.
취했다.
긴 여행길에 지친 모양이다. 끄덕이면서도 꾸벅꾸벅 졸고 있었다.

이윽고 벌렁 자빠졌다.
구사카는 놀랐다.
'뭐 이런 녀석이 있나.'
이윽고 료마는 드렁드렁 코를 골았다.

다음날 료마는 구사카로부터 접대역을 분부 받은 조슈 무사 다섯 사람의 안내를 받아 번의 문무수업관으로 갔다.
이 접대역 가운데 데라지마 주사부로(寺島忠三郎)가 끼어 있다. 그 무렵 스무 살의 청년인데 쇼인 문하에서는 구사카의 후배이다 (뒷날 구사카와 함께 자결).
"사카모토 선생님, 꼭 선생님의 검술을 보고 싶다고 모두들 기다리고 있습니다."
데라지마가 말했다.
조슈에서의 료마의 인기는 도사 번사로서보다 지바 문하의 뛰어난 검객으로 기대하는 모양이다.
"검술 말이오?"
검으로는 마루가메에서 이미 혼이 났다. 이긴다고 해도 원망을 살 뿐이다.
"그런 건 재미없소."
"무슨 농담의 말씀을······."
사카모토 료마, 하면 지바 도장의 사범을 지낸 인물이다. 아무도 그의 이 말은 믿지 않는다.
료마가 안내받은 문무수업관은 원래 메이린관(明倫館)이라 불렀고 2천7백3십 평이라는 웅장한 곳이다. 얼마나 조슈 번이 번사들의 교육에 힘쓰고 있는가를 알 수 있다.

료마는 메이린관 안의 무술 도장인 유비관(有備舘)에 안내받아 차 대접을 받았다.

둘러보니 관생들 마흔 명가량이 아랫자리에 앉아 있었다.

모두 활달한 태도로 주전자를 돌려가면서 차를 마시고 있었다.

"사카모토 선생님, 검술 이야기를……."

그들은 료마에게 오로지 검술만 기대하고 있는 모양이었다.

유도 도장과 검술 도장은 한 건물 안에 있어 따로 벽이 없었고 마루는 그냥 이어져 있었다. 그 검술 도장 마루 위에 여남은 개 되는 짚단이 세워져 있었다. 호쿠신 일도류의 사카모토 료마의 스에모노키리(据物斬)를 시범케 하려는 속셈인 듯했다.

'난 검객이 아냐, 지사(志士)란 말이다.'

료마는 이렇게 고함치고 싶었으나 세상이란 일단 인정된 자격으로밖에는 알아주지 않는다.

조슈 측은 그런 태도를 료마의 겸손으로만 알고 끈덕지게 권하는 것이었다.

"글쎄, 원!"

료마는 상대하지 않고 천장을 쳐다보기도 하고 목덜미를 긁기도 하고, 무릎으로 기어 올라오는 개미를 털기도 하면서 엉뚱한 짓만 하고 있다.

'천하의 지사를 붙들어 앉혀 놓고 검술 시범이 다 뭐냐?'

그런 속셈인 모양이다.

이윽고 조슈 번에서 검술로 이름난 나라사키 다이고로(楢崎大五郎)라는 무사가

"제가 먼저."

그러더니 짚단을 썩 베었다.

차례차례로 솜씨에 자신이 있는 자들이 나타난다. 베지 못하는 자

도 있었고 힘이 지나쳐서 칼끝이 마룻바닥까지 닿는 자가 있는가 하면 심한 경우에는 내디딘 왼발의 발가락에 상처를 입어 절름거리면서 퇴장하는 자도 있었다.
료마는 보다못해 일어섰다.
"스에모노키리는 이렇게 합니다."
칼을 뽑자마자 한 손으로 벤 다음, 짚단이 마룻바닥에 떨어지기도 전에 칼은 칼집에 돌아가 있었다.
"과연!"
모두 숨을 삼켰다.
뒤늦게 온 구사카도 그것을 보고 있었으나, 행동력 바로 그것뿐인 듯한 이 사나이는, 관생 가운데서 무사 몇 명을 뽑아 준비를 시키며 말했다.
"사카모토님에게 한 수 배우도록 하라."
료마도 죽도를 들 수밖에 없었다.
도구를 걸쳤다.
맨 먼저 나온 조슈 무사는 아직 열대여섯 살밖에 안 된 소년이었다.
일례(一禮)한 다음 쳐들어왔다.
"야아!"
보기 좋게 료마의 면(面)을 쳤다.
"아하하하, 졌다 졌어. 내가 졌어!"
료마는 죽도를 내던지고 자리로 돌아왔다.
모두들 멍하니 바라본다.
"선생님, 놀리시면 곤란합니다."
"아냐, 내가 약해서 진 거야. 머리가 어찔한걸."
이 광경을 보고 있던 구사카는 비로소 이 도사 번사가 예사 인물이 아님을 알았다.

분큐 2년 정월 23일에 료마는 하기 성을 떠났다. 오고 간 날을 합쳐 10일간의 체류였다.

그 전날 밤 구사카는 료마의 여관을 찾아와 격렬한 투로 말했다.
"사카모토님, 머무르신 10일 동안에 조슈 번의 사정은 대충 살폈으리라고 생각하오. 번정(藩政)은 속물들의 손에 쥐어 있소. 초대 영주 때부터 근왕의 전통으로 널리 알려진 우리 번이 이 꼴이오. 미도니 사쓰마도 같은 모양이오. 당신네 번도 같은 사정일 거요."
일이 이쯤 되었으니, 구사카는 다그치듯이 말했다.
"영주들도 믿을 수 없고 공경들도 믿을 수가 없소."
"그럼, 무엇을 믿을 수 있단 말이오."
"자기 자신뿐. 뜻있는 자는 일제히 탈번하여 낭인 생활로 들어가 대규모로 이들을 규합하여 의용군을 만들 수밖에 없지 않겠소."
"허, 낭인이 된다구요?"
료마는 비갠 뒤의 하늘에 무지개를 보는 듯한 맑은 눈으로 쳐다보았다.
"여보, 사카모토님. 우리 탈번해서 천하의 지사를 모으기로 합시다."
구사카가 말했다.
―한 가지 안이 있소.
바로 이것이었다. 탈번은 옛날부터 무사로서는 큰 죄가 되는 것이다. 주군을 저버리는 일이었기 때문이다.
"사카모토님, 어떻게 생각하시오?"
"흠."

희망 337

료마는 생각에 잠겨 있다. 그러나 표정은 밝았다.
'구사카는 생각한 것보다는 대단한 놈이로구나.'
이런 사나이라면 무작정 뚫고 나갈 것이다. 적의 포화탄우(砲火彈雨)도 두려워하지 않을 것이다. 태연히 죽어 갈 수 있을 것이다.
이런 세상에는 구사카 형의 사나이가 필요하다. 구사카는 목숨을 내던지고 있다.
'나도 탈번을 할까?'
얼핏 생각했다.

도사(土佐)의 풍운

도사(土佐)의 고치(高知) 성으로 돌아온 료마는 곧 다케치(武市)를 찾아갔다.

다케치는 눈이 빠지게 기다리고 있었다.

"어떻던가, 조슈는?"

번 전체가 근왕을 위해 궐기할 기세였는가, 묻는 것이었다.

료마는 목을 움츠렸다.

"안 되겠어. 속론(俗論)이 지배하고 있어서 끄떡도 안 해."

장지문에 비친 햇살은 완연히 봄빛이었지만 문틈으로 새어드는 바람은 몹시 차가웠다.

"역시 틀렸단 말인가."

다케치는 낙담했다.

료마는 조슈에서 얻은 느낌을 소상히 말했다.

"그러나 나는 그곳을 일본의 탄약고로 보았네. 지금은 나가이 우타(長井雅樂)라는 중신이 위세를 떨치고 있지만 정세에 따라선 어떻게 뒤집힐지도 몰라. 일단 조슈가 폭발하면 천하가 흔들릴 걸세."

"사정은 도사하고 비슷하군."

다케치가 말한 것은 조슈의 나가이 우타에 상당하는 사람이 도사의 중신 요시다 도요라는 뜻이다. 지금은 비록 이 두 사람이 거대한 바윗돌처럼 번을 짓누르고 있지만, 이것이 제거되는 날에는 번은 근왕 일색으로 채색될 것이 아닌가 하는 뜻이었다.

그러나 료마는 도사 번의 형편을 다케치처럼 안이하게 보고 있지는 않았다.

"조슈는 도사와 조금 달라."

료마가 말했다. 도사와는 달리 구사카 겐즈이, 다카스기 신사쿠, 가쓰라 고고로 등의 근왕파는 모두 상급 무사에 속한다. 나가이 우타가 실각하면 이를 대신해서 정국을 맡을 자격이 있다. 그리고 신분이 낮은 자라고 해도 도사처럼 계급 관계가 까다롭게 운영되는 번이 아니기 때문에 인재(人才)의 자격에 따라서는 크게 기용되고 있는 실정이다.

"그뿐인가. 에도에 가 있는 다카스기 신사쿠 등은 농민과 상인도 뜻있는 자는 무제한으로 하급 무사 정도로 등용하라는 의견을 말했던 모양이다."

그러나 도사의 중신 요시다 도요는 달랐다. 전해 내려오는 번 법을 고수하여 상하 구별을 더욱 엄격히 다루고 있다. 도요뿐만 아니라, 노공(老公)인 요도도 계급 차별을 좋아하고 문벌이 좋은 중신들도 모두 그렇다. 도요 한 사람쯤 없어져 봤자 도사는 끄덕도 않을 만큼 완고하고 고루한 계급을 좋아하는 번인 것이다.
"한페이타, 나는 도사를 단념하고 있어. 강변의 자갈밭과 같단 말이야. 자네가 아무리 갈아엎어 봐야 아무것도 심을 수가 없어."
"그 자갈을 하나하나 치워야지."
"쓸데없는 소리. 자갈은 요시다 도요뿐만이 아니야. 1백, 2백, 3백, 헤아릴 수 없을 만큼 숱한 완고덩어리들이 늘어서 있어. 더 올라가서는 영주나 노공이 있지. 몰살시킨다면 별문제지만."
"그런, 무엄한 소릴."
다케치는 무서운 얼굴로 료마를 노려보았다. 료마는 태연했다. 도사의 영주쯤 향사로서는 아무것도 아니다.
"료마, 그러나 이 한페이타는 자네가 무슨 소리를 해도 도사를 근왕으로 만들고 말겠어."
"그 방법은?"
"우선 요시다 도요를 벤다."
"아!"
료마는 놀라 입을 벌렸다.
"이미 결정지었나?"
"이미 자객을 몇 조 골라 도요의 거동을 살피도록 하고 있네."
다케치는 드디어 결심한 모양이다.

'다케치놈, 끝내 도요를 베는구나.'
다음날 료마는 집에서 뒹굴면서 생각했다.
다케치가 암살단의 배후 조종자가 된다. 쉽지 않은 일이다. 사람 하나를 죽이는 것으로 끝나는 일이 아니다. 참정 요시다 도요를 죽이고 다케치가 도사 번의 정권을 장악하려는 것이다.
다케치는 벌써 자기 문하생 가운데서 자객에 알맞은 사나이를 골라놓고 있다.

제1반 오카모도 이노스케(岡本猪之助), 동 사노스케(佐之助)
제2반 시마무라 에이키치(島村衞吉), 우에다 구스쓰구(上田楠次), 다니 사쿠시치(谷作七)
제3반 나스 신고(那須信吾), 야스오카 가스케(安岡嘉助), 오이시 단조(大石團藏)

모두 검술에 뛰어난 향사들로 자기 목숨을 휴지 조각만큼으로도 생각지 않는 사람들이다.
다케치는 료마가 도요 암살을 반대한다는 것을 알고 있기 때문에 이 문제에 있어서는 일체의 협력을 구하지 않았다.
'그러나.'
료마는 반대라고 할 정도의 확고한 신념을 가진 것은 아니었다. 단지 자기 손으로는 죽이지 못하겠다는 그런 심정이었다.
'요시다 도요를 나는 한번 보았다. 한번 본 닭이라도 먹을 기분이 나지 않는데, 한번 본 사람을 어찌 죽일 수 있단 말인가.'
다케치 등에게는 하늘을 대신해서 벌을 내린다는 살인의 대의명분이 있다. 그런 대로의 핑계가 있다. 료마로서도 그것은 알고 있지만, 자기는 가담하고 싶지 않다. 료마에게는 료마대로의, 분수에 맞는 천하 변혁의 길이 있으리라고 생각하고 있다.
반달쯤 지났다. 벌써 완연히 봄이었다.
어느 날 다케치가 혼초 거리의 사카모토 집에 나타났다.
"료마 있습니까?"
"있구말구요."
형 곤페이는 그를 반기며 맞아들였다. 곤페이는 한페이타 정도의 수재가 어리석은 동생 료마와 친구처럼 사귀는 것이 여간 기쁘지 않았던 것이다. 물론 곤페이는 다케치가 바야흐로 암살단의 조종자가 되고 있다는 것은 꿈에도 모르고 있다.

"아주 완연히 봄이 됐군요. 다케치님은 어디 꽃구경이라도 가셨습니까?"

"예, 여러 곳을 다녀왔습니다."

물론 거짓말이었다. 다케치는 요즈음 낮에는 요시다와 담판을 벌이고, 밤이 되면 그를 암살할 계획을 세우고 있다.

그는 료마의 방으로 들어갔다.

"이봐, 료마. 드디어 도사 천지가 뒤집히게 됐어. 자네가 걱정하고 있는 암살 뒤의 정국(政局)에 대해서도 염려 없게 됐지."

"허, 그래?"

들으나마나 뻔하다. 다케치는 도요에 의해 권좌에서 밀려난 문벌 중신들과 완전히 손을 잡은 모양이다. 그들은 놀라울 정도로 한결같이 고루하지만 그런 만큼 자기들을 몰아낸 도요를 근왕파 이상으로 증오하고 있다.

"그리고 민부(民部)님과 다가쿠(大學)님도 찬성하셨어."

야마노우치 다이가쿠(山內大學), 동 민부. 모두 영주의 집안이다. 이런 패들을 등에 업지 않으면 암살 뒤 근왕파는 두각을 나타낼 수 없는 것이다. 다케치도 상당한 술책가이다.

이 무렵, 료마의 일생을 일변시키는 정보가 시코쿠 산맥을 넘어 도사로 들어왔다.

"사쓰마의 시마쓰 히사미쓰(島津久光)가 대군을 이끌고 교토로 들어가 천자를 옹립하고 막부의 정도(政道)를 바로잡는다"는 것이었다.

막부 말기에 이 정보만큼 천하의 지사들을 흥분시킨 것은 없었다. 사쓰마 번이 요즈음으로 말한다면 극히 온화한 방법으로 쿠데타를 일으킨다는 것이었다.

조슈의 구사카 겐즈이 등은

─사쓰마에게 선수를 빼앗겼구나.

발을 동동 구르며 분하게 여겼다. 아무리 분해도 나가이 우타 같은 보수론자가 번을 지배하고 있는 이상 어쩔 수가 없다.

이 사쓰마 번의 동향은 일본과 료마의 운명을 크게 변동시킨 것인 만큼 잠시 이에 대해 언급하기로 하자.

사실 사쓰마 번의 세이추 조(精忠組)의 두령 오쿠보 도시미치(大久保利通)가 시마쓰 히사미쓰의 명령을 받아 지난해(분큐 원년) 섣달 그믐부터 교토에 올라가서, 그곳에서 공경을 상대로 빈틈없는 공작을 펴고 있었다.

오쿠보의 말에 따르면 대략 이런 요지였다.

─막부는 무능력하다. 이 이상 그들에게 정치를 맡겨 두다가는 더욱더 오랑캐들이 넘보고 나라가 어떻게 되는지 모른다.

즉 교토의 천황, 공경을 위협했던 것이다.

'오쿠보는 그다지 사람은 나쁘지 않았으나 그 논법이나 조종법은 언제나 공경이 지닌 공포 심리를 이용했다.'

이 시절 교토의 천황과 공경은 그야말로 어린애와도 같아 외국과의 무역은 곧 침략이라고 믿고 덮어놓고 떨고만 있었으며, 서로간의 무력 차이 따위는 알지도 못하고 막부가 그들을 무찌르지 않는 것만을 분개하면서 격렬한 불신을 품고 있었다.

─무엇을 위한 정이대장군(征夷大將軍)인가.

'이 천황과 공경의 무식한 공포심이 막부 말기의 역사를 필요 이상으로 혼란에 빠뜨리게 하는 것이다. 그리고 이러한 무지와 공포

심을 틈타서 사쓰마, 조슈, 도사, 아이즈 번이 막부 말기 정국의 사대 중진으로 올라섰다고 볼 수가 있는 것이다. 왜냐하면 이 4개의 번이 막부를 대신하여 오랑캐를 몰아낼 것으로 믿었기 때문이다.'

책략가 오쿠보는 조정의 이러한 공포심을 샅샅이 알고 있어 교묘히 설득했다. 물론 천황을 직접 상대한 것은 아니다. 가마쿠라 시대부터 이미 시마쓰 집안과 각별한 교분이 있었던 고노에(近衞忠房) 집안을 통해서였다.

"교토 수호라는 명목으로 칙명을 내려 사쓰마 군사를 불러들이십시오. 사쓰마 병력을 배경으로 한다면 조정은 막부에 대하여 강력한 발언을 할 수가 있습니다."

오쿠보는 설득했으나, 결과는 조정이 외국보다도 막부의 무력을 더 겁내 칙명으로써 멋대로 번의 군사를 부르는 일을 피하고 '만일 시마쓰 히사미쓰가 자기 번의 의사로 들어온다면 묵인하기로 한다'는 것으로 정했다.

히사미쓰는 대군을 이끌고 상경하는 모양이다.

료마의 가슴이 설렌 것은 사쓰마 번의 움직임 때문만이 아니다. 그 움직임에 자극을 받아 그보다 더 격렬한 소용돌이가 천하 한구석에서 서서히 일기 시작했다는 것을 들었기 때문이다.

이 정보는 교토, 조슈, 그리고 규슈 방면의 여러 번의 정세를 탐지하고 도사로 돌아온 유스하라 마을의 요시무라 도라타로(吉村寅太郎)가 료마에게 전했다.

밤이 깊어지자 요시무라는 사카모토 집에 찾아와서 말했다.

"료마, 큰일이 생겼네. 이제야말로 사내대장부의 진퇴를 각오할 때가 찾아왔네."

그 뒤부터 목소리가 작아졌다. 료마의 형인 곤페이의 귀에 들어가면 시끄럽겠다고 생각한 모양이다.

요시무라는 면도 자리가 파란, 몸집이 작은 사나이로 시재(詩才)도 있으나 무엇보다도 호걸이다. 격정가이기도 하다. 도량도 커서 언젠가 다케치가

─도라타로에게 5만의 군사를 주면 천하를 잡으리라.

이렇게 말했을 정도의 사나이다. 그러나 불행하게도 이 이듬해인 분큐 3년 가을, 야마토(大和)에서 근왕 도막(勤王倒幕)의 의군(義軍 : 天誅組)을 일으켜 그 총재가 되어 막부군을 상대로 맹렬히 싸웠으나, 아직 때가 무르익지 않았던지 요시노 산의 와시카구치(鷲家口)에서 온몸에 총알을 맞고 장절한 유언시를 남기고 쓰러졌다.

요시노산 바람에 나부끼는 단풍잎을
내 후리치는 칼날의 피보라로 알진저

그런 사나이다. 만일 유신 뒤에까지 살았더라면 어떠한 거물이 되었을는지 모른다.

"정세는 이렇다."

요시무라는 말했다.

지쿠젠(筑前)의 히라노 구니오미(平野國臣), 우젠(羽前)의 기요카와 하치로 등이 끊임없이 교토와 규슈를 오가며 서로 연락을 취한 끝에 드디어 의거를 결정하기에 이르렀다고 한다.

"즉 이렇단 말일세. 사쓰마의 대군을 이끌고 상경해 오는 시마쓰 히사미쓰를 오사카에서 기다렸다가 히사미쓰를 설득한 뒤 옹립해서 교토에 근왕 도막의 기치를 세우자는 거야. 난 히라노와 만나

여기서 가맹하기로 했다네. 그뿐인가, 급히 도사로 돌아온 것은 이 의병의 동지를 모집하기 위해서야."

"다케치는 무어라고 하던가?"

료마는 물었다.

"말도 안 돼. 다케치는 아직도 도사가 거국적으로 근왕할 것을 꿈꾸고 있어."

다케치는 요시무라에게 말했다.

―요시무라형. 1백 명, 2백 명의 탈번 낭인이 모여 보았자 도쿠가와 막부는 쓰러지지 않네. 그보다도 도사 24만 섬을 근왕화시켜서 이것으로 막부에 부딪치는 편이 훨씬 강대하네.

―꿈, 꿈이네, 꿈.

요시무라는 대들어 서로 주먹다짐을 벌일 뻔한 격론을 한 모양이다. 다케치는 요시무라 정도의 인물이 도사를 탈번해서 '어리석기 짝이 없는 의거(義擧)'에 가담하는 것을 애석히 여기고 눈물을 흘리며 만류하기도 했다. 허나 요시무라는 요시무라대로 다케치를 탈번시키고 싶었다.

"다케치와는 결렬이야."

요시무라는 밑도 끝도 없이 말했다.

"료마, 난 오늘 밤에라도 탈번해서 교토로 올라갈 작정이네. 다케치가 움직이지 않으면 하다못해 자네라도 탈번해 줘."

"하다못해가 뭐야."

료마는 일부러 화를 내보였으나 금방 온화한 얼굴이 되어 남의 일처럼 말했다.

"탈번이라, 그것도 좋지."

거기에 넓고 푸른 하늘과도 같은 인생이 기다리고 있을 것 같은 기분이 들었다.

한편 다케치의 도요 암살 계획은 착착 진행되고 있었다.

이 암살은 어렵다.

도요를 죽일 뿐 아니라 죽인 다음에 정권을 잡자는 것인 만큼, 어떤 자가 누구의 명령으로 죽였다, 라는 사실이 알려져서는 곤란하다.

그렇기 때문에 준비한 참간장(斬奸狀) 유서에는 '요시다 도요가 막부 지지자이기 때문에 죽인다'는 말은 일절 쓰지 않았다. 만일 쓴다면 하수인이 근왕당이라는 사실을 자백하는 거나 마찬가지다. 그래서 '도요는 사치를 즐겨 나라 형편이 어려운데도 금은을 낭비하고 뇌물을 탐내며 실없이 토목 공사를 일으켜 백성의 원성에 귀를 기울이지 않았다'는 것을 그의 죄상으로 쳐들어 이 때문에 처벌을 가한다는 뜻을 글로 엮었다.

그런데 도요는 방심 않고 있었다.

이 사나이는 무예 솜씨도 뛰어났다. 지쿠고(筑後) 야나가와(柳川)의 검객 오이시 스스무(大石進)로부터 신카게류(神影流)의 면허를 받았을 정도의 사내이다.

이런 일이 있었다.

자객 제1반인 오카모토 이노스케와 오카모토 사노스케가 어느 날 밤 정보를 듣고 성 밖 해자(垓字) 근처에서 도요의 퇴성을 잠복해 기다리고 있는데 도요가 문득 발길을 멈추었다.

"저기 바보가 있구나."

갑자기 방향을 바꾸어 가버렸다.

오카모토 형제는 아무래도 얼굴을 들키고 만 모양이었다.

제2반인 시마무라 에기치, 우에다 구스쓰구, 다니 사쿠시치도 이와 비슷한 일이 있었다.

아무래도 번청 쪽에서 근왕당의 기도를 눈치 챈 모양인지, 최근에는 제1반 제2반에 속한 자객의 집을 이와사키 야타로 등 하급 감찰들이 끈덕지게 살피고 있다. 자객들은 꼼짝도 못했다.

'안 되겠다. 사람을 바꾸자.'

다케치는 생각했다. 제3반인 나스 신고, 야스오카 가스케, 오이시 단조로 바꾸기로 결정하고 웬만큼 확실한 정보가 없는 한 그들을 움직이지 않기로 했다.

하기는 이러한 동향에 대해서 료마는 별로 관심이 없다.

'다케치가 도요를 쓰러뜨려도 결국 단물을 빨아먹는 것은 수구(守舊) 세력이다. 다케치는 그들 문벌 중신들에게 이용만 당하고 말 것이다. 그렇게 되면 도사의 정국은 더욱더 악화되기만 한다.'

이런 생각이었다.

그보다도 이따위 시시한 도사 번을 버리고 넓은 천하로 뛰쳐나가고 싶었다.

'나는 탈번한다.'

료마는 굳게 결심했다. 탈번 뒤 요시무라 도라타로가 말한 예의 의거에 참가할 것인가, 하는 문제는 어쨌든, 좁은 도사보다는 넓은 세상 쪽이 더 큰 그림을 그릴 수 있지 않겠는가?

"형님!"

2월 그믐의 어느 날 밤, 료마는 형 곤페이의 방을 찾았다.

"난 탈번하여 낭인이 되겠습니다."

"뭐?"

온후한 성품인 곤페이는 깜짝 놀랐다. 그렇지 않아도 의사로부터 뇌일혈을 조심하라는 말을 듣고 있다.

"놀라게 하지 말아라!"

탈번은 죄가 친척에게까지 미친다. 사카모토 가문의 존망에 관계되는 일이다.

"료마, 너 정신이 나갔느냐?"

"정신은 말짱합니다."
"료마, 귀를 잘 후비고 똑똑히 들어라."
형 곤페이는 침착성을 잃고 있었다.
"이 사카모토 가문은 향사로서 1백97섬의 영지와, 열 섬 너 말의 봉록을 받고 있는 도사에서도 이름난 명문이야. 그런 집안에서 탈번자가 나왔다고 하면 일가가 멸망당할지도 몰라."
"난처한데요."
료마는 히죽히죽 웃고 있다.
"무얼 웃고 있어. 똑똑히 들어."
"예."
진지한 표정을 지었다. 그것도 그럴 것이 탈번하려면 여비가 필요하다. 그리고 칼도 좋은 것을 갖고 싶다. 이 일을 위해서는 아무래도 형 곤페이의 도움이 있어야 한다. 비위를 거슬리게 해서는 안 된다.
"료마, 난 널 탈번시키지 않겠다."
"예?"
"탈번하면 그 누가 이 사카모토 가문에만 미치는 게 아니다. 친척에게까지 미친다. 특히 네가 좋아하는 오토메 누이가 어떻게 되겠니. 매부 오카노우에 신스케가 노공(요도)의 시의(侍醫)가 되어 에도에 가 있다는 걸 모르진 않겠지. 네가 탈번을 하면 신스케는 파면이 되고 집안은 그대로 쑥밭이 되는 거야. 오토메가 난처해지지 않겠느냐."
'아하.'
그것을 잊어버리고 있었다.

"형님, 탈번은 단념하겠습니다."

말하자마자 료마는 밖으로 뛰쳐나갔다. 물론 탈번을 단념했다는 것은 임시방편으로 한 말이다.

고치에서 서쪽으로 칠십 리.

거의 달리다시피 하며 가미 군 야마키타 마을에 있는 오카노우에 집에 도착했을 때는 밤이 되어 있었다.

집주인인 오카노우에 신스케는 에도에 가고 없어 누님인 오토메가 집을 지키고 있었다.

"료마, 무슨 일이냐?"

오토메는 놀랐다.

"집에 무언가 불길한 일이라도 있었니?"

"불행이 있지만 사카모토 집안의 불행은 아니죠. 영지 1백97섬의 사카모토 가문이야 어떻게 돼도 좋으나 일본의 큰 불행이죠. 그걸 곤페이 형님은 몰라요. 오토메 누님이라면 알고 있겠지요?"

"……."

오토메는 료마의 얼굴을 물끄러미 지켜보더니 이윽고 고개를 끄덕였다.

"탈번할 셈이로군."

"누님은 어떻게 생각하십니까?"

"료마는 사나이니까 그것이 옳다고 생각하면 단호히 실행해야겠지. 그런데 사정을 잘 설명해 줘."

료마는 천하의 정세를 설명하고, 도사 같은 썩은 번에 있는 한 천하를 구할 수 없다고 말했다.

"다케치님은 어떻게 한다던?"

"한페이타는 이 썩은 번과 정사(情死)라도 할 셈이겠죠. 그러나 난 싫어요."

도사의 풍운 351

"그래. 나로서도 역성인지는 모르지만, 료마에게는 도사가 너무 좁아."

천하에서 오직 오토메만이 료마를 이해하고 있다. 오토메는 료마를 자기의 작품(作品)처럼 생각하고 있었기 때문에, 이 작품을 넓은 세상에 내보내고 싶었다.

"그럼 탈번해."

"하지만."

오토메 누님의 남편이 파면당하지 않는가.

"그러나 오토메 누님, 내가 탈번하면 자형은 굉장한 처벌을 받는다고 곤페이 형님이 마구 으름장을 놓던데, 정말 그렇게 되겠지요?"

"그렇겠지."

오토메는 태연했다.

"신스케님은 영주님에게 처벌을 받겠지. 할복까지는 안 하겠지만, 처남의 죄과로 인해 가벼워도 근신 처분……."

"흠."

사카모토 가문의 환난은 료마의 생가니까 곤페이 형이 참아주면 되겠지만, 오토메의 시집인 오카노우에 가문에는 너무나 미안하다.

"그래요? 그렇다면 탈번은 그만두겠어요."

"료마."

오토메는 매섭게 노려보았다. 미인이지만 눈이 얼굴에 어울리지 않을 만큼 작아, 쏘아 보면 무섭다.

"료마는 남자가 아니냐?"

"남자죠."

"남자라면, 한번 결심한 것을 이러쿵저러쿵하지 않고 하는 거야.

신스케님에게는 내가 어떻게든 할 테니까—그리고……"
오토메는 차를 따라 주면서 말했다.
"내가 료마라도 탈번하겠다. 사내가 못 된 게 분할 정도야……"
어쩐지 이야기 초점이 엉뚱하게 되었다.
"평화로운 세상이라면 모르겠지만 이런 난세에 여자로 태어난 것이 분해 견딜 수 없어. 료마도 그렇게 생각하겠지."
"그렇지요."
무예도 뛰어나고 배포도 크다. 오토메가 사나이라면 도사를 짊어지고 나갈 인물이 되었을지도 모른다.
"여자로 태어나고, 게다가 무사도 아닌 의사의 아내가 되어…… 분해서 죽을 지경이야."
"그래도……"
료마는 오히려 어리벙벙해서 듣고만 있다.
"후회해도 소용없는 일. 그 대신 료마, 탈번하거든 내 몫까지 일해 줘야 해. 어디에 가 있든 편지만은 꼭 보내줘."
"그러지요."
"한마디 일러둘 것은 편지를 할 때 이 야마키타 댁으로 하면 안 돼. 혼초의 친정으로 해줘."
"예?"
"나는 이 집과 인연을 끊을 테야."
료마는 소스라치게 놀랐다.
오토메는 오카노우에 집을 나올 작정인 것이다. 오토메가 신스케의 아내가 아니라면 료마의 탈번도 오카노우에와는 아무 관계가 없게 된다. 오토메가 하던 말은 이런 뜻이었던 것이다.
'내가 어떻게든 할 테니'
"그, 그건 안 돼요."

도사의 풍운 353

"료마, 잠자코 있어. 사카모토 료마라는 한 대장부를 구국(救國)을 위해 내보내는 것은 그를 키운 오토메의 의무가 아니냐?"

그러고 나서 오토메는 키득키득 웃기 시작했다. 이렇게 되면 웃음이 멎지 않는다.

"사실은 거짓말."

"실은 여자를 건드리기 좋아하는 난봉꾼인 신스케가 싫어진 거야."

그러면서도 오토메의 눈은 새빨갛다. 울고 있다.

지은이
시바 료타로(司馬遼太郞)

그린이
전성보(全聖輔)

옮긴이
박재희 창춘사도대학일문학전공 김문운 니혼대학일문학전공
김영수 와세다대학일문학전공 문호 게이오대학일문학전공
유정 조지대학일문학전공 추영현 서울대학교사회학전공
허문순 경남대학불교학전공 김인영 숙명여대미술학전공

료마가 간다 2

지은이 시바 료타로/책임편집 박재희 추영현 김인영
1판 1쇄/1979. 12. 1
2판 1쇄/2005. 8. 8
3판 1쇄/2011. 12. 1
3판 6쇄/2023. 3. 1
발행인 고윤주/발행처 동서문화사
창업 1956. 12. 12. 등록 16-3799
서울 중구 마른내로 144(쌍림동)
☎ 546-0331ⓒ (FAX) 545-0331
www.dongsuhbook.com

＊
이 책은 저작권법(5015호) 부칙 제4조 회복저작물 이용권에 의해 중판발행합니다.
이 책의 한국어 大멸상표등록권 문장권 의장권 편집권은 저작권법에 의해 보호받으므로
무단전재 무단복제 무단표절 할 수 없습니다.
이 책의 법적문제는 「하재홍법률사무소 jhha@naralaw.net」에서 전담합니다.
＊
사업자등록번호 211-87-75330
ISBN 978-89-497-0716-7 04830
ISBN 978-89-497-0714-3 (전8권)